슬픈 호모 스크립투스

슬픈 호모 스크립투스

초판1쇄 발행 2024년 3월 5일

지은이 서지원

펴낸곳   도서출판 목신의집 / 발행인 서지원
주 소   경기도 안양시동안구 경수대로797번길5.
            102-1204(14040)
mobile   010-9098-1554
E-mail   openpen@daum.net
등 록   제385-2023-000015호(2023.3.15)

영업, 주문 및 반품 : 도서출판 개미
 (서울시 마포구 마포대로 12, 한신빌딩 B-103)
 Tel 02) 704-2546 / Fax 02) 714-2365

ISBN 979-11-986748-0-7

서지원 장편소설

슬픈 호모 스크립투스

차 례

00

들어가면서

이 소설은 우리 한민족에게 '한글'이 아예 존재하지 않은 상황을 설정하여 쓴 가상역사소설, 일명 대체역사소설(代替歷史小說; alternative historical novel)이다.

한자가 이 땅에 유입된 2천여 년 동안 이 땅에서는 한자가 거의 유일한 주류 문자로 사용되었음은 부정할 수 없는 사실이다. 한자의 음과 뜻을 빌려 쓴 향찰, 한문 문장의 뜻을 좀 더 명확히 하기 위해 사용한 이두가 있다. 이 두 종류의 표기 체계가 우리 문자생활에서 한자와 한문의 기능을 약간 보완하였을 뿐 어떠한 문자도 이 땅에서 사용해 본 적이 없음을, 곧 한글이라는 문자가 존재한 적이 없었다는 것을 가정(假定)하였다.

세종대왕은 분명 생존하였으되 훈민정음 창제와 같은 천재적 창조물을 남긴 적이 없었다고 가정하자. 따라서 훈민정음, 언문, 가갸글과 같은 명칭은 아예 존재하지 않았으니 용비어천가, 청구영언, 관동별곡, 홍길동전, 구운몽, 천여 수의 시조와 같은 국문학 작품도 없다. 독립신문의 기사나 삼일독립선언문과 같은 문장도 없고, 김소월, 정지용, 백석 시와 같은 절창을 물려받을 수 없었다. 오직 한자와 한문만이 기록 매체의 전부이던 나라이다.

한자와 한문을 통해 소중화(小中華)요 예의의 나라임을 자부하던 조선이 패망한 뒤, 조선인은 일제와 함께 기존의 한자를 공유하면서 히라가나, 카타가나를 자연스럽게 받아들였고, 일본어 또한 하루가 다르게 일상 언어로 침투해 들어왔다. 일본어와 카나는 일본 당국의 정책적 회유와 강요에 의하여 매우 넓고 깊게 조선인의 언어 문자생활에 침투한 결과 조선어는 거의 소멸할 즈음에 갑자기 해방을 맞게 된다.

이러한 가정 아래, 자신의 고유문자가 없는 조선, 곧 한글이 없는 한반도의 상황은 어떠하였을까. 그 땅에 사는 지식분자와 민중들은 무엇을 고민하며, 어떠한 모습으로 살아갔을까.

해방 4,5년이라는 기간은 뒤늦게 근대 국가의 대열에 들어선 우리로서는 국가의 틀을 만드는 참으로 중요한 시기이다. 세계 정치사적으로도 통치자와 국민이 문언(文言)이 일치된 구조로 상호 소통해야 하는 시대를 맞게 되었다. 그러한 시기에 말과 글이 다르거나 이중구조를 갖게 된다면 어떠한 사태가 일어나는가. 어떤 혼란과 고통을 겪게 되며, 이후 우리 삶의 모습과 조건은 어떻게 변해 있었을까? 더구나 남과 북으로 분단된 현실에서 그 분열과 고통의 양상은 어떠하였는가?

물과 공기가 없는 세상을 우리는 상상할 수 없다. 우리 한민족에게 한글이 없는 세상을 상상이라도 해보았는가. 진정으로 있어야 하는 소중한 것이 '없다'는 역발상으로써 그 가치를 가늠해 보자는 것이다.

이 소설에서 그 시작은 1945년 8월15일 해방 바로 그날부터이다.

01

해방, 그 환희의 그림자

페르시아와 스키타이가 지루한 전쟁을 치루고 있었다. 페르시아 군대의 식량난이 점점 심해져가던 어느 날, 페르시아의 왕 다리우스 앞으로 스키타이에서 보낸 선물 상자가 도착했다. 상자 안에는 새와 쥐, 개구리가 각각 한 마리씩, 그리고 화살 다섯 자루가 들어있었다. 선물의 뜻을 맞춰보라는 말을 남기고 사자가 떠나간 뒤 다리우스 왕은 이렇게 해석했다.

"쥐는 땅에서 생활하고 개구리는 물에서 산다. 화살은 무력을 상징하니까 이것은 스키타이 인들이 나에게 땅과 물을 바치겠다는 뜻이 아니겠는가?"

옆에 있던 참모 고브리아스가 고개를 흔들었다.

"제가 보기에는 이러합니다. '페르시아 인들아, 너희가 새가 되어 하늘을 날아가거나 쥐가 되어 땅 속으로 숨거나 개구리가 되어 물속으로 뛰어들지 않으면 이 화살로 너희들을 쏘겠다.' 이런 뜻일 겁니다."

1945년 8월 15일 정오.

조선에서 유일한 종합일간지인 일일신보(日日新報)의 편집국.

군가가 흘러나오던 라디오에서 정오를 알리는 시보가 울렸다. 중대 방송이 있을 것이니 모두 자리에서 일어나라는 안내 방송이 와다 아나운서의 음성으로

10

흘러나왔다. 마쓰다 편집국장은 몇 분 전에 이미 자리에서 일어나 책상 위에 놓인 라디오를 내려다보았고, 스즈키 사장도 거의 같은 시각에 편집국으로 통하는 사장실 문을 열고 나와 부동자세로 섰다. 정장과 넥타이로 전신을 단속한 두 사람은 라디오를 향해 황공하다는 표정을 굳이 감추려 하지 않았다. 대부분의 기자도 자리에서 일어났고, 몇 사람은 라디오 앞으로 다가가 섰다.

조선인 기자 도야마 세이슌(富山成俊)도 구석 자리에서 일어나 라디오를 응시했다.

궁내성 대신이 옥음 방송을 예고한 뒤 기미가요가 울려 퍼졌다. 이어 "짐이 세계의 대세와 제국의 현상을 깊이 살피어...."로 시작되는 천황의 음성이 흘러나왔다. 천황은 원자폭탄의 위력 앞에 전쟁을 향한 그간의 모든 의지가 '오유(烏有)로 돌아갔음'을 한탄조로 실토했다. 멀리 현해탄을 넘어오는 그의 목소리는 흔들리고, 이지러지고, 찢어진 상태였다.

열려 있는 창문으로는 바람 한 점 들어오지 않았다. 천정 위에 매달린 한 대뿐인 선풍기도 그날따라 숨길을 멈추었다.

방송이 끝나자 다시 기미가요가 흘러나왔다. 스즈키 사장이 얼굴에 가는 경련을 일으키며 말없이 사장실로 들어갔다. 라디오를 뚫어지게 내려다보고 있던 마쓰다 국장은 스위치를 비틀어 끈 뒤 등을 돌려 창밖을 내다보았다. 세이슌은 그가 조선총독부의 청동색 돔을 쳐다보며 눈물을 흘리고 있음을 직감했다.

라디오 옆으로 자리를 옮겨 앉아 열심히 교정지의 자구를 따라가던 시무라 교열부장이 어두운 얼굴을 들었다. 그가 들여다본 교정지는 통신사를 통해 미리 전달되어 조판에 넘겨진 천황의 조칙 전문이었다.

그 문면이 세이슌에게도 낯설지 않다. 어제 오후, 고이께 정경부장이 굳이 세이슌을 데리고 도메이(同盟)통신 경성지사로 간 것이 예사롭지 않았다. 그는 사전에 어떤 귀띔을 받았던 것 같다.

조선호텔 맞은편에 있는 경성지사에서는 경성방송국을 비롯한 몇 군데의 언론사 기자들이 먼저 불려와 자리를 잡고 있었다. 한참 뒤, 천황의 조칙문이 돈스 돈 돈 돈스 하는 모르스 부호의 타전음과 이를 풀어서 불러주는 통신 기사의 나직하면서 떨리는 목소리와 이를 받아 적는 펜 소리만 흘러나왔다. 타전음이 끝나는 시각 거의 동시에 동경 본사로부터 전화가 날아들었다.

"타전 내용을 취소한다." 잠시 웅성거리고 있으려니 착검을 한 헌병 몇 명이 사무실로 들이닥쳤다.

"받아 적은 원고를 다 압수하고, 등사물은 모조리 불살라라!"

전문 내용을 발설했다가는 목숨을 보전하지 못하리라는 고함이 이어졌다. 사람 몇은 금방 죽어 나갈 것 같은 살기 속에서 문서를 거두어들이는 지부장의 손이 와들와들 떨렸다. 뒷날 알려진 일이지만, 일본 군부에서 이 방송의 녹음 레코드판을 탈취하려는 기도가 있었기 때문에 이런 소동이 벌어진 것이다. 그렇게 파기된 천황의 조칙문이 15일 오전 통신사로 다시 전송되었고, 그것을 건네받은 신문사에서 문선부에 넘겨 그 교정지를 천황의 육성과 대조하게 되었던 것이다.

시무라 교열부장이 교정지를 조용히 국장의 책상 위에 올려놓고 자리로 돌아갔다. 편집국은 한동안 무서운 침묵이 흘렀다. 천정의 선풍기는 여전히 돌지 않았다.

한참 뒤, 편집국장이 부장들을 책상 주위로 불러 모았다.

"조금 전, 황공하옵게도 천황 폐하께서 친히 내리신 그 조칙은 1면 상단 통단에 특호 활자로 전문을 싣고, 그 아래에 제목 역시 통단으로. 제목은 이렇게 뽑는 것이 좋겠소."

모리 편집부장이 국장이 건넨 원고를 소리 내어 읽었다.

"헤에와 사이켄노 타이쇼오 칸 하츠 아라세라레
(平和再建の大詔渙發あらせられ)"

세이슌이 동시통역하듯 중얼거렸다.

"평화를 재건하기 위해 조칙을 발포하옵시다."

국장이 교열부장을 돌아보았다.

"혹시 오탈자가 나지 않나 거듭거듭 교정을 보게."

부장이 앞에 놓인 교정지가 천황이라도 되는 듯 황공하다는 표정으로 머리를 조아렸다.

"이 조칙문은 우리 카나 문자 역사상 초유의 문건이 아닌가? 그러니 거듭 조심해야 한단 말일세."

세이슌은 그 말이 카나로 작성된 최초의 항복 문서라는 뜻임을 깨달았다. 특별히 불려온 늙은 인쇄부장이 입을 열었다.

"오탈자는 물론이요, 조칙문의 문면이나 행간에, 혹시 황공하옵게도, 검은 잡티 같은 것이라도 끼인다면 큰일입니다. 윤전기 곁에 서서 내내 지켜보겠습니다."

"옳소. 마땅히 그래야 하오."

국장의 미간이 조금 펴졌다.

"고이께 부장. 그 아래는 '와신상담하여 국난을 극복하자'는 내각의 고유문과 '경거망동을 엄중히 경계하고 냉정 침착하라'고 한 아베 총독 각하의 유시를 좌우로 크게 뽑게. 내각 정보국에서 하달한 '여론 지도 방침'과 총독부의 고지문이니까."

"신문 전면을 이 두 건만 싣는 셈이지요?"

"오늘은 이 기사, 이 한 면의 보도로 끝일세. 뒷면은 백지로 내보내고, 광고도 일절 싣지 말라는 사장님의 지시가 있었네."

기사 마감 시간이면 전쟁터 같던 편집국이 오늘은 깊은 해저로 가라앉는 난파선의 선실 같았다. 더위에 지쳤음인지, 길고 가공할 전쟁에서 벗어난 해방감 때문인지, 아니면 시국의 중대함에서 벗어난 후련함 때문인지 모두 눈을 지그시 감거나 허공을 멀거니 바라보며 앉아있었다.

한식경이 지나 지하실 윤전기에서 막 찍혀 나온 가판용 신문 몇 부가 짙은 잉크 냄새를 풍기며 편집국으로 배달되었다. 여느 때와는 다른 모습으로 찍혀 나온 신문을 기자들은 저마다 다른 시선과 느낌으로 훑어보았다. 다른 날 같으면 한마디씩 소감을 내놓았을 테지만 아무도 입을 열려고 하지 않았다. 몇몇 기자는 자리를 털고 일어났다. 세이슌의 귀에 나직한 음성이 들려왔다.

"전쟁이 끝났으니 우리도 이제 내지(內地; 일본 본토) 집으로 갈 수 있겠군."

"하야시 기자는 갈 집이 있는가? 우리집은 폭격으로 다 타버리고 없다네."

"우린 폭격을 맞지는 않았지만 살기가 무척 어려운가 봐. 아, 어떻게 살아가야 할지……."

그가 머리를 감싸 쥐었다.

"그래도 전쟁 때보다야 낫겠지."

"그렇기는 하지만, 누가 알아? 저 '귀축 영미'(鬼畜英美. 짐승 같은 영국과 미국)가 패전한 우리에게 어떻게 보복할지."

"맞아. 중국은? 우리가 '괴뢰 쇼우까이세끼(蔣介石)'라는 욕설을 입에 달고 살았잖아."

세이슌은 문득 기분이 좋아졌다. 전쟁의 종식과 일본의 패망이란 무엇을 뜻하는가. 그는 손가락으로 책상 위에,

— 朝鮮が解放された —

라고 쓰면서 "초오센가 카이호오사레타" 하고 중얼거렸다.

이 소식을 우리 동포에게 어떻게, 무슨 말로 전하나. 지금이라도 신문을 다시 편집한다면 1면 톱의 제목을 어떻게 뽑아야 하나. 책상 위에 놓인 오늘자 신문에 다시 눈이 가자 그는 고개를 흔들었다. 이런 한자와 카나를 읽고 해득할 수 있는 사람이 얼마나 된단 말인가.

순간 그는 자리에서 벌떡 일어났다. 두 팔을 번쩍치켜들며,

"카이호(解放)!"

하고 외치는 소리가 목구멍으로 타고 넘어오다가

문득 막히고 말았다. 주위에는 비탄과 분노와 허탈에 빠진 일본인들과 긴 총검을 찬 순사들이 광기 어린 눈을 번득이며 돌아다니고 있다. 스즈키 사장이 만일을 위해 신문사를 호위해 달라는 부탁을 헌병대에 했다. 그는 자신의 행동을 위장하기 위해 얼른 두 팔을 거둬들이고 괴로운 듯 온몸을 뒤틀며 쥐어짜는 듯한 표정으로 뛰듯이 편집국 문을 박차고 나갔다. 일본인 기자가 서로 얼굴을 쳐다보며 수군거렸다.

"저 친구 왜 저래? 금방 왜울음이라도 토할 것 같잖아?"

"죽을상을 짓네. 우리 제국이 패했다 해서? 신문사가 문을 닫을까 봐?"

"내가 보기에는 셋뿌쿠(切腹; 할복자살)하러 나가는 사람 같은데?"

쿡쿡 낮은 웃음이 터져 나왔다.

"설마. 조센징이."

"누가 알아? 자네가 따라 나가보게. 카이샤쿠닌(介錯人; 할복자살하는 사람의 고통을 덜어주기 위해 뒤에서 칼로 목을 쳐주는 사람) 노릇하게 될지."

전쟁에서 지면 수많은 일본인이 할복자살할 것이라는 예측이 뒷공론처럼 떠돌고 있었다.

이튿날부터 나라 전체가 숨 가쁘게 돌아갔다. 16일

오후 1시. 휘문중학 교정에서 몽양의 대중연설이었는데, 이름난 웅변가답게 주먹을 부르쥐며 새로운 낙원을 건설하자는 취지의 사자후를 토해냈다. 3시에는 고하가 경성방송국의 연설대 앞에 섰다. 전체 국민이 희망을 가지고 건국의 대업에 함께 나서자는 말이 전파를 타고 전국으로 퍼져나갔다.

그런가 하면 가미카제의 신통력과 대화혼 불패의 신화를 매일같이 타전하던 동맹통신은 먹통이 되었다. 16일자로 본사가 폐쇄되었던 것이다. 정보가 차단됨으로써 일제의 식민지 통제체제가 일시에 숨을 멎은 듯했다.

16일 아침, 국장 곁에 앉아있는 모리 부장의 나직한 목소리가 세이슌의 귀를 두드렸다.

"조선인들이 어제 그 기사를 보고도 무슨 영문인지 몰라 어리둥절했답니다."

15일 일황의 종전 선언이 방송을 타고 나갔으나 그 의미를 안 조선인은 극히 소수에 불과했다. 라디오를 지닌 가정이 드물어 전파력에 문제가 있었고, 방송 내용도 일본 황실의 어휘가 섞인 문장이었으므로 일반인으로서 내용을 파악하기 어려웠다. 조선인 대부분은 하루가 지난 뒤였다.

"그럴 수도 있겠지. 내각이나 총독부에서는 종전 사실을 빨리 전파하라고 하지만 우리도 한계가 있지 않은가."

국장의 대꾸에 카토 학예부장이 거들었다.

"쉽게 알릴 방법도 마땅치 않아요. 우리 국어(일어)를 쓰지 않으면 한문으로 써야 하는데, 배운 조선인들이야 한문을 중국인 못지않게 구사하지만 그걸 읽는 사람이 몇이나 되며, 저들이 만들었다는 이두를 이해하는 사람이 얼마나 됩니까?"

"그렇지? 이런 높은 문맹 사회에, 그것도 고유문자가 없는 백성들의 귀에 어떻게 쏙 들어가게 글을 써서 알리는가 말이야."

"이제는 우리 국어로, 우리 카나로 읽고 쓰는 게 더 쉬워졌을걸요."

"그럴 테지? 그럴 거야. 사실 조선인들이 우리 카나 덕에 지식이 얼마나 늘어났는데."

잠시 흐뭇한 표정을 짓던 국장이 쏘아붙이듯,

"정 답답하면 지금이라도 늦지 않았으니 국어와 카나를 배우라 그래."

하고 내뱉자 가벼운 웃음이 흘렀다.

저만치서 잠자코 듣고 있던 세이슌의 내부에서 무엇인가 묵직하고 뜨거운 것이 불끈 솟아오르고 있었다. 그러나 이내 마음을 가라앉혔다. 저들이 하는 말이 틀리지 않기 때문이다.

조선 민족에게는 고유문자가 없다! 수천 년 동안 한

자만 써 왔고, 한자 외에는 달리 의사를 표현할 문자 수단을 갖지 못한 것은 엄연한 사실이요, 숨길 수 없는 현실이다.

　신문사에는 조선인이 아홉 사람 있는데, 그 가운데 문선공과 조판공이 둘씩, 나머지 다섯 사람이 기자이다. 가장 상위직으로 차명섭 사회부 차장이 있고, 그를 보좌하는 사람이 곽제현 기자로서 조선 팔도의 사건 사고 등을 담당하고 있다. 학예부에 한상렬 기자와 교열부에 천영기 기자가 있고, 세이슌은 정경부 기자이다. 세이슌의 원래 이름은 조성준(趙成俊)이지만 창씨개명 바람에 도야마 세이슌으로 행세하게 되었다. 신명섭 차장은 헤이가와 요시히데(平川吉秀), 한상렬 기자는 니시하라 메이지로(西原明次郎)도 같은 경우이다. 일제의 강요라고 하지만 사실 그가 신문사에 들어가기 위해서는 굳이 강요랄 것도 없이 일본식 이름을 써야했다.

　해방 나흘째 되는 날. 신명섭 차장과 조성준 등 조선인 기자 다섯이 신문사 앞 요릿집에 모여 저녁을 먹었다. 술이 한 순배 돈 뒤, 신 차장이 입을 열었다.
　"평양은 지금쯤 어떤지? 우리 경성과 다를 바 없을 테지?"

"원산에 소련군대가 들어왔다고 하니 많이 놀랐겠어요."

곽제현 기자의 대꾸에 조성준이 거들었다.

"그래도 왜놈들을 몰아내는 군대라 하여 환영하는 사람이 많답니다."

"그럴 테지. 서울 장안 사람들도 장차 미군을 보면 놀라움 반 환영 반 아닐까?"

"며칠 사이 부산, 대구, 평양 등 각 지사에서 걸려오는 전화를 들어보면 명색이 언론기관에 있다는 그 사람들도 이 사태가 무엇을 뜻하는지, 앞으로 어떻게 될 것인지 아주 궁금해 해요."

"나도 몇 차례 전화를 받았는데, 난들 똑부러지게 이야기해 줄 수 없어서 답답하더군."

"하루가 다르게 변하는 세상이라 우리조차 어리둥절한데 일반인들이야 오죽하겠어요?"

"우리가 일본으로부터 해방되는 것은 확실하고, 그리고 새 나라를 세우게 된다는 사실은 틀림없겠지."

"그걸 일반 백성들은 잘 모르고 있더란 말입니다."

조성준은 그저께 있었던 이야기를 했다.

늦게까지 편집국에서 일을 하다가 어둠을 밟고 귀가하는데 골목 어귀에서,

"도야마 센세이(선생)."

하고 부르는 소리가 들렸다. 골목 입구에서 식료품

과 잡화를 파는 가게 주인인데, 긴상이라 불리는 중년 사내였다. 볼이 볼록하여 이름과는 상관없이 김볼록이라고도 불린다.

대학을 나온 신문사 기자에다 학식이 아주 높다고 여겨 성준을 대할 때마다 존경스럽고 황공하여 어쩔 줄 몰라 하는 태도를 감추지 않았는데, 그날따라 더욱 깊이 허리를 숙였다.

"센세이. 이제 대동아 전장이 끝난다면서요?"

그는 전쟁과 전장이 같은 뜻이지만 전장이라고 하는 것이 더 유식하고 점잖은 말이라고 이웃사람에게 설명하던 사람이다. 성준이 고개를 끄덕였다.

"그러면 군인 간 사람, 징용 간 사람도 모두 돌아오게 된다는 말이 맞나요?"

"돌아오게 되겠지요."

"아, 제 조카도 곧 돌아오겠네요."

긴상의 목소리가 갑자기 높아졌다. 유일한 혈육인 누님의 아들이 징용 갔다고 가끔 걱정한 적이 있다. 성준은 학병으로 간 동생 성표가 문득 떠올랐지만 동생이 남양군도에 있다는 소식밖에 들은 것이 없는 형편이다.

"이제 총독부나 왜놈 순사도 없어지고, 저들도 제 나라로 쫓겨 들어가게 된다면서요?"

"그렇게 되겠지요."

"아, 모두 그런 말들을 합디다. 처음에는 실망도 했는데요. 덴노가 이제 평화롭게 살자고 했다 하니 이게 무슨 말인가 하고, 전장을 그만두는 대신 계속 조선에 남아서 태평으로 살겠다는 것이 아닌가 하고. 해방이 참말인가? 아직도 기연가미연가 한답니다."

성준이 웃으며 고개를 흔들었다.

"그러면 우리 위에는 누가 있게 되나요? 옛날처럼 창덕궁에서 새 상감님이 나오십니까? 아니면 또 총독이."

"총독은 모르겠소만, 하여간 일본이 쫓겨 들어가는 것만은 사실이오."

"아, 이제 무얼 더 바라겠습니까? 센세이, 이것 하나 들고 가쇼."

성준을 향해 푸른 개구리참외를 하나 들어 보이자 손을 내저으며 얼른 골목길로 들어선 적이 있다.

"그 긴상의 말처럼 새 상감님이 나올지, 다른 데서 총독이 올지, 우리도 모르는데 저 백성들이야 오죽 답답하겠어요?"

성준이 이야기를 끝내자 곽 기자가 입을 열었다.

"신 차장님. 우리 신문에서 모든 조선 사람이 다 알아들을 수 있는 무슨 기사를 내보내야 하지 않을까요? 여론이 중구난방으로 흘러서는 혼란만 더해지니까요."

"나도 그런 생각을 하고 있네. 마을마다 골목마다 우리 신문을 들고 있다더군. 그리고 곳곳에서 일어를 아는 사람을 찾아다닌다는 걸세."

"요즘 가장 인기 있는 사람이 중학생이랍니다. 그들에게 신문을 가지고 가면 저 거리의 대서방 영감님들처럼 거드름을 잔뜩 피우지도 않고, 고작 한문만 아는 영감님들과는 달리 신문을 친절하게 잘 읽어주니까요."

"일어를 모르는 사람을 위해서라도 무언가 기사를 쓰기는 써야 할 것 같은데...."

이튿날, 신 차장이 마쓰다 국장과 마주앉았다. 조선이 해방되어 독립된 나라를 세우게 된다는 사실을 알려야 한다고 하자, 이렇게 대꾸했다.

"조선말로, 척하면 삼척이라고 그걸 모르는 사람이 어디 있겠소?"

"그렇지 않습니다. 그동안 워낙 언론을 통제해서 무엇 하나 들은 게 없는 백성입니다. 현재 상황을 설명하면서 앞날을 제시해 주어야 합니다."

국장은 또 총독부의 검열과 일본군의 통제를 핑계로 미온적인 태도를 보였다.

해방과 함께 조선총독부의 관원들이 모두 사임했으나 미 연합군사령부로부터 다시 제 자리로 복귀하라는 명령이 전달되었다. 미 점령군이 한반도로 진주하기 전까지는 행정과 치안이 온전히 남아있어야 했다. 총독 이하 모든 관리가 여전히 이 땅의 주인으로 군림하고 있는 상태였다.

"총독부가 왜 반대하겠습니까? 질서를 지키며 정국을 안정시키자는 것인데."

"좋소. 원고를 가지고 왔소? 봅시다."

신 차장이 고개를 저었다.

"먼저 기사를 써 오시오. 원고를 보고 이야기합시다."

자리로 돌아간 신 차장은 조성준을 포함한 기자 서너 사람과 머리를 맞댔다. 신 차장이 입을 열었다.

"제목은 '센소가 오와테 카이호사레타!'라고 하지."

― 戦争が終わって朝鮮が解放された! ―

　(전쟁이 끝나고 조선이 해방되었다!)

"일어로만 쓰는 것은 그렇지 않습니까?"

"그렇지? 한문으로도 써야겠지?"

신 차장은 입속에 문장을 굴리다가 이렇게 썼다.

― 終戦! 朝鮮解放了! ― (종전! 조선해방료!)

　(전쟁이 끝났다! 조선이 해방되었다!)

"내친김에 이두식으로도 써야 하지 않겠어요?"

"하, 이두. 이두라."

신바람이 난 듯 써 내려가던 신 차장이 펜을 내려놓으며 등받이에 몸을 기댔다. 잠시 뒤, 다음과 같은 짧은 문장을 만들었다.

— 戰爭矣段(전쟁의단) 終了爲古(종료하고) 節(지위)解放是如(해방이다)! —

(전쟁이 끝나고 이제 해방이다!)

"그런데 세 가지를 다 싣는 것이 곤란하다면 어쩌나?"

그러나 세 종류의 기사를 작성하여 국장에게 보이기로 했다. 조성준이 일어, 한상렬이 한문, 신 차장이 이두식 한문을 맡았다.

이튿날 아침, 신 차장 앞으로 모여진 원고는 검토를 거쳐 국장에게 넘겨졌다. 국장은 이두 문장에 대해 두어 가지 물은 뒤 안 됐다는 표정을 지었다.

"조선은 항상 여러 가지 문체로 글을 써야 하니 참 난처한 노릇이오."

조성준이 대꾸했다.

"어제는 전체 기자들에게 기사를 열심히 쓰라고 독려하셨으니.... 그래서 열심히 썼지요."

무기력하게 앉아있는 일본인 기자들의 모습이 딱해 보여 무슨 말끝에 농담 조로 국장이 외쳤다.

"기자 제군. 너무 기죽지 마시오. 우리 대일본 제국의 패퇴는 8월15일 하루만으로 족하오. 힘을 내시오!"

그러면서 이렇게 덧붙였다.

"기자는 기사를 써야 하오. 어서 기사를 쓰시오. 우

리의 자랑스러운 가타카나, 히라가나는 뒀다가 뭣에 쓰려 하오? 글자 녹이 슬지 않아야 귀국해서도 기자 노릇을 계속할 게 아니오?"

국장이 원고를 들고 사장실로 들어갔다.

이때, 고하, 인촌 등 민족지도자들의 성명이 나왔다.

― 과거의 원한으로 한일 양 민족 사이에 새로운 갈등의 불씨를 만들지 말자. ―

뒷날, 일본인이 본토로 귀환하려 하자 조선인 가운데는 과거 자신을 괴롭히던 일본인 순사나 관리를 찾아가 분풀이를 하거나, 한밤중에 일본인의 집으로 들어가 금품을 빼앗고 폭력을 행사하며, 남부여대하여 항구로 밀려가는 귀환 일본인을 괴롭히고 짐을 빼앗는 조선인이 있다는 소문이 번지고 있었던 것이다.

이 성명을 본 신 차장이 마쓰다 국장에게로 갔다.

"이 성명서는 우리 신보에서 당연히 보도해야 할 것이지만 기왕 보도할 바엔 좀 크게 냅시다. 옆에 지난번 우리 원고를 실으면 보기가 좋지 않겠소?"

"아주 좋은 생각이오. 한번 해봅시다."

이 날짜 신문에는 그들의 세 종류 원고와 민족지도자의 성명이 나란히 실리었다.

02

청구와 삼천리

창힐이 새의 발자국을 보고 문자를 만들었더니 하늘에서 곡식이 비처럼 쏟아져 내리고, 귀신이 밤에 소리 내어 울었다. 〈회남자, 본경훈〉
이 말을 후세 사람이 다음과 같이 해석하였다.
문자를 사용하게 되면 거짓과 속임수를 쓰려는 마음이 싹트고, 본성을 멀리하고 이득만 취하려고 한다. 백성은 농사를 버리고 상업에만 힘쓸 것이므로 모두 굶주리게 될 것이기 때문에 하늘에서 곡식을 비처럼 내려준 것이다. 귀신이 밤에 소리 내어 운 것은 글로써 자신의 정체를 캐려하기 때문이라는 것이다.
그러나 徐子는 말한다.
문자의 창안은 문명 세계로 나가는 길이므로 곡식이 비처럼 쏟아지는 풍요를 줄 것이며, 세상의 무지 몽매함이 발붙일 곳이 없으니 귀신이 곡을 했을 것이다.

8월 30일자로 맥아더 연합군사령관이 일본 요코하마에 극동사령부를 설치했다는 보도가 들어왔다.

9월 8일에는 미군이 인천항으로 상륙했고, 이틀 뒤 아베 총독이 하지 중장 앞에서 항복 문서에 서명했다.

8일 오후, 미군 중위 하나가 사병 몇 명을 데리고 신문사로 들어오더니 일본군을 모두 철수시킨 뒤 편집국 전원을 모아놓고 영어로 말했다.

"언론의 자유는 보장하오. 그러나 우리 군정의 정책에 협력해야 하고, 지시를 어기지 말아야 하니 명심하시오."

회사를 한 바퀴 돌아보던 그는 어두컴컴한 지하 인쇄부로 들어갔다가 미간을 찌푸리며 나와서는 보초 하나 세우지 않고 휑하니 돌아가 버렸다. 이 시간, 경성방송국에는 서툰 일어를 하는 중령 하나가 와서, "이제부터 내가 제일 높은 사람이니까 내 말을 들어라." 한 뒤, 곳곳에 보초를 세워놓고 갔다고 한다. 신문과 방송의 전달 방식이 다르기 때문일 것이다.

일주일 전인 9월 2일, 맥아더는 38선을 양단하는 미소 분할정책을 발표하였다. 민족 분단의 역사가 최초로 공표되는 시점이었지만 성준을 비롯한 조선인 기자 대부분은 그게 얼마나 중대한 사실인지 잘 알지 못하였다. 일제에 의해 눈과 귀가 막힌 그들은 국제 정세에 너무 어두웠고, 한편으로는 일에 치이고, 일에 밀리어 떠내려가듯 했으므로 이것저것 생각할 겨를이 없었던 것이다.

해방이 되고 나서, 경성병원이나 경성전력회사와 마찬가지로 일일신보도 조선인 중심으로 자치위원회가 조직되어 신문 제작에 관한 일을 하나씩 접수해 나갔다. 하루가 다르게 자리가 비었으므로 새로운 인력을 충원해야 했다. '언론을 아는 사람' '신문을 만들

어본 사람'을 찾는다고 폐간된 옛 청구일보나 삼천리
신문의 퇴직자를 불러 모았다. 연줄 연줄로 데리고 왔
지만 얼마간 손을 놓은 사람들인지라 생각보다 적응
이 늦었다. 그들 역시 기계의 부속이 아니었기 때문이
다. 조선인이 충원되면서 기존의 기자들은 직위가 올
라 신 차장이 부장으로, 조성준과 곽제현과 같은 평기
자가 차장이 되었다.

일제 강점기 동안 조선에서는 조선인의 자본과 인
력으로 운영되던 두 종류의 종합일간지가 있었다. 청
구일보와 삼천리신문이다.
일제가 조선을 완전히 강탈한 이후, 처음 손을 댄
것은 민족지인 대한제국일보의 폐간이었다. 영국인으
로부터 강제로 신문사를 사들인 뒤, 사옥을 옮기고 윤
전기를 바꾸는 등 새 단장을 한 다음 총독부의 기관
지로 만들었다. 조선에서 유일한 종합일간지인 일일
신보(日日新報)이다.
대한제국일보는 순수 한문과 이두식 한문, 두 종류
의 문체로 기사와 논설이 나갔다. 당시로는 극히 소량
인 광고의 경우, 광고주의 판단이나 기호에 따라 하나
를 택했고, 더러는 두 가지를 혼용했다. 당시 조선 사
회의 통용 문체를 반영한 결과이다.
일일신보는 기사와 논설을 주로 일어로 채웠으나

조선 대중에게 반드시 알려야 하는 기사는 대한제국 일보처럼 순수 한문과 이두식 한문을 함께 실었다. 하나의 신문 지면에, 그것도 타블로이드판 4면에 세 종류의 글을 싣자니 신문 전체로 봐서는 기사가 빈약하기 짝이 없었다. 1,2면은 일어, 3면은 순수 한문, 4면을 이두식 한문으로 각각 방을 차리고 거의 같은 소리를 내고 있었으므로 읽을거리가 정말 없었다. 일본 정부의 포고나 훈령, 조선총독부의 명령이나 공고 등 관청에서 생산되는 것만 간추려 실어도 지면이 모자랄 지경이었다. 간혹 기사가 폭주할 때는 한 장 2개 면을 늘리기도 했으나 극히 예외적인 경우만 증면했다.

기사의 과밀 상태가 어느 정도 해소된 것은 3.1만세운동 뒤였다. 문화정치를 표방하여 조선인이 운영하는 신문사를 인가했다. 조선인의 의견과 주장을 경찰과 헌병의 힘만으로 막아서는 안 되겠다는 약간의 자각이 깔려 있었지만 일일신보가 10년간 안고 있던 기사 과밀, 지면 포화상태를 단숨에 해소하는 방책이기도 했다. 또 기사 작성이 어려운 순수 한문과 이두의 짐을 벗어서 조선인에게 넘겨주는 좋은 기회이기도 했다.

신문사를 인가해 주고도 언어 침탈의 끈을 놓지 않을 수 있다는 확신도 있었다. 총독부 경무국장 엔도는 공공연하게 떠들고 다녔다.

"그까짓 조센징들이 제 손으로 신문을 내는 게 대수인가? 기사를 작성하기도 어렵거니와 그것을 볼 독자가 얼마나 되겠어? 경영이 어려울 것은 불을 본 듯 뻔하지."

이런 말도 했다.

"마음에 들지 않은 기사는 삭제하고, 가끔 압수하는 거야. 정 보기 싫은 기사가 나오면 유기, 무기 정간 같은 징벌 수단을 활용하는 거지. 매일 나와야 할 신문이 나오다가 끊기기를 거듭하면 독자도 떨어져 나가기 마련이니까. 경영주 몇은 재산을 털고 나가자빠질 거야. 소원대로 신문을 내 보라 그래."

두 신문은 거의 같은 시기에 창간되었는데, 각기 특징이 있었다. 청구일보는 순수 한문만을 고집한 반면, 삼천리신문은 한문과 이두를 섞어 썼다. 창간을 주도한 인사들의 신분이나 계층이 달랐고, 자금 조달 방식과 독자층도 달랐다.

청구일보의 창간을 주도한 것은 퇴직 관료와 광범위하게 흩어져 있는 지방의 유력한 가문과 유림이었다. 거의 양반 신분이거나 재력을 갖춘 지주들로서 과거의 한문 시대를 복원하자는 것은 아니라 하더라도 한문이 조선을 지배하던 시대의 잔영을 대변하는 측면도 있었다.

청구일보의 기사 작성 방식은 폐간 때까지 지켜왔

다. 조선시대와 달라진 것이 있다면 문장을 독자가 읽기 편하게 약간 가공을 하는 정도였다. 끊어서 읽어야 할 지점에 구두점을 일일이 찍고, 마침표와 의문부호, 느낌표 등도 사용하였으니 구한말의 일부 공문서에서 쓰던 방식을 답습한 것이다. 또 인명, 지명과 같은 고유명사의 옆에는 줄을 그어 읽기 쉽고 독해하기 편하도록 했다. 청나라 말기부터 시작된 중국의 한문 표점 방식을 빌린 것이다.

참고로 청구일보 창간사의 한 구절을 소개한다.

— 吾靑丘者, 立民族之正論, 自任, 役社會之木鐸, 自期矣.(오청구자, 입민족지정론, 자임, 역사회지목탁, 자기의.) 茲以社會之公器, 人人醒前日之冥頑, 及滌舊來之惡習者, 爲之今日吾等之最先務也.(자이사회지공기, 인인성전일지명완, 급척구래지악습자, 위지금일오등지최선무야.) 嗟嗟朝鮮人, 宜各自謀勵行, 冀望焉. (차차조선인, 의각자모여행, 기망언.) — (* 한글은 필자가 독음을 붙인 것임. 이하 같음)

— 우리 청구일보는 민족의 올바른 주의 주장을 세울 것을 자임하며, 사회의 목탁 구실을 할 것을 기약하노라. 이 사회의 공기(公器)로써 사람마다 지난날의 어리석고 무지함을 깨닫고, 과거의 악습을 씻어내는 것이 오늘날 우리가 가장 시급히 해야 할 일이라. 아아, 조선인이여. 모든 사람이 스스로 할 일을 찾아 힘

써 행할 것을 기대하노라. ㅡ

　창간을 앞두고, 제호에 대한 약간의 말썽이 여담처럼 전한다.

　"왜 청구(靑丘)라고 쓰는 거요? 성인의 명자를 피휘(避諱)하여 언덕 구(丘)자 대신 땅이름 구(邱)자로 써야 마땅하오."

　유림 쪽에서 나온 항의성 주장에 대해 창간 발기인 측에서 해명에 나섰다.

　"두 글자는 흔히 혼용하여 쓰지만 원래는 언덕 구가 옳다고 합니다. 산해경 같은 책에도 그렇게 쓰고 있지 않습니까?"

　"중국인이 어떻게 썼든 공자님의 휘를 함부로 쓰는 것은 옳지 않소. 강희자전을 보시오. 자전인지라 피휘하기 위해 글자를 뺄 수 없으므로 결획(缺劃)으로 처리하였으니 그 정신을 본받아야 할 것이오."

　결획이란 왕이나 성인의 이름 자를 어쩔 수 없이 써야 할 경우라도 바로 쓰기가 무엄하다 하여 글자의 획을 하나 빠뜨리고 쓰는 것이다. 공자의 이름 구(丘)의 가운데 내리긋는 금을 하나 없앤다든가, 고려 혜종의 이름처럼 무(武)자의 오른쪽 내려 꺾는 획을 없애고 쓰는 따위이다.

　"피휘니 결획이니 하는 것이 모두 중국에서 나온 것

34

이지만 중국은 현재 그런 것을 굳이 지키려 하지 않습니다. 이런 것으로 정력을 낭비해야겠습니까?"

"그들이야 어떻든 우리는 우리의 전통을 지켜야 할 것이오. 경상도 대구를 보시오. 처음에는 대구(大丘)라고 썼지만 이게 잘못이라 하여 정조대왕 때 대구(大邱)라 고치지 않았소?"

하는 수 없이 최육당, 정담원 같은 당대의 석학이 나섰다. 삼국사기의 기록에는 고구려나 신라로 보낸 중국의 국서에도 그렇게 쓰고, 중국 역사서 역시 그대로 따랐노라고 장황하게 설명했다. 한자 글자에 대한 고정관념이나 구습을 바꾸기가 그만큼 어려운 것이었다.

삼천리신문은 구한말까지 지방 관아에서 백성과 접촉이 잦은 아전, 서리 등이 중인층이 사용하던 이두식 한문을 씀으로써, 새롭게 사회적 기반을 잡아가는 상공인 중심의 이익을 대변하기 위하여 만든 신문이기는 했지만, 대놓고 중인들의 신문이라고 하기는 뭣하여 듣기 좋게 민족의 중산층을 대변한다고 하였다. 그러나 식민지 상황에서 중산층이란 존재하지 않은, 좀 허황한 용어에 지나지 아니하였으므로 내심은 민족의 나아갈 길을 인도하는 중심이 되겠다는 뜻에서 처음에는 제호를 중앙, 혹은 중도라는 이름을 생각했다.

그러나 청구라는 제호가 조선인에게 이상한 호소력을 가지고 있다고 여겨 조선을 연상케 하는 삼천리가 채택되었다.

창간 기념으로 마련한 민족지도자들의 좌담회에서 나온 발언을 옮긴 문장을 보아도 신문의 성격을 알 수 있다.

— 我三千里新聞之所任事此段(아삼천리신문지소임일딴) 三千里疆域良中 家家坊坊亦 聽讀書聲爲敎是良(삼천리강역아해 가가방방에 청독서성하이시어) 三千萬同胞亦 人人並以 啓明爲白臥乎所(삼천만동포이 인인아오로 계명하삷누온바) 民族矣進步發展乙 期約向敎是事 (민족의 진보 발전을 기약아이샨일) — (* 밑줄 친 한자는 이두문이며, 밑줄 친 한글은 이두로 읽는 방식이자 독음임)

— 우리 삼천리신문의 소임은 삼천리 강역 안에 집집마다 마을마다 독서 소리를 들리게 하여 삼천만 동포가 사람마다 모두 계명하게 하여 민족의 진보 발전을 기약하게 하는 일이오. —

그런데 삼천리신문의 구독자는 실상 많지 않았다. 중인들이라고 해 봐야 원래부터 절대수가 미미했고, 그들이 아전, 서리와 같은 직책마저 잃어버린 상태였으므로 문자생활을 해야 할 필요성을 절실하게 느끼지 못하고 있었다. 시간이 갈수록 이두 인구는 줄어들기 마련이었다. 글에 대한 일반의 인식은 조금도 변하지 않았다. 성인의 글을 다루는 논어 맹자나 시전 서전과 같은 경전, 또는 왕안석, 사마광, 소동파와 같은 당송팔대가가 쓰던 문장으로 써야 행세한다는 추세는 더욱 강화되었다.

두 신문의 문체가 이처럼 달랐으나 경계가 확연히 갈리는 것은 아니었다. 청구일보도 간혹 이두를 썼고, 삼천리신문의 경우는 순수 한문 문장이 더욱 빈번하게 등장했다. 고유문자를 가지지 않은 당시 조선으로서는 한자를 보배같이 여기며 사용하는 데는 전혀 차이가 없었다.

따라서 청구일보를 주로 구독하는 독자가 삼천리신문을 읽지 못하는 경우가 드물었고, 그 반대의 경우도 마찬가지였다. 까막눈이 아닌 이상 두 신문을 대충이라도 읽을 수 있었는데, 그렇다고 두 신문을 동시에 구독하는 독자는 극히 소수에 불과했다.

두 신문이 창간할 때는 한목소리로 조선 민족 모두가 읽을 수 있는 신문, 문맹이 줄어들게 하는 신문이 되겠다는 포부를 밝혔다. 이해하기 쉬운 문장과 용어를 사용하겠다는 약속도 했다. 그러나 시간이 흐름에 따라 청구는 더욱 어려운 한자 용어를 쓰면서 전통적인 한문 문장을 고집하는 인상을 풍겼고, 삼천리는 이두식 한문의 영역을 넓혀 나갔다. 은연중 자기 색깔을 강화하고 독자층을 다지는데 집착하는 경향을 보였던 것이다.

청구는 정통 한학자에 의하여 연암, 다산의 글을 대대적으로 소개하면서 고문운동에 나서는 듯한 인상을 풍겼다. 삼천리도 그에 뒤질세라 현실음에 맞지 않은 이두의 사용을 자제하는 대신 새롭게 사용하는 말을 즐겨 이두로 만들어 썼다.

일제에 저항하는 문제에 대해서도 그러하였다. 어느 신문이 검열에 더 많이 걸렸는지, 기사의 삭제, 압수, 발매 금지, 유기, 무기 정간 등의 탄압을 받았는지를 서로 비교할 만큼 라이벌 의식이 강했다. 삼천리신문은 발행 닷새 만에 덜컥 정간을 당하는 사건이 터졌고, 청구일보는 장장 9개월 넘게 무기정간을 당하는 기록을 세우기도 했다. 총독부와 경찰서 고등계의 눈으로는 불령(不逞)한 짓이 분명했다. 그러나 조선인만 모인 자리, 독립 정신을 북돋우는 대목에서는 이 검열 삭제와 정간 등의 행적을 훈장처럼 달고 다니며 경쟁하듯 자랑하였다.

두 신문은 민족진영의 움직임이나 만주나 유럽, 미주 등지에서 벌리는 항일운동을 보도하기 위해 갖은

지모를 짜냈다. 검열관이 눈치 챌까 기사 가운데 은어처럼 숨겨 놓기도 했다. 중국 고사를 인용하는 것도 한 방법이었다. 조선의 역사를 자칫 들먹였다가는 읽어 볼 생각도 하지 않고 주묵으로 벅벅 지우는 횡포가 예사로 일어났으므로 그런 고육책을 쓴 것이다.

삼천리신문에서 한번은 이런 일이 있었다. 신문사 주관으로 '조선인 체력 강화운동'이라는 캠페인을 전국적으로 펼쳤다. 조선 사람 누구나 자기 일에 충실할 것과 남는 시간이 있으면 빈둥거리지 말고 체력을 단련하자는 것이다. 농촌 인구가 8할이 넘는 당시에 빈둥거리고 노는 사람이라고는 도시에 사는 소수의 유한층에 지나지 않지만 굳이 이런 캠페인을 벌린 것은 의기소침해 있는 조선 사회에 활기를 불어넣으려는 의도도 있었다.

체력을 단련하면 건강과 질병 예방에 좋고, 이는 민력을 기르는 것이고, 나아가 국력을 기르는 길이라는 내용의 사설을 몇 차례 실으며,

— 옛날 중국의 도간(陶侃)은 늙어서도 운벽지로(運甓之勞)의 수고를 아끼지 않았는데, 그의 높은 기개와 깊은 뜻을 헤아린다면 우리 삼천만 동포는 한 시각이라도 나태한 생활과 일락한 일상에 빠져있지 말아야 할 것이다. —

라는 말을 슬쩍 집어넣었다.

도간이란 중국 동진(東晉) 시대의 유명한 장수이다. 조조의 위나라를 대체하여 세운 사마 씨의 왕조인 진(晉)나라가 서쪽 이민족의 침입으로 낙양을 빼앗긴 뒤 지금의 남경으로 달아나 세운 것이 동진인데, 당시 국가를 대표할만한 장수로 활약한 인물이다. 광주 자사로 재직하면서 고령임에도 매우 부지런하여 처리해야 할 공무를 끝내고 시간이 남으면 공청의 뜰에 있는 벽돌 백여 개를 손수 짐을 져서 관아 밖으로 옮겨 놓았다가 저녁이 되면 땀을 뻘뻘 흘리며 다시 제자리로 옮겨놓기를 반복했다고 한다. 이를 이상하게 여긴 사람들이 왜 그런 힘든 일을 하느냐고 물었더니, "언젠가 옛 강토 중원을 수복할 날이 있을 터인데, 내가 빈둥거리며 놀다가 힘이 약해지면 중원 수복의 대업을 감당하지 못할까 두려워해서이다."라고 하였다. 이를 도간의 '운벽지로'라고 하는데, 이 고사를 인용한 속뜻을 모르고 지나갈 신문 검열관이 아니었다. 결국 그 문장 부분은 주묵으로 지워지고 말았다.

　청구일보에서는 이런 일이 있었다.

　신간회 회원들이 전국 단위의 집회를 가진 뒤, 지방 회원 다수가 인왕산에 올라 봄 아지랑이가 피어오르는 장안을 내려다보았다.

　－ 신간회 춘계 대회가 작일 인왕산 기슭 모처에서 열렸는데, 회의를 파한 후 인왕산에 올랐다가 경성 시

가지를 둘러보며 창덕궁과 비원, 덕수궁, 경복궁 등을 첨망하던 지방의 한 원로 회원이 탄식하되, "산천은 의구하되 인걸은 간데없네." 하니 다른 회원이 받아, "반 천년 왕업이 물소리뿐이로다" 하며 눈물을 닦기에 이르렀고, 끝내는 울음이 터져 나왔다더라. 주위에 있던 회원들이 호응하니 작일 인왕 산정은 때아닌 곡성으로 장안이 진동하는 듯 하였다더라. 고래로부터 신정루(新亭淚)라는 말은 들었으되 곡성까지 참지 못하였으니 그 애통함이 고인과 비할 바가 아니기 때문이리라. ―

낙양에서 남경으로 쫓겨간 동진의 귀족들이 일기가 좋은 날이면 지금의 강소성 강녕현에 있는 신정이라는 정자에 올라가 놀았는데, 한번은 주의(周顗)라는 인물이, '풍광이야 고향과 다르지 않지만 산천이 낯설구려.' 라고 탄식하여 서로 마주보며 눈물을 흘렸다는 고사를 인용한 말이다. 신정루란 두고 온 고국 땅을 그리워하거나 어지러운 나라 형편을 생각하여 흘리는 눈물이라는 뜻이다.

이 정도 기사라도 검열관이 고개를 갸웃하게 되는데, 그 기자는 한 술 더 떴다.

― 이 소문을 들은 뜻있는 인사들이 왈, '신정의 통곡은 가상한 일이나 오직 그뿐, 초수상대(楚囚相對)함을 나무라는 사람이 없으니 천하에 인걸이 없다 할

것이다' 하였다더라. ─

초수상대란 극한적인 곤경에 처한 사람들끼리 서로 마주 보며 슬퍼하고 탄식한다는 뜻인데, 신정에서 서로 마주 보며 눈물을 흘리자 함께 있던 승상 왕도(王導)가 정색을 하고, "힘껏 왕실을 도와 옛 강토를 수복해야지, 어찌 살아날 가망이 없는 초(楚)나라의 포로처럼 앉아서 눈물만 흘린단 말이오?"하고 꾸짖었다는 고사이다.

검열관이 사흘간 정간 처분을 내리면서 이렇게 소리쳤다.

"조센징들이 매를 벌려고 아주 작심을 했구나, 작심을 했어."

이처럼 말썽을 부리기는 했으나 두 신문이 항상 그러한 것은 아니었다. 총독부에서 진실로 원하는 기사는 어쩔 수 없이 실어주어야 했다.

1933년 12월. 쇼와 천황이 첫아들 아키히토(明仁)를 낳자 일본 전역이 흥분과 경축 분위기로 들끓었다. 일본 신문들은 첫아기의 동정을 연일 대서특필했는데, 청구와 삼천리도 동경에서 타전되는 기사를 그대로 받아 싣지 않을 수 없었다.

"어(御) 전하께옵서 목욕을 하시고, 어 잠을 달게 잘 주무시다."

"어 젖을 잘 잡수시고, 어 옥체를 활발히 움직이시

니 건강이 매우 좋으시다는 어의의 진단이 있었다."

당시 천황 가에 대한 정도 이상의 공경은 잘 알려진 일이고, 우리에게는 익숙지 않은 '어'라는 관사형 경어가 덕지덕지 붙었기 때문에 그 말이 한때 빈축의 대상이 되기도 했다. 그러나 식민지 치하의 신문으로서는 총독부가 강요하고, 일본 조야가 지켜보는 내용에 대해 군이 회피하거나 기사를 축소할 명분도 힘도 없었던 것이다.

조성준이 기자 생활을 시작한 곳은 청구일보였다.

조선이 일본에 강점된 5년 뒤에 태어난 그는 대여섯 살부터 천자문과 동몽선습을 배우다가 여덟 살에 심상소학교에 들어가서 일본식 교육을 받았다. 할아버지의 호령에 못 이겨 천자문을, 할아버지의 표현대로 '개 머루 먹듯' 떼기는 했다. 계속 새로운 한자, 처음 보는 글자만 끊임없이 쏟아져 나오는 천자문에 넌덜머리를 낸 다음이었다. 처음 카나 50음을 외울 때가 좀 고생스러웠지 그 뒤부터는 읽기 편했고, 쓰기도 수월했다.

중학교 졸업과 동시에 장가를 들었다. 열일곱 살이 이르다 할 수는 없는 나이지만 두 살 연상의 아내에게 흥미를 느끼지 못하여 아내를 고향의 부모에게 맡겨두었다. 학생이 아내를 데리고 서울 생활을 한다는 것은 상상할 수 없는 일이었다. 곧장 연희전문학교로 진학했으나 한 해 만에 중퇴하고 말았다. 왠지 학교가 답답하고 암울했던 것이다. 이태 뒤, 아내가 딸을 출산했지만 아들이고 딸이고 별 흥심이 없었다. 백일이 지난 뒤, 훌쩍 동경으로 떠났다.

게이오대학 상경학부에 들어가 근근이 학업을 마치고, 귀국한 것은 1938년경이었다. 그의 나이 스물셋. 대학을 마쳤으나 할 일이 마땅찮아 다방이나 카회(카페)로 드나들며 시간을 죽이는 고급 룸펜 생활을 하게 되었다. 양반이네, 먹물깨나 먹었네 하는 사람 대부분이 그러했다. 농사는 뼈에 굳지 않아서 못 짓고, 상경학부를 나왔으나 장사 길로 들어설 길도 몰랐으며 손댈 용기도 없었다.

당시 돈푼이나 있는 조선 사람들이 정신을 잃고 빠져든 것이 금광이었다. 대부분이 지방 지주의 자제들인데, 최창학이나 방응모와 같이 광산으로 치부한 이들이 그들의 우상이었다. 특히 최창학의 전설 같은 이야기는 금광 열기에 기름을 부었다. 그는 언제 어디서든 조선 총독을 면담할 수 있는 사람으로 통했다. 비서실을 쉽게 통과할 수 있었으니 뒷면에 반 돈쭝이나 될 법한 두툼한 금박을 입힌 명함을 건네주기 때문이라는 확인 안 된 이야기가 떠돌아다녔다.

고향에 다수의 전답과 임야가 있는 성준도 룸펜 신

세를 어쩌면 면할까 하고 고민하다가 한때 금광을 기웃거린 적이 있었다. 그의 속마음을 이내 알아차린 할아버지가 긴 장죽을 두드리며 언성을 높였다.

"열 길 땅속, 백 길 산속에 든 것을 누가 안단 말이냐? 눈에 보이지 않는 것을 찾아 나서는 것은 풍수가 하는 짓과 조금도 다르지 않아. 저 경성의 민병각이라는 자를 봐라. 민비의 척속이라고 지방 수령을 하나 얻어서는 재물을 갈퀴로 끌듯 가렴주구하여서는 명산을 찾는다고 조선 팔도의 내노라 하는 풍수장이에게 패철을 들려 조상의 산소를 옮기다가 십만 석 재산을 거덜 내지 않았느냐? 금광이란 게 그것과 뭐가 다르다는 게냐?"

이런 반대에도 불구하고 끝내 뜻을 관철하는 사람이 있기는 있었다. 부모 몰래 농토를 파는 것인데, 그것도 쉬운 일은 아니었다. 큰 농토를 살만한 재력을 가진 조선 사람은 많지 않았고, 설혹 있다 하더라도 자신이 관리하지 못할 먼 지역의 땅을, 그것도 부모 몰래 팔려고 내놓은 것을 누가 선뜻 사려고 하겠는가. 단 하나, 동양척식회사나 금융조합에 헐값으로 저당 잡혀야 했는데, 부모의 땅문서와 도장을 훔쳐낼 수 있어야 가능했다.

성준이 그런 유혹에서 벗어날 수 있었던 것은 청구일보였다. 당시 그는 어떤 연줄로 조선에서 발행되는 한 잡지에 글을 싣게 되었고, 일본에서 발행되는 '모던'이라는 잡지에 짧은 글 두 편을 기고할 수 있었다. 물론 일어 전용 잡지였다. 기회가 좋았던지 조선인으로서 '모던'에 글을 싣는다는 것은 고등문관 시험에 합격하기보다 어렵다는 말이 돌던 시기였다. 사실 그의 일어 작문 실력이나 어휘 구사력은 웬만한 일본인도 부러워할 정도였다. 일어를 우리말로, 우리말을 일어로 옮기는 일을 맡길만한 인재라고 인정받았던 것이다.

그의 기자 생활도 잠시, 청구일보는 곧 자진 폐간하고 말았다. 그의 기자생활은 아주 궁핍했으니 말이 월급쟁이지 한 달이라도 변변히 월급다운 돈을 받아본 적이 없었다. 경영이 그만큼 어려웠던 것이다. 신문 발간 20년 동안 발행인이 네 사람이나 바뀌었지만 경영난은 갈수록 더했다. 산업과 상거래가 원시적인 당시로서는 광고가 별반 있지 않았고, 구독자도 늘지 않았다. 늘기는커녕 날이 갈수록 줄어들었으니 서당에서 한문을 배운 늙은 세대가 점차 줄어들고, 서당에 가는 학동의 수도 감소했다. 경영난은 삼천리신문도 마찬가지였다. 이두 한문을 읽기보다는 일어를 빨리 익혀 일일신보를 보는 것이 낫다는 말들이 공공연하게 나돌았다.

또 하나 문제는 신문 구독료였다. 신문을 구독하면

구독료를 치러야 한다는 인식이 희미했다. "글이란 원래 유식한 사람에게 읽히려고 만드는 것. 나 같은 양반에게 에헴, 신문이라 한들 한 부씩 보내주는 것은 당연하지 않는가?" 하는 사람이 많은 현실이었다.

양대 신문을 통합하자는 의견도 은밀히 교환되었다. 그러나 20년간 얽힌 소유와 지배의 관계가 하루아침에 뚝딱 해결될 문제가 아니었다. 통합이 쉽지 않다고 여긴 청구일보의 사주가 폐간을 선언하고 말았다. 회사의 부채와 사원들에 대한 임금 체불만 남았을 뿐, 재산이라고 한 푼도 건질 것이 없는 상태였다.

뒤에 알려진 일이지만 만주사변을 시작한 일제는 전시 체제를 굳히고, 조선인의 동요를 막기 위하여 두 신문을 폐간시킬 계획을 세우고 있었다. 그들이 칼을 빼들기 직전, 청구가 자진해서 손을 들었고, 삼천리도 그 뒤를 따랐다. 경영 사정으로 보면 삼천리가 더 어려웠는데도 청구가 손을 들자 마치 밤길에 길동무라도 만난 양 그대로 따랐던 것이다. 조선총독부로서는 손도 대지 않고 코를 푼 격. 1940년의 일이다.

이 신출내기 기자는 또 어쩔 수 없이 룸펜 생활로 되돌아갔는데, 그를 다시 직장인으로 만들어 준 것이 바로 일일신보였다.

일일신보는 조선에서 유일하게 남은 전국지였다. 기사와 사설, 광고 등 모든 지면을 일어로 채우기 때문에 얼핏 봐서는 일본 본토의 아사히(朝日)나 마이니치(每日)와 다를 바가 없었다. 총독부의 기관지였으므로 일어 실력이 뛰어나다고 하여 입사할 수 있는 곳이 아니었다. 마침 성준의 외가 사람 하나가 중추원 참의로 있었는데, 기자 자리가 빈다는 소문을 어찌어찌 듣고 몇 군데 청을 넣어 성사된 것이다. 물론 인정(人情)이라는 뇌물이 외삼촌의 손을 통해 들어간 것을 어렴풋이 짐작했다.

미군이 진주한 뒤부터 국정의 모든 명령과 지시가 맥아더 극동군사령부와 미 군정청에서 나왔다. 그들의 이름이 신문 지면에 더욱 빈번히 오르내렸다.

하루는 중절모에 두루마기를 입은, 쉰 살은 넘은 듯한 신사 한 사람이 편집국으로 들어왔다. 자신을 자하문 밖에 사는 손 아무개라고 소개했는데 지식이 상당한 사람으로 보였다.

며칠 분량의 신문을 들고 와서 맥아더를 マッカサ(막카사), 하지 중장을 ハジ(하지)라 표기한 것을 내보였다.

그 사람을 맞이한 조성준과의 사이에 이런 대화가 오고갔다.

"작금(昨今)에 서양지명호(西洋之名號)를 왜인지카나(倭人之假名)로 잉용표기(仍用表記)하니 저등사(這等事)가

온당부(穩當否)아?"

(근래에 서양의 명칭을 왜인의 카나로 계속 그대로 표기하니, 그러한 일들이 온당합니까?)

"와타시도모노(私どもの) 신문사 모(も) 각지카나(却之 假名)하고 대지한자(代之漢字)해야 한다고, 소오 오모테이마스(そう思っています)"

(저의 신문사도 카나를 버리고 한자로 대체해야 한다고, 그렇게 생각합니다.)

"연즉(然則) 귀사지불개(貴社之不改)는 하연고(何緣故)요?"

(그렇다면 귀사에서 고치지 않는 것은 무슨 까닭이요?)

"너무 바빠서... 쇼오쇼오, 오맛치구다사이(少々お待ち ください)"

(너무 바빠서..... 조금 조금만, 기다려주십시오.)

당시 우리말의 구조는 형해만 남아있었다. 한문식 용어와 문장이 줄기를 이룬 가운데 일본어까지 뒤범벅이 되어 입에서 나오는 대로 쓰이고 있었다. 그 일반적인 예를 들어본 것이다.

일제 이전, 한문의 문틀을 대화에서 옮겨 쓰는 것이 식자층에서는 일상적이었다. 따라서 신분이 낮거나 무학자들에게는 전혀 통하지 않는 대화였다. 신분과 계층, 학력의 정도에 따라 사용하는 용어와 말씨가 매우 달랐으므로 정상적인 소통은 거의 불가능했다. 따라서 정치 사회적 분열과 갈등은 필연적인 결과였다.

거기에 일제가 들어와 조선에 고유문자가 없는 것을 빌미로 이른바 국어 상용과 카나의 보급을 강력히 밀어붙였다. 그리하여 두 사람의 대화처럼 한자어, 일본어, 조선어가 뒤엉키는 괴이한 말이 되고 말았다.

그날 이후, 몇 사람이 짬나는 대로 모여앉아 서양 인명과 지명 표기 문제에 매달렸다.

"하지 중장은 어떻게 쓰면 좋을까?"

"河至라 쓰지요 뭐."

"좋군. 뜻도 좋고. 하씨들이 좋아하겠어."

모두 웃었다.

"알고 보면 이건 군두목[軍都目, 群都目]이라는 게 아닌가?"

"그런 셈이지요. 괭이를 廣耳, 호미를 好尾, 바다를 波多, 또는 우리 몸의 신장(腎臟)인 콩팥을 豆太라고 쓰는 것과 다를 바 없지요."

"무엇을 어떻게 쓰든 음에 맞게 사용해야겠지. 군두목이란 한자의 뜻과는 상관없이 취음하여 쓰는 차자(借字)표기법이니까."

"그러고 보면 옛날 중인 아전들이 우리의 스승인 셈이군요."

좌중이 또 웃었다.

"더글러스 맥아더 장군은?"

"맥아더라는 성만 쓰고 더글러스는 빼야겠지요."

천 차장이 펜을 들어 貊(맥)이라고 썼다.

"오랑캐 맥 자를 쓰는 것은 좀 그래. 보리 麥(맥) 자를 쓰면 어떨까? 굳이 연관 짓자면, 밀을 주식으로 하는 사람이니까."

조성준이 말을 해놓고도 혼자 웃었다. 천 차장이 牙(아) 자를 쓰며 말했다.

"조아(爪牙)라는 말은 군인, 용맹한 장수를 뜻하니 이 글자가 어울리겠어. 雅(아)는 문사들에게 쓰는 글자가 아닌가?"

"그런데 맥아더의 '더'가 문제군."

잠시 침묵이 흘렀다.

"이두에서 제제량(除除良)이라고 쓰고 '더덜어'라고 읽는 법이 있으니까, 麥牙除(맥아제)로 쓰고 맥아더로 읽으면 어떨까?"

천 차장의 말에 조성준이 고개를 저었다.

"이런 경우에는 지금 일본에서 쓰는 マッカサ(막카사)가 훨씬 편한데…."

"이것만 카나로 쓸 수 없지 않나? 비슷한 음을 차용해서 牙士(아사)라고 하면 어떨까? 麥牙士. 아니면 麥牙師?"

"뒤엣 것이 좋겠군."

"작명 하나 하는 것이 이렇게 어려워서야 원. 그런

데 다른 신문에서는 어떻게 쓸지? 일일이 상의해서 쓸 수도 없고. 귀찮기 짝이 없는 노릇이구먼."

"우리 신문 안에서부터 말썽이 생기지 않을까? 牙士 대신 雅士, 또는 牙師로 쓰는 게 좋다고 주장하는 사람이 있으면 뭐라고 하나?"

"그렇겠군. 그렇다고 통신을 타고 수없이 쏟아져 들어오는 인명, 지명을 일일이 모두 모여 결정하기도 번거롭고. 화부(華府), 막부(莫府)처럼 짓는 것도 쉽지 않고, 화성돈(華盛頓; 워싱턴), 윤돈(倫敦; 런던) 같은 것도 얼마든지 달리 표기할 수 있으니까 말이야."

"그런 것은 그래도 입에 익어서 별 이론이 없지만 루즈벨트, 처칠 같은 것은 우리말과 영 맞지 않으니 어쩌나?"

중국에서는 루즈벨트를 羅斯福(라사복)으로 쓰고 '루어스푸'로 읽으며, 처칠을 丘吉爾(구길이)이라 쓰고 '치우징얼'이라 읽는다.

"앞으로 몇 개 신문들이 서로 작명 경쟁을 하게 생겼어. 서양의 인명과 지명을 누가 더 그럴듯하게 짓는가 하고 말이야."

인도의 시인 타고르가 일본에 왔을 때의 일이다. '아시아의 황금시대에 하나의 등불이던 코리아 운운'하는 시가 소개되면서 그의 이름을 두고 논란이 일었다. 청구일보가 駝骨(타골)이라 표기하자 삼천리신문은 他

高樓(타고루)라 적었다. 두 신문은 어떤 하찮은 계기로 서로 자신의 표기가 원어에 가까운 옳은 것이라 우기다가 소위 논객이라는 문화 인사들이 끼어들면서 전혀 의미 없는 논쟁까지 벌어졌다. 駝骨의 駝를 두고 인도의 사막 운운 하였고, 他高樓의 高樓는 높은 문학적 경지를 뜻한다는 우스꽝스러운 주장까지 나오게 되었던 것이다.

03

저 가랑잎 손에

기원전 3,200년 전, 메소포타미아 지역에 살았던 수메르인들이 발명한 설형(楔形)문자는 그 모양이 물건과 물건의 틈에 끼워 사개가 물러나지 않게 하는 쐐기와 같이 생겼다 하여 붙여진 이름이다. 모두 600개 이상의 설형문자가 있는데, 기역자를 반대로 그린 수직모양, T자를 옆으로 누인 수평모양, 왼손의 엄지와 검지를 오른편으로 벌린 대각선모양 등 기본 기호는 세 가지로서 각 기호는 꺾어지는 부분에 곡선의 빈 공간이 있다.

이 글자는 부드러운 진흙판 위에 기다랗고 뾰쪽한 나무로 깎은 붓을 눌러서 수직, 수평으로 쐐기 모양을 찍은 것이다. 그들은 기본 설형문자 외에 사물의 모양을 본뜬 기호도 그렸으며, 자신의 말을 이용하여 소리문자를 사용하기도 했다. 예컨대, '화살'이라는 단어는 수메르 말로 '티(ti)' 소리가 나는데, '인생'이라는 말 또한 같은 음이었으므로 '인생'이라는 단어를 '화살'과 같은 설형문자로 표기했던 것이다. 진흙판과 조각상, 동상 등에 새겨진 설형문자는 수메르 인은 물론 시리아 인, 바빌로니아 인이 약 3천 년간 사용하다가 완전히 소멸되고 말았다.

9월24일, 전국의 초등학교가 개학하였다. 10월1일에는 중등학교 이상이 개학하였다. 해방이 가져다준 기쁨이자 감격이었다. 그러나 그것을 마냥 누릴 수 없는 것이 교육계였다. 전체 교원의 3분의 2를 차지하던 일본인 교사들이 자리를 비우고 있으니 결원을 메워야 했다. 그보다 더 중요하고 급한 것은 학생들에게 나누어줄 교과서를 준비하는 일이었다.

총독부에서 발행한 초등국어독본의 첫 장은 붉은 일장기가 그려진 옆에 히노마루 노 하타(ヒノマル ノ ハタ)라는 대목으로 시작한다. 새 학년에 맞추어 배포하려던 교과서를 그대로 펴놓을 수는 없는 노릇이다.

문맹 퇴치가 교육의 제일 목표였다. 더 많은 국민이 글을 읽고 쓰는 것이 중요했다. 무슨 글자를 아이들에게 가르쳐야 하며, 무슨 내용으로 채우고 꾸며야 하는가 하는 것으로 요약할 수 있을 것이다.

교육계의 원로들이 해방 사흘째 되는 날부터 모임을 가졌다. 발 빠르게 움직인 셈이다.

이들은 새로운 교과서를 빨리 만들어야 한다는 지극히 상식적인 주장에는 쉽게 의견을 모았으나, 그 다음이 문제였다. 사회의 저명인사, 교육계의 원로들이 무리로 모여 난상토론을 거듭하였는데, 그들의 주장이 하나로 모아지기는커녕 날이 갈수록 이견만 노출되어 간다는 소문이 돌았다.

교육 문제가 시급하고 심각하다는 것을 깨달은 일일신보에서는 이 문제를 심층 취재하기로 하였다. 학예부 차장으로 자리를 옮긴 조성준이 기자 두 명을 데리고 취재를 시작했다.

성준은 먼저 미 군정청 학무국부터 취재했다.

일장기가 펄럭이던 총독부 건물 정면에는 언제 그런 일이 있었느냐는 듯 성조기가 무심한 듯 펄럭이고, 정문 입구에는 착검하고 눈을 부라리던 일본 헌병 대신 금발벽안의 미군이 태평스러운 얼굴로 서 있었다. 학무국은 별채에 있었는데, 행정을 담당하는 사무실에는 장학관도 장학사도 자리에 없었다. 원래는 여러 명이 있어야 하지만 일본인이 차지하던 자리를 미처 메우지 못한 형편이었다. 빈 자리를 둔 채 몇 사람의 손에 일제 교과서를 대신할 막중한 임무가 맡겨진 것이다.

전국의 교육을 총괄하는 군정청의 학무국장은 로카드 대위였다. 한 나라의 교육 행정을 책임지는 사람의 계급이 고작 대위냐는 불만이 앞섰다. 어떻든 만나 보아야 한다고 생각하여 면담을 신청했더니 자리에 없다는 대답이 돌아왔다. 모든 질의응답은 홍보국에서 전담하고, 개별적인 면담은 불허한다는 방침이 공표된 상태였다.

잠시 뒤, 한 중년신사가 들어왔다. 성준이 명함을 주고 인사를 건네고 보니 시내 관수국민학교의 윤성화라는 교장이었다. 장학사와는 사범학교 동기인데 학사 문제, 예건대 교사 충원과 교과서 등 갖가지 난제들을 어떻게 해결하고 있는지 궁금하고 답답하여 혹시 무슨 소식이라도 들을까 하고 들렸다는 것이다.

이때 옆방에서 고성이 흘러나왔다.

"이런 점잖은 곳에 웬 고성이오?"

"교과서 문제 때문이지요."

행정 직원이 마지못해 대답했다.

"어떤 분들이 모여서 회의를 합니까?"

"유조겸, 백희준, 정호보 같은 분, 삼천리신문 사장 하시던 오천성 선생 같은 분도 가끔 나오시고."

"여러 번 회의를 했나보군요."

"벌써 네댓 차례 될 걸요."

"서로 의견이 맞지 않는 모양인데, 주요 쟁점이 뭐랍니까?"

"어떤 글자를 쓰느냐는 것으로 다투는 모양입니다. 순수 한문을 쓰느냐, 이두문을 쓰느냐, 아니면 다른 뭐를 쓰느냐 하는."

"다른 뭐라니, 그게 뭐요?"

직원이 잠시 겸연쩍은 웃음을 흘렸다.

"로마자로 쓰자는 분도 있구, 당분간 일어를 그대로 쓰자는 분도 있지요."

조성준과 교장 선생은 마주보며 고개를 끄덕였다. 조성준이 입을 열었다.

"학무국에서 조정을 좀 하지 그래요. 학무국에서는 누가 회의에 참석합니까?"

"군정청 교육담당 이용석 보좌관, 장학관, 학무과장 대리 한 분. 그렇지요."

교육계의 명망 있는 인사가 임의로 모여 논의하다가 군정이 시작되면서 학무국 산하의 회의체로 발전한 것이라고 한다.

"학무국장이라는 그 대위는 무어라 한답니까?"

"국장이야 말이 안 통하니까 회의를 처음 시작할 때 잠시 들어와 인사말만 하고 나갔답니다. 교육 담당 보좌관으로부터 보고만 받는 게지요."

"쟁점이 한 두 가지가 아닐 텐데."

조성준의 물음에 윤 교장이 대답했다.

"뻔한 게 아니겠어요? 한자와 한문, 이두식 한문도 각기 비중을 어떻게 두고 가르쳐야 하는가, 또 교과서에 어떤 내용을 넣어야 하는가 하는. 우리 문자 교육의 대강이라 할 수 있겠지요."

"그 합의가 쉽지 않다는 것이지요?"

"참 답답하겠어요."

"창피한 노릇이지요. 미군들이 우리를 도우려고 교과서 7백만 부 정도 인쇄할 종이를 인천항에 실어다 놓았다는 데도 계속 결론을 내지 못하고 있으니까요."

성준이 얼핏 생각해도 쉽지 않은 것 같았다. 이용석 보좌관과 백희준 교수는 미국 유학생 출신이고, 유조겸, 정호보 같은 사람은 국내에서 평생 한문만 써왔으며, 오천성 사장은 이두로 즐겨 글을 쓴다. 그런가 하면 동기생 장학관은 윤 교장처럼 일찍부터 일제가 준 일본 교과서를 보고 공부한 사람이다. 교육계와 문화계의 명망가가 모였는데, 이것이 서로 자신의 입장을 바꾸기 어려운 원인이 되는 것 같았다.

성준이 회의실 문 앞으로 바짝 다가가 문틈으로 귀를 기울였다.

"지금 말씀마다 고전, 고전하시는데, 그렇다면 흰 수염에 긴 장죽을 문 서당으로 돌아가자는 말씀이시오?"

"서당이 낡았다면 차차 새로운 건물을 세워 신식 학교를 만들면 될 것이오. 그러나 한자를 배우고 한문을 익히는 데는 고래로부터 읽던 책을 버릴 수가 없소이다. 우리 선조들은 물론 당신이나 나나 어릴 때는 모두 소학과 대학, 논어와 통감 따위를 공부하지 않았소? 그 뒤부터 길이 달라졌을 뿐이지."

"동양 고전과 함께 옛 대한제국에서 발간한 교과서를 그대로 쓰자는 주장에는 도저히 찬동할 수 없소. 그 내용들이 일본의 교과서를 거의 베끼면서 졸속으로 만들었기 때문에 흠결이 많다고 하오. 김창강의 역사집략 하나만 보더라도 유교적인 역사관을 탈피하지 못하고, 일본의 진무 황후의 신라정복설, 임나일본부 주장을 검토 없이 받아들였다고 하지 않소?"

또 다른 사람의 음성이 흘러나왔다.

"이제 새 시대가 되었으니 새 글부터 읽혀야 한다는 말씀입니다. 어릴 적에 읽던 논어 맹자와 고문진보가 뒷날 얼마나 깊은 영향을 끼치는지 아십니까? 글이란 오직 시 삼백(詩三百)과 이소(離騷), 반마(班馬)와 팔대문 (八大文)이 있는 줄만 알게 하고, 우리는 고작 월상계택 (月象谿澤)과 여한십가문(麗韓十家文)을 최고의 문장으로 칩니다. 그리고 건안 칠자니 명나라의 전칠자 후칠자 니 하는 것을 모방하여 목릉성세가 어떻다느니 하는 따위를 외워서 무엇을 하겠다는 것입니까?"

또 다른 논전이 불을 뿜었다.

"지금 후생들에게 지식을 쌓고 지혜를 늘리기 위해 서는 높은 수준의 교육을 시켜야 한다는 것은 참으로 지당한 말씀입니다. 그러나 그게 그렇게 쉬운 일이라 면 누가 진작부터 하지 않았겠습니까? 그런 이상적인 것을 찾다가는 아예 학교 문을 닫아야 하고, 후세 교 육은 손을 놓아야 합니다."

"옳은 말씀이오. 우리에게 가장 시급한 것은 문맹 퇴치예요."

"그렇소. 일어와 카나를 배운 사람들을 제외하고 순 수 한자와 한문만 아는 사람은 전체 인구에서 얼마나 되겠소? 문맹을 확 줄이지 않고서는 절대로 문명국이 될 수 없어요."

"그렇기 때문에 저는 욕을 먹어가면서도 이런 주장을 합니다. 누구나 쉽게 배울 수 있는 것부터, 백성들이 얼마간이라도 알고 있는 것을 버리지 말고 계속 쓰게 하자는 것이지요."

 "에이. 히라가나, 가타카나를 계속 쓰자는 말씀이군."

 "카나를 일시에 폐기한다면 그동안, 근 40여 년에 걸쳐 배웠던 것들이 모두 헛고생으로 돌아가게 됩니다. 이건 숫자로 계산할 수 없는 막대한 손실입니다."

 "그 왜놈의 문자 쓰자는 소리를! 에이, 내가 또 그런 소리를 들으려고?"

 누군가 자리를 박차고 나가는 소리가 났다. 윤 교장이 직원을 바라보며 물었다.

 "저런 일이 그 전에도 있었던 모양이지요?"

 "회의 때마다 한 두 분은 나가십니다."

 "어떤 교재의 시안을 앞에 놓고 심의해 보지는 않았습니까?"

 직원이 고개를 흔들었다.

 조성준은 생각했다. 저 방에 앉아있는 인사들의 면면을 생각하면, 교재를 직접 작성하여 구체적으로 논의할 사람들이 아닐 것 같았다. 시안을 두고 심의를 해도 시간이 없을 판인데 그런 것은 전혀 마련되어 있지 않으니 답답한 노릇이었다. 사실 따지고 보면 닭이 먼저냐 달걀이 먼저냐는 식으로 시안이라는 것도 큰 방침이 서야 나올 수 있는 것이 아닌가. 교육 정책, 어문 정책은 국가적 차원에서 다루고 결정해야 할 문제라는 생각이 더욱 굳어졌다.

"일선 학교에서는 교과서가 없다고 아우성이지요. 올해 가을은 어물쩍 넘어가더라도 내년 봄 학기는 어떡하나?"

윤 교장이 한숨을 쉬며 말을 이었다.

"조선인 교사들 사이에도 생각과 주장이 제각각입니다. 그리고 새로 교사도 채용해야 하는데, 일정한 자격이 있는 사람을 뽑아 교육과 실습을 시켜야 하니까 생각하면 참 아득하고 답답한 일이지요."

성준을 답답하게 한 것은 멀리 있지 않았다. 소학교 3학년인 그의 딸 정순이가 개학한 지 한 달이 되는 어느 날, 학교에서 돌아와 책가방을 내려놓으면서 후유하고 긴 한숨을 내쉬었다. 할머니가 물었다.

"왜? 학교 다니기가 힘드냐?"

"힘든 게 아니라 재미가 없어서."

"공부가 재미없으면 어떡해?"

"하여간 재미없어요."

그날 저녁, 늦게 귀가한 성준에게 어머니가 말문을 열었다.

"정순이가 자칫하면 실학(失學)을 하게 생겼다. 제어미도 없는 게 공부까지 놓치면 그런 큰일이 어디 있겠니? 네가 잘 살펴봐라."

노도처럼 밀려드는 각종 뉴스와 이를 어떻게 해서라도 소화하려는 신문사의 격무에 시달리다 보니 가족이나 집일에 대해서는 신경을 쓸 겨를이 없었다. 어린 딸을 잊고 있었다면 과장이겠지만 관심의 끈을 한참 동안 놓아버린 것은 사실이었다.

성준의 아내는 3년 전에 병으로 세상을 떠났다. 그때 정순의 나이가 일곱 살이었다. 그 뒤 정순 부녀를 건사하기 위해 고향에서 어머니가 올라왔다. 성준으로서는 재혼이 급했으나 마뜩한 자리가 나지 않기도 하려니와 죽은 아내를 생각하면 선뜻 마음이 내키지 않았다. 죽은 아내에 대한 마음의 빚이 크기 때문이다.

성준은 당시로서는 늦지도 이르지도 않은 나이에 장가를 들었다. 할아버지의 친구의 손녀라는 것과 가성(家性)이 좋은 양반의 집 규수라는 것만이 그가 받아든 조건이었다.

문제는 혼인을 하고 난 뒤였다. 아내가 학교를 전혀 다니지 않았다는 것은 알고 있었지만 그토록 답답할 줄은 미처 짐작하지 못한 일이었다. 그녀의 부모와 할아버지는 계집아이가 집 밖으로 나가고, 남녀가 한 자리에서 창가와 율동을 익히고, 왜놈의 말과 글을 배우는 것을 변고로 여겼던 것이다. 글을 모르기는 성준의 어머니나 할머니도 마찬가지다. 하지만 그때는 학교란 것이 없으니 그렇다 치더라도 막상 까막눈 아내를 만나고 나니 이만저만 낙심이 아니었다.

그래도 글을 아는 부형이 있는 집안 출신으로서 약간이라도 글자를 안다는 처녀는 얼마간 알기는 안다. 그런 처녀가 아는 글자라고는 한자로 자기 이름자와 아버지 성명, 어머니 성씨와 본관, 시집 올 때 배워온 남편의 성명 정도였다. 좀 더 아는 여자는 셈을 세는 숫자와 물 수, 뫼 산 같은 기초 한자 수 십 자에 불과한 것 같았다. 그러나 이런 정도는 보통의 여자 이상은 된다고 하는 편이 옳다. 대부분의 처녀들은 이름 정도 아는 것이 고작이었고, 자기의 성과 어머니의 성, 그리고 신랑의 이름을 외워서 시집오는 것이 전부였다.

어려서부터 삼종지도니 부녀사덕, 그리고 봉제사 접빈객 등 전통적인 여성의 역할에 대해서는 빠짐없이 가르치려 하면서도 책은 가까이 두지 않았다. 공부할 수 있는 시간과 생활의 여유를 아녀자들까지 누리기에는 조선 사회가 너무 빈곤했고, 문화적 토양 또한 매우 척박했다. 한자라는 문자와 한문이라는 문법이 조선 사람으로서는 배우고 익히기가 너무 어렵다는 증거이기도 했다.

성준이 아내에게 글을 배울 것을 여러 번 권했으나 도무지 배울 생각이 없어 보였다. 우선은 가사가 그녀를 골몰의 늪으로 끌어들였고, 글을 배우는 것이 새삼스럽다고 여기는 것 같았다. 가끔 설득하고 때로는 다그치기도 했지만 들을 때뿐이요, 한 귀로는 흘리고 마는 것이었다. 그렇다고 아내를 붙들어 앉히고 글을 가르칠 수도 없는 노릇이었다. 더구나 그녀의 앞에 놓인 것은 한자와 일어 두 가지인데, 두 가지가 전혀 다른 세계는 아니라 하더라고 무엇을 배워야 할지, 그녀로서는 매우 혼란스러웠을 것이다.

성준은 급기야 아내를 무시하고 깔보면서 대화조차 하려 하지 않았다. 세상에는 여학교를 나온 여자, 양장을 입어도 태가 나는 여성, 자기와 생각이 비슷하고 말이 통하는 신여성이 얼마나 많은가. 그런 많은 여성을 두고 저런 무식하고 세상 물정 모르는 여자와 어떻게 평생을 살아야 하는가. 생각만 해도 한심하다 못해 인생사 자체가 비감해졌다.

성준이 다니던 연희전문을 그만두고 동경 유학을 훌쩍 떠난 것도 아내를 피하고 싶은 심리가 깔려 있었다. 고향에서 어린 핏덩이를 키우던 아내가 시름시름 앓고 있다는 소식이 왔고, 뒤에 폐병이라는 진단을 받았다. 신혼 초부터 눈자위가 들어가고 체구가 깡마

르더니 남모르는 병이 있었던 것이다.

그는 방학에 한번 삐끔 들여다보았을 뿐 약 한 첩도, 살뜰한 말 한마디도 건네지 않았다. 그가 귀국하여 잠시 청구일보에 다니다가 신문이 폐간하는 바람에 백수로 지낼 때, 연신 각혈을 하던 아내가 세상을 떠났다.

사람이나 물건이나 정작 없어 봐야 그 진가를 안다는 말이 그토록 옳게 들릴 줄을 성준은 그때야 알게 되었다. 어미를 잃고 잔망스럽게 우는 딸을 보자 젊은 나이에 상처를 했다는 자신의 처지가 문득 천길 벼랑으로 떨어지는 것 같았고, 슬퍼졌다. 그러면서 평소 그녀가 글을 모른다 하여 무시하고 냉대한 것이 정말 잘못 되었음을 뼈저리게 깨달았다.

학교에 가지 않은 것은 그녀의 탓이 아니지 않는가. 어떤 어린 계집아이가 공부하겠다고 부모가 반대하는 학교에를 갈 수 있는가. 집에서 글을 배우지 않은 것이 그녀의 탓인가. 여자가 글에 맛을 들이면 살림을 소홀히 하게 되고, 한번 글자를 배우게 되면 많고 많은 글자를 끝없이 배워야 할 것이니 차라리 아예 익히지 않는 것이 낫다는 부모의 생각을 그대로 따랐을 뿐이다. 그 오랜 인습에 반기를 들고 책가방을 싸들고 학교에 가겠다는 소녀가 어디에 있단 말인가.

한번은 성준이 글을 배우라고 다그치자 자신에 대

66

한 남편의 무시와 냉대를 뼈저리게 느끼고 있던 아내가 말했다.

"이대로 살아가면 안 될까요? 우리 친정어머니도 글을 몰라요. 할머니도 모르고...."

그녀의 눈물 가득 고인 눈빛에는 병들고 상처 입은 짐승의 두려움과 슬픔 같은 것이 드리워져 있었다.

"저 이대로 살더라도 얼마든지 잘 살 수 있어요."

그 눈빛 그 호소를 애써 외면했던 성준은 아내의 주검을 앞에 두고서야 깊은 회한과 슬픔의 늪에 빠져들었다. 그리고 깨달았다. 그녀는 여자로서 흔히 할 수 있는 말, 예컨대 "그러면 당신 어머니, 할머니는 글을 아시느냐?"고 역공을 펴거나, "글 아는 게 뭐가 그리 대단하다고 사람을 이렇게 못살게 구느냐?"고 대거리 한번 하지 않았다. 그것이 그녀가 천성으로 타고난 양순함이라는 것도, 놀라운 자기 절제라는 것도, 보이지 않는 지성이라는 것도 미처 알지 못하였다. 단순히 글을 모른다는 이유만으로 사람을 백안시하고 차갑게 대한 자신이 부끄러웠고, 그런 사람을 영영 놓친 것이 안타깝고 슬펐던 것이다.

사실 성준의 어머니와 할머니는 글자에 대한 지식이라면 아내 이상도 이하도 아니었지만,

"일거월저(日居月諸; 해여 달이여. 쉼 없이 흐르는 세월)라더니 이토록 쇠모한 자네를 보니 정말 창망하기 그지

없군."

하고 시경 일월장의 한 구절을 끄집어낸다든지,

"걔가 그런 짓을 하다니 장래가 어떨지 어차가지(於
此可知; 이것으로 미루어 보면 짐작할 수 있음)로구나."

하는 따위의 유식한 문자를 일상의 말로 구사하기
에 어려움이 없는 사람이었다. 비록 그것이 글 읽은
남자, 곧 아버지나 오빠를 통해 귀동냥으로 익힌 것이
기는 하지만 표현이 정확하고 자연스러웠다.

아내가 죽은 뒤, 주위에서 빨리 재혼을 해야 한다고
성화였다. 성준 자신도 필요성을 느끼고 있었다. 아
이까지 딸린 남자가 호기롭게 구혼을 할 수는 없지만
그래도 이런 사람, 저런 혼처가 심심찮게 들어오기는
했었다. 어쩌면 좋을까 우물쭈물 차일피일 미루다가
세월이 흘러가게 되었고, 해방이 되고부터는 그런 것
을 돌아볼 겨를이 없을 만큼 몸과 마음이 바빴다.

어머니의 말을 전해 듣는 순간, 아내를 그토록 냉대
하던 자신을 돌아보게 되었다. 이게 무슨 꼴이냐는 자
책이 앞섰다. 정순이를 불러 앉혔다.

"학교에서 공부하라고 등사물 같은 것을 나눠주지
않던?"

"아니. 아무것도 안 줬어요."

"그럼 선생님이 무얼 가르치는 거야? 어떻게 수업

시간을 보내?”

"그냥. 노래도 하고, 체조와 율동을 하고. 그러지 뭐."

"글은 안 배워?”

"방학 전에 배우던 일본책을 조금 복습했는데, 교장 선생님이 그런 건 공부해서 안 된다 해서 그만두고...."

정순이 따분하다는 듯 입맛을 다셨다.

"배우는 글이 없단 말이야?”

"하늘 천, 따 지 같은 것을 칠판에 써서 배우고 있어."

"노래는 무슨 노래를 부르니?”

"나의 살던 고향은, 또 울 밑에 선 봉선화야. 뭐 그런 거지."

거의 모든 수업시간을 음악, 무용, 체조, 운동 등으로 시간을 죽이고 있는 게 분명했다.

"노래하고 율동을 많이 하니 참 재미있겠다”

"처음에는 재미있었는데... 그것도 이젠 지겨워 죽겠어."

정순의 얼굴에서 슬며시 하품하는 표정이 느껴지자, 성준의 입에서 탄식이 흘러나왔다.

"저 가랑잎 같은 고사리 손에 어서 책을 쥐어줘야 하는데."

이튿날 오후, 기사를 마감한 성준은 학교 현장을 취재하기 위해 관수국민학교로 가보았다. 가끔 정순의 학교가 궁금했지만 학부형이라는 부담 때문에 일부러 피해 왔다.

교장실에는 창신동에 사는 김 주사라는 신수가 좋아 보이는 노인 한 사람이 먼저 와 앉아있었다. 뒤에 안 일이지만, 시중에서 흔히 부르는 주사(主事)니 참봉이니 하는 사람과 달리 대한제국의 학부에 정식 채용되어 일시 근무한 적이 있는 사람이었다.

"교장 선생, 얼마나 가르칠 게 없어서 이런 상것들의 글을 가르친단 말이오? 아비 부(父), 어미 모(母)라고 읽고 쓰도록 가르치면 될 것을 굳이 한자로 아비(亞庇), 어미(於美)라고 쓰는 건 또 뭐요?"

교장이 조심스러운 어조로 대답했다.

"어린 학동들이 배워야 할 기초 한자들이지요."

"배워야 할 것도 가려서 배워야지. 가르쳐서 좋은 것, 고상한 것, 양반다운 것을 가르쳐야지 않겠소? 이런 상스러운 것은 배워서 어디 쓰란 말이요?"

"시대에 맞게 가르쳐야 하지 않겠습니까?"

"이젠 양반 상놈이 없어진 세상이라고 합니다. 그렇더라도 말이나 글자는 고상한 것으로 가르쳐야 할 게 아니오? 교장 선생은 춘부장 어른께 편지를 쓰면서 '父主前 上書(부주전상서)', 자당께 편지하면서 '모주전

상서'라고 한 적이 없소?"

교장선생은 창밖을 내다보면 웃기만 했다.

"내 이야기는 '어마님 어마님, 우리 어마님' 할 게 아니라 같은 값이면 고상하게 '母兮母兮(모혜모혜) 吾之母兮(오지모혜)', 이렇게 하면 더 좋지 않느냐는 말이오."

"그건 우리가 일상의 말로 쓰지 않는 문장이지요. 아이들에게는 먼저 말과 글이 일치하는 것을 가르쳐야 한다는 뜻에서 그런 내용을 가르칩니다. 이제까지는 말 따로 글 따로 배웠기 때문에 글자가 어렵고, 문장을 배우는 것은 더 어려웠습니다. 그런 어려움을 덜어 보자는 뜻이지요."

"옛날 한문을 왜 그렇게 어렵다고 하는지 난 모르겠소."

김 주사는 문언이 일치하지 않는 것이 왜 어려운지 정말 모르고 있는 것 같았다. 이때 교장의 부름을 받은 교감선생과 교무주임이 교장실로 들어왔다. 교감을 본 김 주사는 자기의 주장을 되풀이 설명하고 난뒤, 한 발 더 나가 이렇게 말했다.

"아까 '모혜모혜 오지모혜' 하는 것은 뒤에 만들어 낸 문장이니 아예 '父兮生我(부혜생아)하시고 母兮鞠我(모혜국아)하시니 哀哀父母(애애부모)시여 生我劬勞(생아구로)샷다.' 이런 구절부터 가르치자는 것이 이 사람의 주장이올시다.”

교장선생이 얼굴을 찡그리며 대꾸했다.

“아니, 아이들에게 시경부터 가르치자는 것입니까?”

듣고만 있던 교감선생이 말했다.

“우리 교사들 중에는 명심보감 같은 것을 교재로 쓰면 좋다고 생각하는 사람이 적잖게 있습니다.”

교장선생의 놀라는 표정을 애써 무시한 채 말을 이었다.

“이런 것을 가르치면 소학교만 나와도 제 앞가림을 하여 면 서기도 하고, 회사도 취직하니까 고전 한문을 가르치자는 사람도 많습니다.”

“그렇지요? 그렇다니까요. 다 그런 생각을 한단 말이오.”

흥분을 감추지 못하는 김 주사의 목소리 뒤에 교장선생의 놀란 음성이 이어졌다.

“아니, 교감선생. 그게 진정이요?”

“이건 제 혼자만의 생각이 아니라....”

교장의 시선이 교무주임에게 머물렀다.

“교무주임도 그렇게 생각하시오?”

몸집이 크고 혈색이 뻘건 중년의 교무주임이 결심을 한 듯 대답했다.

“저는 이런 교재를 쓸 바에는 차라리.”

“차라리? 뭐요?”

"차라리 총독부가 만든 교과서를 그대로 쓰는 게 낫지 않느냐는 생각입니다."

"아니 총독부의 '초등국어독본'을 그대로 쓰잔 말이오?"

"그렇습니다. 일제에 관계되는 일장기, 가미가제, 진무 천황, 미야모토 무사시 같은 것은 빼고 그대로 가르치면 되지.... 않을까요?"

"일어를 그대로 가르친다? 히라카나, 가타카나로 우리말을 쓰게 하자는 말이오?"

"이미 30년 이상 익숙하게 써오던 것이니까요."

학무국 회의에서 나온 주장들이 일선 교육 현장에서 좀 더 구체성을 띤 채 반복되고 있다는 것을 느꼈다.

뒤에 알고 보니, 일본 교과서를 그대로 가르치는 학교가 서울 시내는 물론 전국적으로도 다수 있었다.

교장은 자기도 모르게 두 손으로 머리를 감싸 쥐었다.

"어쩌다가 이런 말까지. 이런 낭패가 어디 있나."

교감에게 호의를 보이던 김 주사도 이건 아니다 싶었던지 소리쳤다.

"카나를 그대로 배운다? 갈수록 태산이라더니. 이런 학교를 왜 다녀야하는 거지? 나는 내 손자를 퇴학시켜 내가 가르칠 작정이니 그리 아시오!"

김 주사는 교장과 교감의 만류를 뿌리치고 횡 하니

교장실을 나가버렸다.

새로 입사한 김현 기자는 경기도 수원 방면으로 취재를 나갔다. 그의 처가가 반월면에 있으므로 면 소재지의 초등학교로 가보았다.

5학년 학동 하나가, “於亇尼, 阿波至, 安寧何世悟?”라는 글을, “어마니, 아바지, 안녕하세오?”라고 술술 읽더라는 것이다. 河至, 麥牙師 식으로 쓰는 군두목 계열의 한자 표기법을 가르치고 있는 셈이다.

학교에서 얻어온 교재를 뒤지다보니 大夜味, 大⿱夜口이라는 단어가 눈에 들어왔다.

“그곳에 한배미라는 마을이 있는데, 大夜味라 쓰고 ‘한배미’라고 읽지요. 구획된 논의 단위를 ‘배미’라 하지 않습니까? 논 한 배미, 두 배미 하는 식으로 말이지요. 한배미란 마을은 비교적 넓어 한(大)을 넣은 것이랍니다. ⿱夜口(뱀)은 夜味의 축약형이구요.”

“자기 고장에 대한 지명부터 알려주며 글자를 가르치는 것도 좋은 교육 방법이군.”

김현 기자가 책장을 넘겨 보였다.

— 乭金, ⿱沙乙乷里, ⿰舍乙時調 — *

---

* 乭, ⿱沙乙, 乷, ⿰舍乙, ⿱夜口 같은 한자는 한글이 있기 때문에 造字가 가능하지만 여기서는 한국 고유한자를 소개하기 위하여 그대로 넣었다.

“돌쇠, 삽살리, 엇시조, 이렇게 읽는답니다.”

“이건 군두목과는 다른 셈이지. 우리나라에서 만든, 우리만 가지고 있는 한자이지. 돌쇠의 쇠는 金 자를 훈으로 읽어 음을 낸 것이고, 旕 자는 於와 叱을 합한 것이라고 봐야하지 않겠나?”

“그런데 이것 외에 아주 재미있는 이야기도 들었습니다.”

한배미 마을에 옛날 서당이 있었다. 아직도 상투를 틀고 앉은, 수염이 허연 훈장을 만나게 되었단다. 훈장은 한자 교육에 대한 당위성을 장황하게 늘어놓더니,

“요즘 사람들이 이런 걸 알기나 하겠소?”

하면서 붓을 들어 “月出高”라고 썼다. 김 기자가 “월출고?”라고 받아 읽자, 무슨 뜻이냐고 물었다.

“달이 높이 떴다?”

“그렇게 읽어서는 안 되고, 달리 읽는 방법이 있소.”

잠시 감은 눈을 뜨더니 천천히 입을 열었다.

“내가 막 장가를 든 뒤였으니까 어언 오십 여년이 되어 가는가? 장가를 들고, 마을사람들을 처음 만나게 되면, 왜 그 신랑 다루기라는, 동상례라는 것이 있지 않소? 동네 청년들이 새신랑을 붙들어 앉혀놓고는, ‘당신 누구 마음대로 이곳에 장가 왔나?’ ‘처녀 도둑질을 했으니 한 턱 내라.’고 윽박지르다가 광목 끈이나

새끼줄로 신랑을 묶어놓고 방망이나 신발짝으로 발바닥을 때리기도 하지 않소? 그러면 그 집의 장모가 나와서 뜯어 말린 다음 술과 안주를 내게 하여 먹고 마시며 노는 것 말이지."

"저도 그런 걸 당해 봤습니다."

"그랬을 게요. 막상 그런 게 없으면 허전하고 섭섭하다고 합디다. 처가에 오죽 사람이 없으면 그런 놀음도 없느냐고 말이야. 하여간 나를 결박하려고 범강장달이 같은 청년들이 달려드는 것을 보고, '양반의 체면에, 선비들이 이런 짓밖에 할 줄 모르냐?'고 그랬더니, 그들도 지기가 싫었던지, '글 내기를 하자는 것이로구나!'면서 풀어 주는 거요."

훈장의 회상은 계속되었다.

"지필묵을 내어 와서 마주앉더니 붓을 들어서 바로 '月出高'라고 쓰는 거요. 이걸 아까처럼 '달이 높이 떴다'라고 해석하면 실격이라오. 앞의 두 자는 뜻으로 읽고, 끝 자는 음으로 읽어 '달 날 고(달라고)'로 새겨야지. 즉 술과 음식을 달라는 뜻이오. 내가 응답을 하기를, '日入於' 라고 했지. 이것도 '해가 들어왔다'라고 하면 안 되고, 역시 앞의 두 자를 훈독(訓讀)하여 읽어 '날 들 어(날더러?)', 나에게 달라고 하느냐는 뜻이오."

"재미있군요."

"이게 바로 향찰(鄕札)이라는 것이라오. 그랬더니 다

른 한 사람이 붓을 들어 '食旀禮畢(식며예필)'이라고 쓰는데, '먹으며(食旀), 예필, 예를 끝내자', 즉 먹으면서 동상례를 마치자고 제의를 해 온 것이오."

"그래서 어떻게 하셨습니까?"

"'安徐討食(안서토식)'. 앞의 두 자는 음으로 읽어서, '아서(아서라)'는 그러지 말라는 뜻이고, '토식'이란 음식을 강제로 빼앗아 먹는 짓을 뜻하는 한자말이오. 토식을 하지 말라는 말이지 않소? 이렇게 글로 버티니까, 그 사람들이 '아이고, 이 신랑과는 글로 싸워서 안 되겠다!' 하고 나를 다시 보는 거야. 하하하."

"참 용하십니다."

"어린 내가 갑자기 무슨 재주로 그런 대구를 달 수 있었겠소? 이야기인즉 천년도 넘는 신라 때부터 그런 향찰을 썼다고 하는데, 그렇게 글을 만드는 방식이 아직도 살아있단 말이오. 다행히 내가 얻어들은 적이 있어서 응답한 게지."

이야기를 마친 김 기자가 점심을 먹으러 가자며 일어났다. 곽 차장이,

"이런 귀중한 취재를 해 오고, 한문 공부도 했으니 오늘은 조 차장이 점심을 사게."

하고 조성준의 소매를 끌자 조성준이, "안서토식(安徐討食)!"하고 소리쳐서 한바탕 웃었다.

한배미 마을의 학생이 배우는 독본이 관수국민학교에서 배우는 독본과 동일한 내용은 아니지만 작성 취지는 같아보였다.

중등 교육 현장을 취재할 차례가 되었다. 중학교라면 진영여중의 박영자 선생을 떠올리지 않을 수 없었다.

성준의 외사촌누이 윤채옥의 학교 선배로서 같은 학교에 재직하고 있었는데, 성준이 상처를 한 뒤 채옥이가 중매를 서겠다고 작년부터 나서서 한번 만난 적이 있다. 양쪽 다 채옥의 권에 못 이겨 만났으나 더는 발전하지 못하였다. 성준으로서는 사별한 아내의 잔영이 죄스러움과 한스러움으로 마음 한 구석에 똬리를 틀고 있었기 때문에 열의를 가질 수 없었다. 그보다는 성준처럼 상처한 남자, 그것도 딸아이까지 있는 사람을 여자 쪽에서 마뜩하게 여길 리 없다는 이유도 있었다. 교육도 받을 만큼 받고 외모나 가정 형편, 어느 모로 보나 빠지지 않는 처녀 선생에게 상처한 남자를 선보인다는 것은 당초부터 무리라면 무리였다.

그러나 채옥이 중매를 서두르는 것은 그럴만한 이유가 없지도 않았다. 박 선생에게는 결혼에 관한 상처라면 상처가 있는 처지였다. 그녀는 몇 해 전에 결혼이 거의 성사될 뻔한 적이 있었다. 중매로 혼담이 오갔는데, 신랑이 외모도 준수하고 학교도 전문학교까지 나온, 그러면서 가업을 이을 재산도 있는 사람이었다. 바로 맞선을 볼 수 없는 시대였으므로 먼발치에서 당사자들이 잠시 보았다고 하는데 쌍방이 서로 마음에 들어 했다는 것이다. 약혼 날짜까지 오고갈 즈음, 신랑이 친구들과 물가에 갔다가 발을 헛디뎌 실족사하였다는 것이다. 죽은 사람도 사람이지만 박 선생으로서는 충격이 이만저만이 아니었다. 이상하게 그 사람의 환영에 시달리며, 생전 들어보지 못한 목소리까지 들리더라는 것이다. 뒤에 안 이야기지만, 그녀의 부모는 당자 몰래 굿까지 했다. 한 학기 휴직까지 할 정도였으니 박 선생으로서는 혼인 문제를 아예 생각지도 못할 형편이었다. 그 후유증으로 몇 해가 가게 되고, 그렇게 사람이 늙게 되어 신부로서는 늦고 처진 형편이 되고 말았다. 이런 점을 곁에서 지켜보던 채옥이 여러 모로 마음을 다스리도록 하여 성준과 혼담을 시작하도록 했던 것이다.

그렇게 한 번 선을 본다고 법석을 떨다가 채옥이가 지난해 가을에 결혼을 하게 되었다. 결혼과 동시에 직장을 사직하는 대부분의 여교사처럼 채옥이도 학교를 그만두었다. 채근하던 채옥이가 곁에 없어지니 흐지부 되는 것 같아보였다. 그러다가 생각지도 못한 해방이 되었고, 성준은 졸지에 세상에서 가장 바쁜 사람의 대열에 서고 말았던 것이다.

갑자기 박영자 선생의 신상이 궁금해졌다. 새삼 젊고 재기 넘치는 젊은 여자의 모습이 보고 싶어졌다. 더구나 학교의 현장이나 교사의 의견을 가감 없이 듣고 볼 수 있을 것 같아 부쩍 마음이 조급해졌다.

수화기 저편의 그녀는 뜻밖의 전화에 놀라는 눈치였다. 상기된 목소리로 채옥의 근황을 물음으로써 성준에 대한 인사를 겸하는 것 같았다. 성준도 사실 바빠서 근래 채옥을 만나지 못했다.

"이제 생각하니, 그동안 제가 뭘 했는지 모르겠습니다."

"해방이 되었잖아요. 신문사라 아주 바쁘시죠?"

"아시다시피 우리 신문이 증면 발행하고 있지 않습니까."

"신문 지상 어디엔가 조 선생님이 쓰신 글이 있으려니 하고 유심히 살펴봅니다."

성준은 자기에게 관심을 갖고 있다는 말에 갑자기 찡한 느낌이 들었다.

성준이 전화를 한 목적을 이야기하자 학교 현장의 이야기가 많은 듯, 해방이 되었으니 어디인들 달라지지 않겠느냐고 대답했다. 전화선을 타고 오는 그녀의 목소리를 듣는 순간, 성준은 감전이나 된 듯한 짜릿한 희열을 느꼈다.

04

엄대 긋기

잉카족의 퀴푸(quipus)는 결승(結繩)문자의 가장 발전된 형태이다. 이것은 일종의 계산기인데, 물품은 매듭의 색깔로 나타내고, 수량은 매듭의 위치로 표시하였다. 각 매듭에는 특정한 십진값이 배정되어 있었다. 예를 들어, 8개의 매듭 묶음이 있고, 그 위에 5개의 외벌매듭이 있고, 또 그 위에 2개의 외벌매듭이 있으면 258이라는 숫자를 가리켰다. 매듭이 없는 지점은 0을 의미했다. 이처럼 '1의 자리', '10의 자리', '100의 자리'에 해당하는 끈의 위치가 정해져 있었다. 그리고 여러 줄로 이루어진 매듭의 다발은 합산용 끈으로 묶었는데, 이처럼 복잡하지만 일면 효율적인 체계를 갖춘 퀴푸는 특수계급이 독점하여 읽고 이용하였다.

일본으로 만주로 남부여대하고 떠났던 동포들의 귀환 행렬이 이어지고, 징용과 학병으로 끌려갔던 젊은 이들이 돌아오면서 전 국토는 사람으로 넘쳐나는 듯했다. 삼팔선을 사이에 두고 미소 양국의 분할 점령이 현실로 나타나자 온 나라가 들끓었다. 어느 하나 중요하고 긴박하지 않은 뉴스가 없었으므로 신문사의 일은 날이 갈수록 바빠졌다.

늦은 시간의 귀가 길은 항상 어두웠다. 골목을 막 들어서려는데,

"조 센세이!"

하고 부르는 소리가 들렸다. 골목 어귀의 가겟집 주인 긴상이었다. 창덕궁에서 상감님이 나오시냐고 물은 뒤 출퇴근길에 가끔 얼굴을 마주쳤으나 성준이 빠른 걸음으로 지나쳤기 때문에 더는 이야기를 나눌 기회가 없었다. 오늘은 마음먹고 성준을 기다리고 있는 눈치였다.

"센세이, 오랜만에 뵙겠습니다요. 안녕하시지요?"

"예, 내가 요즈음 아주 바빠서. 그래, 장사는 잘 되시오?"

"장사란 늘 그렇고 그렇지요, 뭐."

하루가 멀다 하고 올라가는 물가와 요즈음 부쩍 외상값을 미루는 사람이 많다는 말을 주섬주섬 늘어놓는데, 이야기가 길어질 것 같아 용건이 있느냐고 물었더니 야심한 시간에 죄송하다며 허리춤에서 누런 봉투를 하나 꺼내 들었다.

"제 고향에서 온 편지인데요. 좀 읽어 주십사 하고."

긴상을 따라 가게 안으로 들어가니 기둥에 댕그라니 남폿불 하나가 걸려있었다. 성준을 툇마루에 앉게 한 다음 남폿불의 심지를 돋우어 곁에 와서 섰다. 펜으로 꼭꼭 눌러 쓴 글씨가 벌레처럼 고물고물 움직이는 것 같았다.

"누군지 아주 달필이군요."

"동네 이장 일을 보는 사람일 겁니다."

"허준섭이라는 사람이 썼네요."

"그러면 면사무소의 서기인가?"

"고향이 외돈면이라는 곳이오? 이장의 부탁을 받은 그 면의 서기가 써 준 것이 맞소."

"그렇지요? 제 짐작이 틀림없다니까요. 우리 마을에는 남의 편지를 시원스럽게 써 줄 사람이 없으니까 면으로 가지요."

잠시 읽어 내려가던 성준이 입을 열었다.

"일본으로 징용 간 그 조카가 아직 안 돌아왔대요."

유일한 피붙이인 누님이 일찍 홀로 되어 친정에 와서 긴상의 어머니와 함께 살다가 죽었고, 그 아들이 긴상의 고향 마을에 살고 있다고 한다. 아내와 어린 딸을 남겨두고 징용에 끌려갔다고 여러 번 걱정을 한 적이 있다.

"아직요? 왜 여태껏 돌아오지 않을까?"

"함께 갔던 사람들은 모두 돌아왔는데, 그 조카는 일본 어디에선가 일행에서 떨어져 귀환선을 타지 못했다는 거요."

"아이고, 저런!"

45년 9월 중순, 시모노세끼로 기선 10척을 보내어 동포의 귀환을 돕기 시작했다. 또 한 달 뒤에는 재일 동포의 귀환을 촉진하기 위한 특사단 5명을 파견했다는 따위의 기사를 성준이 작성한 적이 있다. 동포들의 귀환은 그 뒤로도 한동안 계속되었다.

"조카가 일본말을 좀 합니까?"

"촌놈이 언제 일본말을 배웠겠어요? 기껏 '아리가또 고자이마쓰', '사요나라' 정도겠지요. 일본 가서 좀 배웠을라나?"

"그러면 글은 아오?"

"그런 놈이 글을 알 턱이 있습니까? 제보다 더 까막눈입니다. 고무래 놓고 고무래 정(丁) 자도 못 쓴다는 말이 그 놈 두고 하는 말이에요. 말 모르고 글 모르니 원."

희미한 남폿불 아래 드리운 긴상의 얼굴은 더욱 어두워졌다.

"너무 걱정 마시오. 현재 일본에는 우리 동포가 백만 이상이 있고, 지금 이 시간에도 수십 만 동포가 몰려나오고 있으니 어디에 끼어서라도 나오겠지요."

"그럴까요? 그렇다면 그런 다행이 없지요만."

"내 동생도 아직 돌아오지 못 했어요."

"아, 그렇군요. 그 학생 도령은 학병으로 남양 어딘가 갔다고 하셨지요?"

"우리도 걱정이 태산이지만 그렇다고 걱정을 한들 어쩌겠어요? 곧 돌아오겠지요."

말은 이렇게 하지만 성준도 애가 타기는 마찬가지

다. 요즈음 그의 모든 관심은 귀환선에 쏠려있었다. 긴상이 말했다.

"그 도령처럼 일본 유학까지 한 사람이야 무엇이 걱정입니까?"

"계속 읽어 봅시다. 그런데 그 조카의 딸이 무슨 병인지 몹시 아프답니다. 남편은 돌아오지 않고, 아이는 오랫동안 아프고. 부인이 아주 애간장을 태운대요. 간담 초민(肝膽焦悶)이라 했네."

"아이까지? 어디가 어떻게 아프답니까?"

"그런 사연은 없소."

"오랫동안 아프다면 그 모녀의 고생이 오죽할까? 무슨 약을 썼다고 합니까?"

"모르겠소. 하여간 더 읽어 봅시다."

이때 미닫이문이 스르르 열리며 어두컴컴한 곳에서 "어버버버버"하는 소리가 기어 나왔다. 긴상에게는 늦게 낳은 열 서너 살 되는 아들이 하나 있는데, 벙어리다. 말을 못 알아듣고 버버버버 거린다고 화를 내며 소리를 지르고 가슴을 치는 긴상 내외를 여러 번 본 적이 있다. 오늘도 무언가 낌새가 이상하다고 여겼던지 궁금하여 나온 모양이다.

"이놈아, 네가 알 일이 아니야. 들어가 잠이나 자."

소리를 냅다 지르며 종주먹을 턱밑으로 들이밀자 목을 찔끔 움츠리는 시늉을 했다. 이때 방 안에서 긴상의 아내가 사내아이를 끌어들이는 것 같았으나 그것도 잠시, 소리를 낮추어 여전히 똥마려운 강아지처럼 끙끙거렸다.

"간단하게라도 이야기해 주시구려. 오죽 답답하면 저러겠소."

"제까짓 놈이 알아서 뭘 하겠다고. 공연히 시끄럽기만 하지."

긴상이 마지못한 듯 손으로 몇 마디 수화를 했더니 그제야 알았다는 듯 고개를 끄덕이며 소리를 멈추었다.

성준은 긴상의 조카가 맞닥뜨린 현실을 상상해 보았다. 일본 열도 어딘가에 홀로 남겨져 헤매고 있으면서 글은 물론 말조차 한 마디도 할 줄 모르니 얼마나 답답하겠는가. 소경 다르고 벙어리 다른가 하는 생각이 들어 그 아이가 새삼 쳐다보였다.

"편지에 또 뭐라고 했습니까?"

"가족들이 살기가 아주 어렵고, 아이 약도 써야 하니 돈을 좀 변통해 달라는군요."

"어렵기야 말할 수 없겠지요."

길게 한숨을 쉬던 긴상이 어디서 구했던지 미제 담배를 한 갑을 뜯어 성준에게 온 갑 채 내밀었다. 편지를 읽어주는 사람을 예우하는 셈인데, 자신은 곰방대에 담아두었던 엽연초에 불을 붙였다.

"그리고 어떻게 수소문해서라도 제 남편을 찾아봐 달라는데..."

"하아."

긴상이 허공을 향해 길게 연기를 내뿜었다. 성준이 얼핏 생각해도 이 문제는 쉽지 않아보였다.

"조 선생님, 어찌 제 조카놈을 찾아볼 수 있겠습니까? 이름이 박천석입니다."

스스로 생각해도 실없다 싶었던지 혼자서 혀만 끌끌 찼다.

"천석이고 만석이고, 그 넓은 일본 천지에서 그 놈을 어찌 찾는단 말인고?"

성준도 대답할 말이 없어 빈 입만 쩝쩝 다시다가 자리를 뜨고 말았다.

공일과 반공일이 따로 있지 않은 성준은 신문사의 명으로 하루 뒤 출장을 떠났다. 연백평야에서 개성, 철원의 북부지역으로 다니며 3.8선 접경의 실태를 둘러보았다. 사흘 만에 돌아와 가족들과 함께 저녁을 마친 뒤 담배를 한 대 무는데, 바깥에서 조 선생님 하고 부르는 소리가 들렸다. 어머니가 말했다.

"앞 가게 긴상이구나. 어저께 찾아왔기에 네가 출장 갔다고 했더니 언제 오는가 물으면서 들고 온 과일 바구니를 놓고 갔다. 받지 않겠대도 억지로 놓고 가더구나.”

성준이 대문간으로 나가서 긴상을 맞아들였다.

“이 밤중에 어쩐 일이시오?”

“하, 그 편지 때문입죠. 이렇게 쉬시지도 못하게 또 찾아왔습니다요. 영 죄송 천만이구만요.”

“괜찮소. 그런데 며칠 전에는 허행을 했다면서요. 왜 과일은 놓고 가셨소?”

“변변치 않습니다.”

들고 온 상자를 성준의 앞에 슬며시 내미었다.

“이건 또 무엇이오? 왜 이런 건?”

성준이 뜯어보니 머플러와 장갑, 양말, 내의 등이 들어 있었다. 화신이나 미쓰꼬시 같은 백화점에서나 구할 수 있는 물건들이므로 나무랐더니 작은 성의라고 겸사를 했다.

“그 편지의 회답을 쓰려고 그러시오?”

“네, 네. 편지를 좀.”

“벌써 여러 날 되었는데... 길 건너 대서방에 가서 부탁하지 그랬소?”

성준의 집 근처, 무악재로 넘어가는 대로의 건너편에 연초 가게를 지키는 영감이 있는데, 대서방을 겸하고 있다.

서울의 사대문 안팎, 통행이 잦고 인가가 많은 곳이면 어김없이 그런 대서방이 있다. 또 전국 각처의 면이나 읍 사무소 곁, 사람이 많이 모이는 장터에도 있다. 대부분 연초를 팔거나 부동산을 소개해 주는데, 때로는 남의 글을 읽어 주고, 대필도 해 준다. 처마 끝에 깃발을 세우거나 기둥에 붙여 늘어뜨린 흰 천에 '代書房'(대서방)이라고 커다랗게 써 놓은 글씨가 바람에 펄럭인다.

대서방에도 두 종류가 있다. 대부분 안경과 붓을 그려놓았는데, 안경은 글을 보아준다는 뜻이고, 붓은 대필을 할 수 있다는 곳이다. 안경과 붓을 그리는 대신 대독(代讀), 대서(代書)라 쓰기도 한다. 이들 대서방 가운데 더러는 안경만 그린 집이 있으니 글만 읽어준다는 뜻이다. 글이 짧아서 대필까지는 할 수 없는 경우인데, 그런 집은 그리 많지 않다. 글을 읽을 줄 알면 어떻게라도 글을 엮어 주기 때문이다.

또 대서방 가운데는 당사주를 보는 집도 있고, 작명, 택일, 궁합도 곁들여 본다. 간판에 점 복(卜)자를 큼지막하게 써 놓은 집이다. 이들은 소경이나 무당이 엽전을 던지거나 쌀을 흩어서 점괘를 보는 것과는 달리 무슨 문서라도 앞에 놓고 점을 치는지라 까막눈은 아닌 셈이다. 큰길 건너편 연초가게 노인도 당사주를 보지만 신통하다는 소문은 별로 들은 적이 없다.

그들 대부분은 글 읽은 선비의 퇴물들이다. 일제가 들어오고 세상이 개화되는 바람에 할 일이 없어지자 그것으로 가계도 보태고 소일도 하며 산다. 그 가운데 가장 체모를 갖춘 것은 한의원이다. 유식도 하거니와 사람의 목숨을 다루고 있으니 권위도 있다. 한의원을 하거나 조금이라도 이름이 있는 선비는 그런 깃발을 달지 않는다. 간판을 다는 것은 스스로 체면을 깎아먹는다고 생각하기 때문이다.

긴상이 외줄기문서나 적바림, 혹은 급히 보아야 할 글은 길 건너 영감에게 간혹 부탁하는 것 같은데, 이번처럼 장문의 편지를 쓰거나 복잡한 문서가 있으면 꼭 성준을 찾아왔다. 연초가게 영감을 두고 언젠가는 지나가는 말로,

"제기, 내가 무식하다고 그걸 모르나? 대단찮은 글을 가지고 뻐기긴 어지간히 뻐기거든."

하는 것으로 미루어 영감이 꽤 으스대는 모양이다. 그런 대서방에 가면 아무리 못 줘도 50전은 주어야 읽을 수 있고, 무슨 글을 쓰게 하자면 2원 정도는 든다고 한다. 주어야 할 공전은 다 내면서 무시를 당하므로 억울하고 부아가 치밀기도 하겠다는 생각이 들었다.

"아무려면 조 센세이만 하겠습니까요? 귀찮으시더라도 좀."

지은 죄 없이 빌다시피 손을 비볐다. 남에게 글을 얻자니 저럴 수밖에 없다는 생각이 들었으나 한편으

로는 민망했다. 젊은 자신과 마주앉아서 꿇어앉아 있는 모습이 그랬다.

"이 보시오, 김 주사."

"아, 예 예."

남들처럼 '긴상' 이라 부르지 않고 예우하는 말로 부르는 것이 황송하다는 눈치였다.

"그러지 말고 편히 앉으시오."

"아, 예. 괜찮습니다."

성준이 좋게 앉으라고 거듭 권하자 그제야 고쳐 앉는데, 그래도 양반다리는 하지 못하고 다리를 약간 풀어 비스듬히 앉았다.

"거지도 손님 볼 때가 있다더니 저도 글을 봐야 할 때가 있네요."

그저께 보인 편지와 함께 분홍색 선이 쳐진 편지지와 봉투, 그리고 돈 35원을 내놓았다. 30원은 계수에게 보내는 것이고, 5원은 글을 써 달라는 사례금과 우편비용인 셈이다.

"편지를 써 드리리다만 다시는 뭘 들고 오지 마시오."

"귀한 글을 받으면서 빈손으로 오는 법이 어디 있나요?"

"이웃 좋다는 게 무어요?"

"그래도 한 번도 싫은 내색하지 않고 봐 주시니 여

간 고맙지 않죠. 지난번에는 자당님도 계시니 좀 드셔 보시라구 가져 왔습지요.”

　조선에서 혼서지나 계약서 같은 것은 말할 것도 없고 대수롭지 않은 적바림 하나를 부탁하더라도 빈손으로 올 수 없는 것이 글 동냥이다. 남의 눈을 빌려 글을 읽고, 손을 빌어 글을 쓴다는 것이 긴상 같은 사람의 입장에서는 돈을 빌리자는 것보다 더 어려울 것이다. 돈이야 신용이 있으면 빌려서 변리를 쳐서 갚으면 되지만 글만은 달리 거래하기가 어려운 노릇이다.

　이틀 뒤, 성준이 편지를 써서 주었다. 징용에서 늦게 오는 경우도 있고, 일본에 우리 동포가 많으니 너무 걱정 말라, 부친 돈을 찾아서 읍내에 있다는 양의에게 가서 아이의 병을 보이라는 따위의 사연을 적었다. 편지 글을 한 자 한 자 짚어가며 소상히 읽어주었더니 긴상은 코가 땅에 닿도록 연신 허리를 숙였다.

　성준은 조카의 아내를 상상해 보았다. 무식한 그 아낙네는 편지를 봉투 채 들고 읽어줄 곳을 수소문하다가 어쩔 수 없이 몇 십리 면사무소까지 갈 것이다. 헛기침을 컹컹해대는 면 서기를 향해 허리를 연신 굽실댈 것이고, 혹시 한 마디라도 놓칠세라 귀를 세워야 한다. 못 알아듣거나 미심쩍은 것을 물으면 면 서기는 귀찮다는 듯 퉁을 주며 목소리를 높일 것이다.

　우편국으로 가서 돈을 찾는 수속인들 얼마나 어렵

고 복잡하겠는가. 또 누군가의 손을 빌려야 할 터이니 장터에서 장국밥 몇 그릇, 막걸리 두어 되 값은 축이 나야 할지 모른다. 그러면서 그는 편지 내용을 잊지 않기 위해, 몇 마디는 속으로 간직하고 입으로 외우며 집으로 돌아갈 것이다. 길을 걸으며, 개울을 건너며, 고개를 넘으며, 그리고 안면 있는 사람과 인사를 나누면서도 입속으로 되뇌고 되뇔 것이다. 왜냐하면 그녀가 믿을 수 있는 것은 편지 속의 글자가 아니라 그것을 읽어준 사람의 목소리와 그 목소리를 들은 자신의 귀와 기억력밖에 없기 때문이다.

긴상이 조그마한 동네 가게이기는 하지만 장사를 꾸려나가는 것이 놀라울 때가 있다. 언젠가 그의 외상 장부를 본 적이 있는데, 거기에는 성준으로서는 상상할 수 없는 세계가 펼쳐져있었다.

볏짚이 간혹 섞인 누런 갱지를 노끈으로 묶어 만든 그의 치부책에는 뭉툭한 연필로 그려진 그림과 알 수 없는 기호로 뒤범벅이 되어있었다. 드물게 한자가 섞이기는 하는데, 아주 쉬운 글자 몇 개에 불과했다. 그는 一, 二, 三, 十, 百, 千, 万 단위의 숫자와 화폐 단위의 원(元, 円)과 전(錢), 아주 간단한 물건 이름과 몇 개의 성씨만을 쓰고 읽을 줄 아는 사람이다.

외상을 트게 되면 장부를 펴들고 묻는다.

"실례지만 성씨가 어떻게 되시오?"

"장 가요."

"베풀 장 자 장씨시오?"

"아니오. 줄풀 장(蔣)자요."

베풀 장(張) 자를 어떻게 알았던지 弓자로 표시하고, 줄풀 장 자 장씨라고 하면 弓자 위에 가위표를 하는 식이다. 정씨에게는 무슨 정을 쓰느냐고 물어 나라 정(鄭)씨라고 하면 커다란 귀 모양의 ß를 그리고, 고무래 정(丁)이라고 한다면 티(T)자를 하나 그려 넣었다. 그러나 그가 기록할 수 있는 성씨라야 몇 개 되지 않는다. 한자 외에 여러 방법이 동원된다. 손씨는 손가락 다섯 개의 손 모양을 그리고, 이씨는 자두 모양의 과일을, 박씨는 바가지를, 안씨는 두 팔을 벌려 안고 있는 모양을, 소씨는 소의 뿔을 두 개 그려놓는 식이다. 가장 흔한 김씨를 어떻게 표시했느냐고 물었더니, 풀 한 포기와 호미를 그려놓은 것을 보이며, "호미로 김을 매니 김씨가 아니오?" 하는 것이었다.

이것 외에 그는 주로 그 사람의 특징을 그린다. 눈가에 점이 있는 사람은 눈동자를 그린 뒤 점을 찍고, 머리가 벗어진 사람은 두상을 그린 다음 머리털 두어 올을 그려 넣는다. 약간 얽었으면 얼굴에 점을 몇 개만 찍고, 많이 얽었으면 아예 찍지 않고 혼자만 알아보는 어떤 표시를 한다. 곰보의 점을 다 찍기로 하면

수고스러울 뿐 아니라 당자가 보면 기분 나빠하지 않 겠느냐는 것이다.

집의 특징을 표기하기도 하는데, 해당 집을 설명해 주면 자기 나름대로 무언가를 그린다. 궁금해서 그 뜻 을 물어보니 이렇게 대답하는 것이다.

"여기 가느다란 두 줄은 골목인데, 발목은 걸어 들 어간다는 뜻이고, 말이 머리를 돌린 것은 마씨 집에서 돌아보면 보이는 집이 바로 그 댁이라는 뜻이지요. 허 허허."

그는 어릴 때부터 글을 배울 기회가 없었고, 공부에 재미도 없었다고 한다. 어떤 가게의 사동으로 들어가 가게 일을 배우고, 외상 장부를 만드는 것을 배워 글 자 몇 자와 나름대로 약속하고 익힌 그림으로 큰 어 려움 없이 살아가고 있는 셈이다.

그의 외상장부는 그림책 수준이다.

큰 병 그림과 火자와 一자와 五十錢이라 적은 것은 석유 큰 병 1병 50전이라는 뜻이고, 나무개비 그림과 火자와 一과 二錢은 성냥 1곽 2전이라는 뜻이다. 눈동 자를 그리고 점을 찍은 것은 눈깔사탕, 육각형의 긴 막대는 연필, 목침처럼 생긴 직사각형 물체는 지우개 다. 이처럼 가게에 있는 상품을 자신만 알 수 있도록 그리는데, 그 수량이 많을 수가 없었다. 상당수는 상 품을 표시해야 할 자리를 비워둔 채 액수만 적어놓았

다. 그로서는 숫자와 돈의 단위를 표기하는 것만으로
도 아주 다행이라 생각하는 것 같았다.

"우리집은 외상이 없소? 우리 걸 한번 봅시다."

성준이 팔을 내밀자 긴상이 얼른 장부를 뒤로 숨겼
다.

"없어요. 이건 보지 마쇼. 보고 또 웃으시려고."

"웃을 게 뭐 있소? 장부 정리를 아주 잘하시던데, 좀
불편하기는 하겠지만."

"어쩔 수 없이 하는 게지요. 혼자 궁리, 궁리해서 그
림을 그려놓고는 뒤에 가서 무엇을 그렸는지 영 생각
이 떠오르지를 않아 애를 태울 때가 많답니다. 글자를
써놓았다면 그런 일이 있겠어요? 에구, 까막눈이 원
수지."

긴상이 자기 눈을 손바닥으로 치는 시늉을 했다. 성
준은 "그래도 이 가게가 많이 개명되었소." 하려다가
말았다.

그 가게의 원래 주인은 강 첨지라는 노인이었다. 성
준도 어릴 때 잠시 겪어보았지만 그 노인은 긴상보다
더 까막눈이었다. 토박이 이웃사람들은 긴상이 강 첨
지에 비하면 큰 선비라고 웃으며 치켜세우는 사람도
있다. 강 첨지는 정말 글자 하나도 아는 게 없는 사람
이었다.

고향에 농장을 둔 성준의 집은 아버지가 구한말 관청에서 일을 보았으므로 일찍부터 서울에 올라와 살았다. 성준이 예닐곱 살 될 무렵, 가끔 강 첨지의 가게를 드나들었다.

"당황(성냥) 한 곽, 초 두 자루만 주세요."

"여기 있긴 있다만, 혹시 동네 아이들과 불장난 하려는 것은 아니겠지?"

"오늘 제사가 들었어요."

"그렇구나. 옛다. 돈은 주시던?"

"아니요. 엄대 그으라고 하시던데요."

강 첨지가 가게 기둥에 촘촘히 걸린 납작한 나무판자 하나를 골라 꺼내들었다. 성준의 집 외상장부로 쓰이는 엄대이다.

손으로 쥐기에 알맞은 너비의 기름한 판자 위에 가로로 금이 십여 개 그어져 있으니 돈의 액수를 나타내는 금이다. 금의 앞쪽에는 돈의 단위인 냥(兩), 돈(錢), 푼(分)을 나타내는 표시가 있지만 글자를 쓸 수 없는 강 첨지인지라 혼자만 아는 그림이나 부호로 표시를 해 두는 것이다.

"당황 한 곽에 2전, 초 한 자루에 2전씩이니까 두 자루면 4전, 2전에 4전이라, 모두 6전이구나."

강 첨지는 긴상과 달리 물건의 이름과 단위 따위는 기재하지 못하고 외상의 총액만 손가락으로 꼽아 셈을 하였다. 성준이 가게에 드나들 때는 냥이니 돈, 푼이니 하는 옛 조선의 화폐는 없어지고 일본의 화폐인 엔(円)과 전이 있었으므로 그 단위에 해당하는 칸에다 칼로 금을 그은 뒤,

  "자, 엄대질이 끝났다. 물건을 가져가거라."

  하며 나무판자를 다시 기둥에 걸어두었던 것이다.

  이런 엄대가 강 첨지의 구멍가게만이 아니라 신작로 건너 단골 푸줏간에도, 그 곁의 건어물전에도 있었다. 단골이 외상값을 갚고 나면 표면을 칼로 모조리 긁어 없앤 뒤 다시 금을 그어 엄대로 활용하기도 했다.

  성준이 청구일보 신입사원일 때의 일이다. 신문사 근방에 옛 주막집의 흔적이 남아있는 허름한 대폿집이 하나 있었는데, 그 집에서도 엄대라는 것이 있었다고 한다. 신문사 선배의 말에 따르면, 서울에서는 왕십리와 마포 나루 근처와 제기동 어디 어디, 몇 군데 남지 않은 엄대 쓰던 대폿집이었다는 것이다. 지금 주인 여자의 친정어머니 노파가 부엌의 벽과 기둥에 주렁주렁 엄대를 걸어두고 사용했다. 자기만 알아보는 방식으로 표시했으니 어떤 것은 얼굴 모양 같기도 하고, 옷차림새 같지만 타인이 봐서는 알기 어려운 그림이나 도형들이었다. 이것을 식칼로 표시한 것이 있는가 하면 벌겋게 단 부젓가락을 쓰기도 하고, 대못으로

긁기도 하였다.

　돈 없이 먹고 마신 다음 단골손님이,

　"엄대 그읍시다."

　하면 두 말 없이 엄대와 식칼을 꺼내들었다. 그 노파가 죽은 뒤, 과부가 된 딸이 물려받은 다음 그 엄대가 사라지고 말았다. 노파와 달리 딸에게는 기둥에 나무쪼가리를 주렁주렁 걸어놓기보다는 종이와 연필이 더 편리했을 것이다. 누런 갱지로 묶은 외상장부를 쓰면서도 '엄대 긋는다'는 말은 그대로 남아 한동안 통용되다가 근래에 와서는,

　"외상 그읍시다."

　라는 좀 더 직설적인 말로 변했는데, 성준도 세태에 따라 '외상을 긋자'는 말을 쓴다.

　강 첨지가 언젠가는 엄대에 대패로 밀고 다시 칼로 금을 긋기가 귀찮다고 하여 나무판자에다 진흙을 이겨 붙이는 진흙판 엄대를 만들어 쓴 적이 있다. 널찍한 진흙판에 구간을 나누어 여러 사람의 단골 외상값을 올려놓는다. 뾰쪽한 쇠꼬챙이로 진흙 위에 금도 긋고, 꼭꼭 눌러 역삼각형 V자 모양의 꼬챙이 자국도 만들어 표시해 두었다가 계산이 끝나면 벅벅 지우거나 물로 닦는 것이 나무 위에 금을 그었다가 지우는 것보다 훨씬 수월했던 것이다.

　그런데 한 번은 진흙이 너무 무른 까닭에 좀 구덕구

덕하게 해서 쓸 양으로 진흙판 여러 개를 햇볕에 내어 말렸다. 이어 급한 용무가 생겨 집을 나가게 되었는데 공교롭게도 갑자기 소나기가 쏴아 쏟아진데다가 아내가 무심코 보아 넘겨 비를 흠뻑 맞히고 말았다. 아차 하고 달려갔을 때는 그동안 표시해 놓았던 금이며 꼬챙이 자국이 빗물에 범벅이 되어 사라지고만 뒤였다. 당시는 인심이 그래도 순후하던 때라 집집마다 다니며 엄대가 없어진 사정을 이야기하고, 서로 기억을 살려 외상값을 얼마간 받기는 했지만 어찌 되었던 손해를 보지 않을 수 없었다. 그 뒤 진흙판 엄대는 영영 자취를 감추었다.

강 첨지에게 또 하나 재미있는 이야기가 있다.

그가 젊었을 적 이니까 구한말 우편이나 소포가 없었을 때일 것이다. 황해도 해주로 길을 떠나게 되었다. 연평도 근해에서 굴비 값도 보고 건어물도 싸게 사 올까 한 것인데, 처가 곳이 가까운지라 때마침 작고한 처조부의 상례를 본다는 것도 노정에 들어가 있었다. 젊은 강 첨지가 파주 장단을 거쳐 해주를 다녀온다는 소문을 듣고 일가친척과 처족들이 몰려와 이것저것 부탁하는 것이 많았다.

파주 향교 밑에 사는 김불이네 집에 이 적바림 좀 전해주오, 장단 풀미골 사는 우리 아저씨 환갑이 코앞인데 이 옷감 한 감만 갖다 주시오, 돌아오는 길에 개성에 들러 인삼 한 근 반만 사다주오 하는 식으로 잡다한 부탁을 받았다. 하나같이 거절하기 어려운 자리인지라 받아놓고 보니 무척 수량이 많아 아주 헷갈렸다. 고민을 거듭하던 그는 긴 새끼줄을 한 발 구해 와서 자기만 알 수 있게 표시를 해 나갔다. 노정이 가까운 곳부터 옷감을 꿰고, 적바림을 뜻하는 종이쪽지를 매달고, 인삼의 삼과 한 근반을 기억하기 위해 나뭇가지 세 개를 노끈으로 한 번 묶어 반을 접어 새끼에 끼우는 등 나름대로 기억 장치를 마련했던 것이다. 그런데 출발에 임박하여 그의 늙은 삼촌이 찾아와 또 부탁을 했다.

"장산곶 물안골의 내 친구가 환갑인데 이 청심원 좀 전해 다우."

매정하게 거절할 수 없어서 대충 짐에다 넣고 길을 떠났는데, 새끼에 끼워 온 것이 어디서부터 고장이 났는지 몇 개가 엉뚱한 곳으로 배달되었던 것이다. 그가 다녀온 지 가까이는 한 달 뒤, 길게는 두어 해에 걸쳐 잘못이 드러나게 되어 아주 경을 치를 정도였다고 한다.

강 첨지는 쉰이 조금 넘어 세상을 떠나고, 그 아들이 가게를 이었다. 이때 성준이가 중학교엔가 다닐 무렵인데, 그 아들 역시 일자무식하였으나 아버지와 달리 허풍도 곧잘 치고 덜렁대면서 가게를 아내에게 자주 맡기고 밖으로 나돌았다. 물건 값조차 잘 기억하지 못하는 그의 아내는 남편을 잡아두기 위해 사정도 해 보고, 악다구니도 무던히 쳤지만 별 소용이 없었다. 그러자니 가게가 지실이 들기 시작하여 없는 물건이 많아지면서 단골도 자연히 발길이 멀어지게 되었다.

  얼마 후, 그 가게는 아예 남의 손으로 넘어갔다. 밖으로만 다니던 아들이 어떤 친구의 꼬임에 빠져 남이 써놓은 어음에 보증을 서주었다는 것이다. 이를 엄대답(~對答)이라고 한다. 엄이란 엄대에서 나온 말이고, 어음(於音) 또한 엄에서 나온 말이라고 한다. 엄이니 엄대니 하는 것 모두가 거래 상대에게 현금을 주지 않는 상행위인데 무식한 사람이 덜컥 걸려들었던 것이다.

  사실 조선에서는 말이 보증이요 어음이지 문서상의 상거래는 매우 드물었다. 모두가 문자와 관계되기 때문에 송방이나 만상 따위의 상단에 소속되어 전문적인 훈련을 받지 않은 사람은 감히 곁눈질도 할 수 없었던 것이다. 그러자니 화폐의 유통도 아주 저조했다. 시골은 물론 서울 사대문 밖의 저자거리만 하더라도 상당 부분이 물물교환이었다.

  지금의 긴상은 열다섯 되는 무진년에 큰 흉년을 만나 단신으로 무작정 한양 쪽으로 물어 물어서 오다가 남대문 밖 칠패 근처에서 우연히 후덕한 상인을 만나 과자 도매상에서 심부름을 하게 되었고, 나이가 들어 장가도 갈 수 있게되었다. 이어 그 주인집 행랑채에 들어가 행랑아범 구실도 겸하게 되고, 그 아내 또한 그 집의 온갖 잡역을 황소처럼 해주어 안주인으로부터 남다른 사랑을 받았다. 그러자니 입도 그 집에서 붙여먹게 되어 돈냥이나 모으게 되었다. 강 첨지와는 과자 도매로 알게 되었는데 그 아들이 가게를 거덜내자 가진 돈에 모자라는 것을 어찌어찌 변통하여 빚을 안고 가게를 차지하게 되었던 것이다.

긴상이 배운 것이 없어 무식하기는 해도 워낙 근실하여 신용을 얻었고, 장사 속이란 어두운 것이어서 금방 자리가 잡혔다. 그러나 워낙 까막눈인지라 세상사를 비유컨대 빙판 길을 버선 없이 맨발로 걸어가는 것 같았고, 버선은 신었으되 신발도 신지 못하고 흙탕길을 걸어가는 것 같아 보였다.

05

견고한 성채

상형문자는 모든 문자의 원형이라 할 수 있다. 모든 글자는 기호로 시작하고 기호는 이미지로 시작한다. 인류의 모든 모습이 알파벳에서 발견된다. 과학의 진정한 시작은 이 알파벳에서 찾을 수 있다. 알파벳은 하나의 근원이다. A는 지붕이다. 크로스바가 있는 박공이고 아치이다. 또는 반갑게 만나 포옹을 하고 악수를 나누는 두 친구이다. D는 등이다. B는 D와 D를 겹쳐놓은 것이므로 곱사등이. C는 초승달. E는 기초요 기둥이요 버팀목이며 평방이니 곧 건축물 전체이다. F는 교수대요 기요틴이다. 〈중략〉 S는 뱀. T는 망치. U는 항아리. V는 꽃병. X는 칼이 엇갈려 싸우는 모양인데, 이 싸움을 누가 이길지 모르므로 신비주의자들은 운명의 기호라고 생각하며 수학자들은 미지의 표시로 사용하였다. Y는 나뭇가지, 두 강이 모이는 합수처, 와인 잔의 중간 부분, 환하게 핀 백합의 꽃과 줄기, 하늘을 향해 기도를 올리는 사람의 모습이다. 그리고 Z는 번개이며 신이다.

— 빅토르 위고, 〈여행 수첩〉에서 발췌 —

조성준의 일일신보는 해방된 지 두 달 만에 제호를 한양신문으로 바꾸었다. 일제가 들어와 쓰기 시작한 일본말 게이조(京城)가 못내 거슬리어 경성방송도 한양방송으로 국명을 바꾸었다.

일일신보는 경성방송과 짝을 이룬 주도적인 언론매

체이지만 일제의 하수 기관이요, 어용언론이라는 불명예는 영영 지울 수 없었다. 따지고 보면 일일, 곧 니치니치(日日)라는 제호도 사실 일본의 마이니치(每日) 신문에서 따온 것이다. 그래서 내부의 기자들, 특히 조선인 기자들은 자조적으로 '니치천치'라고 부르고, 외부인들도 비방과 야유의 뜻으로 썼다. 그것이 싫어서 제호를 바꾸었는데, 카나는 그대로 사용할 수밖에 없었다. 이 문제는 두고두고 말썽이 되었다.

해방 서너 달 사이에 청구일보와 삼천리신문은 각각 복간, 혹은 재창간을 준비하고 있었다. 두 신문은 과거의 동료 기자를 우선적으로 모아들이고, 새로운 인물을 찾기 위해 한양방송과 한양신문을 통해 보도 기사도 내보내고, 광고도 몇 차례 했다.

일본인 기자의 빈자리를 메우기 위해 한양신문에 왔던 경력 기자 가운데 몇 사람은 친정으로 돌아갔다. 성준에게도 오라는 손짓이 있었다. 그러나 선뜻 움직일 수 없었으니 눈코 뜰 사이 없이 바쁜 신문을 두고 나만 살겠다고 훌쩍 떠나는 것은 차마 못할 노릇이었다. 이런 인간적인 문제보다 더 강하게 그의 발을 묶은 것은 두 신문의 성격 때문이었다. 청구와 삼천리의 한자와 한문체, 그리고 이두식 한문을 자유자재로 구사할 자신이 없었던 것이다.

두 신문은 폐간하면서 헐값으로 일일신보에 넘긴

인쇄 시설을 다시 찾겠다고 나섰다. 문선, 조판 시설은 대부분 개인 인쇄소로 팔려갔고, 윤전기는 일일신보가 떠안았다. 윤전기는 일일신보보다 구닥다리였으므로 한쪽 구석에 처박혀 벌건 녹물을 뒤집어쓰고 있는 터라 윤전기 반환을 한양이 더 반겼다.

　윤전기를 싣고 가는 청구일보의 인쇄 책임자가 한양의 인쇄부 직원들을 향해,

　"이제 어떤 윤전기가 기름을 더 잘 먹는지 우리 내기를 합시다."

　했다는데, 그 다루는 손놀림이 남의 집에 배내로 준 소나 말을 찾아가는 사람처럼 호기로웠다고 한다.

　두 신문이 자진 폐간할 당시는 지독한 경영난 때문이었지만 지금은 그런 고민을 할 필요가 없었다. 일제의 언론 탄압도, 전쟁 경제에서 오는 경영난도 없기 때문이다. 시중에서는 양대 신문 외에 다수의 다른 신문이 출현할 것이라는 관측이 나돌 정도였으니 신문 구독자는 충분하다고 보았던 것이다.

　양대 신문은 제호의 글자나 편집 체제도 예전 모습 그대로였다. 달라진 것이 있다면 당시보다 종이와 잉크 사정이 상당히 좋아져서 외양이 훨씬 멀끔했다. 형식적으로는 미 군정청의 감독을 받았지만 미국은 언론의 자유를 존중하는 나라이므로 언론에 관한 것은 최대한 편의를 봐 준다는 입장이었고, 간섭도 없었다.

군정청의 정책에 반하지 않는 이상 모든 기사를 허용했기 때문에 기사의 내용도 점차 폭넓고 다양해졌다.

두 신문은 각각 1920년의 창간 정신을 되새기면서 민족 국가의 건설과 민주주의의 신장, 언론 창달에 앞장설 것을 다짐했다. 그리고 당면 과제로서 조국의 완전한 독립과 빠른 일제 잔재의 청산을 내세웠다. 정치적으로는 나라 안팎으로 흩어져 있는 민족 지도자의 빠른 귀환과 단결을 역설하였고, 경제적으로는 피폐한 민생을 해결하기 위해 일본이 남긴 생산시설을 빨리 인수하여 복구할 것을 촉구했다. 그러면서 일인이 남겨둔 재물을 함부로 손대어 국고를 축내서는 안 된다는 경고를 빠뜨리지 않았다.

두 신문이 창간됨으로써 언론의 역할을 홀로 담당하고 있던 한양신문으로서는 큰 짐을 내려놓은 기분이었다. 국내외에서 쏟아지는 각종 뉴스와 역사적인 기록을 홀로 감당하기에는 힘도 겹거니와 그 막중함이 상상 이상으로 컸던 것이다. 이제부터는 다른 신문이 하는 것을 봐가며 따를 것은 따르고, 참고할 것은 참고하면 된다고 믿었다. 앞으로는 서너 개의 신문이 공동으로 여론을 이끌면서 동의와 반대의 목소리를 다양하게 낼 수 있기 때문에 더 편하다고 생각하기에 이르렀다.

한편, 위기감도 없지 않았다. 5년 전, 두 신문이 폐간하고 난 뒤에 일일신보가 누리던 독점적 위상과는 달라질 것이 불을 보듯 훤한 일인데, 그것이 어떤 모습으로 나타날지 전혀 짐작할 수 없다는 점이었다. 하여간 청구일보와 삼천리신문, 그리고 카나를 그대로 쓰는 한양신문이 삼두마차처럼 해방 공간의 여론을 주도해 나갔다.

이때를 전후하여 이승만 박사와 김구 주석이 미국과 중국에서 환국하였다. 모든 언론이 더욱 바쁘게, 그야말로 눈이 팽팽 돌 정도로 급박하게 돌아갔다. 두 민족 지도자의 감격적인 연설이 전파를 타고 전국 방방곡곡으로 퍼져나갔다. 말 한 마디, 손짓 하나, 향하는 발걸음 모두가 기사거리였다. 환국 환영행사가 한양방송으로 실황 중계되었으며, 그 내용이 속속 신문 기사로 나갔다.

"동포 여러분, 우리가 뭉치면 살고 흩어지면 죽습네다."

이승만 박사의 이 연설을 어떻게 옮겨 적을 것인가를 두고 각 신문이 번역 실력을 다투는 형국이 되었다. 삼천리신문은 이 대목을 중취즉생(衆聚則生), 중산즉사(衆散則死)라고 썼는데, 이 박사가 신문을 내려놓으며 중얼거렸다.

"글을 어찌 이렇게 쓰나 그래!"

주위에 있던 사람들이 놀라서 물었다.

"박사님, 박사님의 그 말씀을 어떻게 쓰면 좋겠습니까?"

그는 민족 단결을 호소한 자신의 말을 삼천리와 같은 표현으로는 호소력이 떨어진다고 직감했던 것이다. 뭉친다는 말을 '동심일력(同心一力)' '동심동덕(同心同德)'으로, 흩어진다는 말은 '이심양의(二心兩意)' '이심이지(離心異志)' 정도로 표현하면 좋을 것이라고 속으로 생각하고 있었던 것이다.

일어로 번역하여 실은 한양신문을 보고 이 박사가 혼자 중얼거렸다.

"한양, 이 신문은 돼지 목에 진주목걸이를 걸어보는 격이로구먼."

그가 대놓고 나무라지 않은 것은 오랜 미국생활을 통하여 언론의 자유를 의식하고 있었기 때문이다.

하루 뒤, 집에서 잠시 망중한을 즐기며 라디오를 켜니 때마침 한 남자 아나운서의 낭랑한 음성이 울려나왔다.

"사십 성상 이역만리 미주 땅에서 조국의 해방을 위해 분골쇄신, 위국충정을 아끼지 않으시던 우리 민족의 지도자 이승만 박사께서는 환국에 즈음하여 동포 여러분에게 다음과 같이 말씀하셨습니다."

방송국 기자는 그 대목을 청구일보에서 번역한 것

을 그대로 옮겨서 원고를 작성했는데, 이를 넘겨받은 아나운서가 이 박사의 원래 의도에 충실하자는 취지에서 이렇게 읽어 내려갔다.

"우리 '민인(民人)이 회취(會聚)하면 상생할 것이요, 이산(離散)하면 공멸할 것이라 하였습니다."

이 박사가 노기 띤 음성으로 소리쳤다.

"저런 멍청한 것들이 무슨 보도를 저리 하나? 저러고서야 어찌 군국대사를 논하는 언론이라 할 것인가?"

이 말이 알려지자 번역의 문제를 지적하는 사람이 있는가 하면, 그런 발언을 번역하는 것 자체가 옳지 않으므로 육성 그대로 전해야 한다고도 했다.

김구 주석 일행이 중경에서 상해를 거쳐 환국하고 난 뒤의 일이다. 백범도 이 박사처럼 열렬한 환영을 받으며 여러 차례 연설을 했다. 환국에 즈음한 성명도 발표했는데, 그 성명문을 들여다보던 이 박사가 얼굴을 잔뜩 찡그렸다.

"일국의 주석이라면서 무슨 글을 이렇게 쓰나?"

백범의 성명서는 모두 이두식으로 작성되어 있었다. 백범이 중국에 있을 때, 중화민국 고관들은 물론 장개석 총통과도 필담을 나누는 처지지만 한문이 골수에 박힌 인물은 아니었다. 스무 살 전후에 과거도 준비한 적이 있었으나 근본은 상민이었다. 그는 공부를 시작할 때의 정경을 이렇게 회고했다.

"아버지는 내게 말씀하시기를, 밥벌어먹기는 장타령이 제일이라고, 큰 글 하려고 애쓰지 말고, 시행문이나 배우라시는 것이었다. '우명문표사단(右明文標事段)'하는 땅문서 쓰기, '우근진소지단(右謹陳所志段)'하는 솟장 쓰기, '유세차 감소고우(維歲次敢昭告于)'하는 축문 쓰기, '복지제기자 미유항려(僕之第幾子未有伉儷)'라는 혼서지 쓰기, '복미심차시(伏未審此時)'하는 편지 쓰기를 배우라 하시므로 나는 틈틈이 이 공부를 하여서 무식촌 중에 문장이 되어 문중에서는 장차 존위 하나는 하리라고 촉망하게 되었다."

자신이 항상 입버릇처럼 쌍놈이요 미천한 백성으로 자처하였으므로 이두를 쓰는 것을 당연하다고 여겼다. 그리고 이승만이 가끔 쓰는 영어와 미 군정청 사람들과 어울려 유창하게 늘어놓는 대화에 주눅이 들었다.

이승만은 달랐다. 그는 양녕대군의 후예로서 왕족이자 양반임을 한 순간도 잊어버린 적이 없었다. 과거를 통한 출세의 길로 나가기 위해 갑오경장으로 과거제가 폐지될 때까지 꾸준히 과거에 응시하였으므로 한문 소양이 뼛속까지 배어있었다. 우연한 기회에 선교사를 만나 신학문으로 들어서서는 미국 동부의 3개명문대학을 졸업하여 단숨에 박사학위까지 받은 인물이므로 강한 엘리트 의식으로 무장되어 있었다. 그에게 각인된 이두에 대한 기억은 피폐한 지방관아의 아전이나 몰락한 잔반, 향반들이나 쓰는 하찮은 글에 지나지 않았던 것이었다. 자신이 초대 대통령으로 있던 그 임시정부에서 그를 대표하는 사람이 그런 하찮은 글을 쓴다는 사실이 믿어지지 않았다.

신탁통치 문제가 터졌다. 우익 진영의 정파와 사회단체가 연대하여 단일 협의체를 만들자고 합의하였다. 이 박사와 백범, 몽양, 고하, 설산, 인촌 등이 회동하고, 실무자들이 자주 모였다. 이 박사의 돈암장과 백범의 경교장이 주 무대로 제공되었다.

신탁 통치를 반대하는 성명서와 미영소 3국으로 보내는 탄원서도 합동으로 만들기로 하였다.

처음 회합에서 실무자들은 모든 문서를 일반이 알아보기 쉽게 이두식 한문으로 쓰자고 합의했다. 그러나 이것은 이내 지켜지지 않았다. 반대 성명서 초안을 받아든 이 박사가 노안을 찌푸리며 잠시 들여다보다가 집어던지듯 되돌려주었다.

"나는 이 글이 무슨 말인지 못 알아보겠네. 여러 동포 대중이 바로 알아들을 수 있는 글로 작성해 보게"

엄항섭, 백남훈 같은 중견 정치인들이 속으로 불평

을 하면서도 한문으로 된 문서를 한 부씩 더 작성했다.

한문과 이두식의 두 실무자가 성명서를 가운데 놓고 마주앉았다.

"이 대목을 예로 들어 한번 봅시다."

실무자가 손가락으로 짚어가며 읽어 내려갔다.

"성명서에 '永爲獨立 爲只爲(하기암/하기 위하여) 三千萬同胞 敎是段(이신단/께서는) 並知(다무기/모두) 一致團結 向敎是事(아이산일/하실 일) 是白如(이삽다/이옵니다)'라고 되어 있습니다. 이것은 '영구히 독립하기 위하여 삼천만 동포께서는 모두 일치 단결하셔야 합니다' 이말이 아닙니까?"

"그렇지요. 바로 보셨습니다."

"그런데 이게 얼마나 어색한 말입니까? 지금 우리말에 하기암, 이신단, 다무기 같은 말이 어디 있습니까?"

"요사이는 별로 쓰지 않는 말이지요."

이두 실무자의 대답에 한문이 대들 듯 말했다.

"별로가 아니라 전혀 안 써요. 알아듣는 사람이 몇이나 되겠습니까?"

"옛날부터 써오던 것이라서 아는 사람은 다 압니다."

"왜 수백 년 전에 쓰던 것을 고스란히 그대로 씁니

까?"

"내가 어찌 압니까? 허허허."

"이두란 좀 더 알기 쉽게 쓰자는 것인데, 도대체 왜 그런답니까?"

이두 측에서 더는 참지 못하겠다는 듯,

"그걸 내가 어떻게 알아요?"

하고 고함을 팩 질렀다. 한문이 아차 하고 황급히 자리를 피했다.

실무자 사이의 반목은 자연히 지도자에게로 전달되었다. 이 박사와 백범 사이가 좋지 않아졌고, 몽양, 설산, 고하 등 자신이 어떤 글을 선호하는가에 따라 정견과는 상관없이 틈이 벌어져갔다. 특히 한자한문은 유교적인 이념과 성리학적인 세계관에서 불가분의 관계에 있고, 이것은 조선 후기 고질병처럼 번지던 사색당파와도 무관하지 않았다. 한문이냐 이두냐 하는 것만으로도 은연중 당론을 들어내지 않을 수 없었는데, 정치지도자들도 그 그늘에서 벗어나지 못하였다. 각자의 언행에는 알게 모르게 사색당파의 특징이 깔려 있었으니 견고하기가 성채와 같았다.

신문사의 반응도 제각각이었다. 이두식 성명서에 대해 청구일보는 달가워하지 않았다. 그들 신문에 맞게 문장을 고쳐 기사를 작성해야 하므로 성가시고 귀찮게 여기는 것은 당연했다. 반대로 순수 한문으로 작성된 문건에 대해서는 삼천리신문도 비슷한 반응을 보였다.

삼천리신문의 주영기 차장이 논설위원 한 사람과 함께 이 박사를 인터뷰하는 자리에게 이런 질문을 던졌다.

"박사님께서는 이두를 한 번도 쓰신 적이 없는 것 같습니다. 이두식 문장을 좋아하는 국민이 다수 있으니 써 보실 의향이 없으신지요?"

"이두 따위는 배운 적이 없으니 어떤지 모르겠소. 그건 아전들이나 쓰던 게 아닌가!"

이 박사가 이두에 대해 노골적으로 반감을 드러낸 것은, 구한말에 반역죄로 몰려 감옥살이를 할 때에 서리, 아전들에게 혹독하게 당한 결과라는 등 말이 많았다. 그는 한번 정한 것은 좀처럼 바꾸지 않는 사람이었으므로 양보를 끌어낼 수 있으리라고 보는 사람이 많지 않았다.

청구일보의 천성호 차장이 백범에게 이렇게 물었다.

"우리나라에는 이두식 한문보다 순수 한문으로 된 문건이 양적으로나 질적으로나 많으므로 많이 쓰는 것으로 통일하는 것이 어떨는지요?"

"이두는 내가 쓰고 싶어서 쓰는 것이 아니라 우리 임시정부 초기부터 모든 공적 문서를 그렇게 써 왔기 때문에 쓰는 것이오. 이것은 임정의 정통성과 관련되는 것이라 하겠소."*

백범은 뒷날 어느 자리에서 이 박사를 겨냥하여 이렇게 말했다.

"나는 평생토록 나의 신분이 천하다고 하여, 나의 언행이 일국의 주석으로서 부족하다고 하여 남에게 백안시당해 본 적은 별로 없는데, 이제 해방된 조국에 돌아와서 내가 쓰는 글이 무식의 소치로 비치는 것에 대해 심한 모멸감을 느낀다."

몽양, 고하, 설산 등 민족진영의 지도자들이 두 정치 거두의 대치는 막아야 한다는 취지에서 모임을 주선하려다가 기자들과의 발언이 알려지면서 그만두기로 했다.

이런 고통은 방송이 가장 심했다. 성명서와 같은 문건이 한문으로 작성되었건 이두문으로 작성되었건 방송에서 그대로 읽을 수는 없는 노릇이었다. 앞의 성명서처럼 "영위독립 하기암 삼천만동포 이신단" 하였다가는 이게 도대체 무슨 소리냐고 아우성을 칠 게 뻔했다. 그렇다고 아나운서에게 "영구히 독립하기 위하여 삼천만 동포께서는"으로 시작되는 길고 복잡한

---

* 실제 임시정부에서는 모든 문서를 국한문 혼용으로 썼으나 이 소설에서는 한글이 없다는 것을 전제로 하기 때문에 이런 발언을 한다.

여러 개의 문장을 모조리 외우게 할 수도 없는 노릇이었다. 말과 글의 이중구조, 즉 문언이 일치하지 않기 때문이었다.

방송은 항상 위태위태했는데, 반탁 운동 과정에서 터지고 말았다.

당초 이승만, 김구 등과 함께 반탁 의사를 가지고 있었던 박헌영 중심의 좌익들은 모스크바로부터 최종 지령을 받지 못하여 내심 뒤가 켕겼다. 반탁운동이 전국적인 호응을 얻자 하루라도 빨리 태도를 결정해야 했으므로 박헌영이 서울 주재 소련영사관을 방문했다. 부영사 샤브신은 본국으로부터 훈령을 받지 못했다는 대답뿐이었다. 12월 28일 비밀히 38선을 넘어 평양으로 간 박헌영이 모스크바에서 훈령을 받고 귀임한 민정사령관 로마넨코로부터 찬탁 지령을 받은 뒤 1946년 1월1일 밤 평양을 출발, 2일 새벽 서울에 도착했다. 이처럼 급박하게 움직이는 시점에 백범이 기자들과 만났다. 한양, 청구, 삼천리는 물론 한양방송국의 취재기자도 있었다.

"남로당의 박헌영이 야음을 타 몰래 평양으로 갔다는 소문이 있습니다. 저들의 동태가 영 수상한데, 만약 저들이 신탁에 찬성한다면 어찌하시렵니까?"

"그것은 민족적 양심으로써 절대 불가한 일이나 만약 찬탁을 결정한다면 저들을 잘 설득해야 할 것이오.”

“그래도 말을 듣지 않고 찬성한다면 어찌하시렵니까?”

“지금은 찬불찬(贊不贊)을 앞질러 말할 필요가 없소. 가능한 한 저들과 함께 하도록 노력하겠소.”

기자가 백범의 발언을 급히 받아쓰면서 중요한 단어만 메모하였다. 찬탁, 민족적 양심, 절대 불가, 찬탁 측(좌익) 설득, 금일 찬불찬 예단 불필요, 찬탁 측과 동행 노력. 대략 이런 식이었다. 신속함을 생명으로 여기는 방송으로서는 취재한 내용을 일일이 문장으로 만들 시간적 여유가 없거니와 만들더라도 이를 그대로 읽을 수 없고, 어차피 또 말로 풀어야 하는 까닭에 단어만 간단히 메모하는 것이 관행이었다.

이 메모지를 들고 부리나케 방송국으로 간 취재기자는 보도국장에게 메모지를 펴 보이며 내용을 설명했다. 뉴스 시간에 방송하라는 지시를 받은 기자가 아나운서에게 메모지를 내밀었다. 그리고 그가 들은 대로 메모지의 단어들을 짚어가면서 설명하고, 아나운서는 그대로 방송 연습을 했다. 내용을 확인한 기자가 오케이 사인을 보내고 자리를 떴다.

뉴스 시간이 되었다.

“김구 주석은 남로당 측이 신탁을 찬성하면 ‘민족의 양심으로 불가하다.’ 하였습니다. 그래도 찬성하면 어떻게 하려는가 묻자, '금일은 찬불찬을 예단할 필요가 없다.' 하고, '가능하면 저들과 동행하도록 노력할 것이라.' 하였습니다."

이 방송이 나간 뒤, 난리가 났다. 민족적 대동단결이 필요함을 이야기한 것인데 듣기에 따라서는 백범이 남로당의 노선에 동조할 수 있다는 뜻으로 전달되었던 것이다.

함께 인터뷰하던 기자가 백범에게 달려가 다시 묻는가 하면, 방송을 들은 한 신문은 "김구 씨 찬탁 가능성 언급"이라고 제목을 큼지막하게 달아 내보냈다. 이에 백범은 신탁을 찬성하는 것을 염두에 두고 한 발언이 아니라는 별도의 성명서를 발표해야 했다.

당시 조선은 문자라는 견고한 성곽에 갇히고 동앗줄에 묶이어 꼼짝달싹을 하지 못하는 격이었다.

이처럼 정보 전달에 문제가 있다 보니 군정청의 포고문이나 발표문, 혹은 성명에도 말썽이 생겼다. 영문으로 문안이 작성되어 군정청 장관이나 담당관이 승인하여 발표하면 공보부장이 다시 조선인이 알아들을 수 있는 글로 번역하여 내보냈다. 순수 한문과 이두 한문을 번갈아 번역하는데 시간과 인력이 많이 들어갔음에도 불구하고 그 번역문의 뉘앙스가 조금씩 다를 수밖에 없었다. 하나의 사안을 두고 각기 다른 해석을 하고, 그것이 정국에 미묘한 파장을 일으키면

서 자칫하면 분쟁의 빌미가 될 기미를 보였다. 미 군
정청에서는 자신들이 발표하는 영문 외에는 어떠한
부가적인 설명도 하지 못하도록 했다. 말을 덧붙임으
로써 물의를 빚을 소지를 차단하자는 뜻이었다.

정당 사회단체, 언론기관 등 군정청의 발표를 신속
히 접해야 하는 곳에서는 영어에 능통한 사람을 찾느
라고 야단법석이었다.

백범의 발언에 약간의 오보를 내는 것은 그래도 약
과였다.

"마포구 현저동에 사는 상인 노재성이 미곡을 매점
매석하여 거금을 부정 취득했다는 정황을 알게 된 동
업자 김불이가 친구 박준돌을 충동질하여 노재선에
게 더 싼 미곡을 사게 해 준다고 기망하게 하여 일금
5만 원을 편취하여 구속되었다고 합니다."

이 보도대로라면 매점매석한 사람은 노재성이지만
실상은 김불이였는데, 메모를 통해 입으로 옮기다가
엉뚱하게 바뀐 것이다. 도둑질한 사람과 도둑맞은 사
람의 이름이 바뀌거나, 때리고 맞은 사람이 바뀌고,
사기 친 사람과 당한 사람이 바뀌어 멀쩡한 사람이
구속 수감되었다거나, 형무소에 있는 사람이 시내를
활보하는 웃지 못 할 오보가 이어졌다.

간혹 당사자가 방송국으로 찾아와서 억울함을 호
소하고 항의하는 경우가 있는데, 방송국으로서는 일

일이 사실을 확인하여 정정 보도를 낼 수 없었으므로 대부분 모르쇠를 잡아 입을 닫고 말았다. 이미 전파를 타고 나간 것이니 증거가 어디 있단 말인가. 그래서 방송국의 기자나 아나운서, 혹은 피디 같은 사람들은 돌아가는 사람의 뒤통수에다 대고 듣게는 말을 못하지만 이렇게 빈정거리는 경우도 있었다.

"달아나는 방귀 잡고 시비하는 개아들 놈이라더니 원."

06

수난 속에서

고대 이집트에서 문자를 읽고 쓸 수 있다는 것은 권력과 부에 가까이 할 수 있음을 뜻하는 매력적인 것이었다. 전체 인구 가운데 1% 정도만이 가질 수 있는 이 능력은 필경사를 '왕자 같은 직업'으로 여기며 부러워하였다. 그러나 필경사가 될 수 있는 교육과 훈련은 길고 혹독했다. 〈중략〉
아버지는 아들을 학교로 데려가면서 이렇게 충고한다.
"나는 대장장이가 화로 옆에서 일하는 것을 보았는데 손가락은 악어가죽 같고 냄새는 썩은 생선보다 더 지독하더구나."
등허리가 휘는 육체노동의 고통스러운 삶이 어떠한지 하나하나 열거한 다음 이렇게 결론짓는다.
"네게 쥐어준 붓과 붓통, 잉크와 두루마리 책은 너에게 유쾌함과 부를 가져다준다는 것을 명심하라."

진영여중 박영자 선생과의 약속, 즉 외사촌누이 윤채옥과 함께 세 사람이 만나 식사를 하자고 제의해 놓고도 성준은 좀처럼 짬을 낼 수가 없었다. 격무가 그를 붙들고 놓아주지 않았다. 그러던 어느 날, 채옥에게서 전화가 왔다.

"오빠는 무슨 약속을 그렇게 하세요?"

"박 선생과 식사 하자는 이야기 말이구나."

"뭐가 그렇게 바빠요? 세상일을 혼자서 하우?"

"너도 비꼴 줄 아니? 사실 바쁘다 바빠."

"일요일도 바빠요? 아님 저녁시간도 없어요?"

성준은 허허 웃었는데, 박 선생이 성준의 전화를 기다리고 있음을 간접적으로 확인할 수 있어서 은근히 기분이 좋았다.

며칠 뒤, 저녁시간에 세 사람이 만났다.

박 선생은 여전히 젊고 깔끔했다. 채옥과 박 선생은 학교와 여러 교직원의 안부를 주고받기에 바쁘더니 역시 교사답게 수업 문제로 들어갔다. 채옥이 물었다.

"박 선생님은 학교를 떠난 일인 교사들의 수업까지 메워야 하니까 정말 바쁘겠어요."

"전공에 관계없이 닥치는 대로 시간 땜질을 하는 형편이죠."

"영어는 어때요?"

박 선생은 영어교사였다. 성준이 끼어들었다.

"일제 때 쓰던 교과서를 그대로 쓰고 있소? 쓸 만해요?"

"우선 그렇게, 역시 시간 땜질이지요 뭐. 달리 방법이 없지 않아요?"

"그렇겠군요. 갑자기 교과서를 내놓을 수도 없는 노릇이고."

"그런데 또 한 가지 문제는, 이전에는 일어로 독해

하다가 이제는 일어를 쓰지 말아야 한다고 하니 갑자기 우리말로 어떻게 표현해야 할까 당황할 때가 많아요. 우리말보다 일어가 먼저 튀어나오고. 교사 지침서도 일어로 되어 있으니까요."

"일어와 우리말이 오락가락하겠군요."

"흔히 쓰는 일어가 막 튀어나오는 게지요. 내가 이렇게도 우리말을 모르는가, 글도 이렇게 쓸 줄 모르는가, 한탄하기도 하구요."

"그렇겠군요."

"강단에서 말로 독해를 하고 표현하는 것은 어떻게든 얼버무릴 수 있어요. 그런데 더 어려운 것은, 그 독해문을 한문이든 이두식 한문이든 글로 써야 하니 정말 죽을 맛이지요. 제가 배운 대로, 입에 익은 일어로 스적스적 쓰던 것을 갑자기 한문으로 표현해야 하니....."

박 선생이 어처구니없음과 난감함이 교차된, 한 마디로 질렸다는 표정을 지으며 말을 잇지 못했다. 작문을 일상적으로 하는 성준도 외신으로 타고 들어오는 영문을 보고 기사를 쓰자면 고개를 흔들 때가 많은데, 일선 교사야 오죽할까 싶었다.

"그렇게 가르친 것을 학생들에게 시험을 보여야 하는데, 아직 한 번도 보인 적이 없지만요, 학생들인들 영어 독해의 답안지를 어떻게 메꾸겠어요?"

세 사람은 난감한 표정으로 서로 얼굴을 쳐다보았다.

"생물, 물상 같은 과목은 일어로 된 용어를 뭐라고 설명해야 할지 쩔쩔매고, 우리 윤채옥 선생 과목인 사회에서는 걸핏하면 '만세일계(萬世一系)'니 '덴노 헤이까' 어쩌고 하는 그런 것들을 이제 어떻게 걷어내야 할지 모르겠다는 말이 나옵디다."

채옥이 놀란 음성으로 말했다.

"어머, 지금 제가 강단에 서있다면 어떻게 했을까? 진작 그만두기를 정말 잘 했네."

"그리고 보니 네 신랑이 너를 살렸구나."

세 사람이 한바탕 웃은 뒤 성준이 말했다.

"역시 교과 내용도 큰 문제군요."

"국어 시간은 아예 손을 놓고 있답니다. 어떤 국어 선생님은 교과서에 이미 나온 한자만 골라 우리 음을 가르쳐주며 글자를 반복해서 쓰게 하고, 어떤 반은 수업을 접어둔 채 여학교니까 바느질이나 수예로 시간을 때웁니다."

성준은 딸 정순이의 학교생활을 상상해 보았다. 교재 때문에 생기는 그 난감함이나 난맥상은 초등학교나 중등학교나 다르지 않아 보였다. 성준이 더욱 진지한 표정으로 입을 열었다.

"지금 아시다시피 순수 한문을 써야 한다, 이두식

한문을 써야 한다, 혹은 일어는 그만두더라도 카나를 한자와 섞어 쓰자는 등 의론이 분분합니다. 박 선생이 보시기에는 어떻게 써야 한다고 생각하십니까?"

성준의 물음에 잠시 생각하던 그녀가 이렇게 대답했다.

"제 생각으로는 로마자로 표기하는 것이 좋지 않을까 하는데요. 제가 영어 선생이라서 그런지는 몰라도 그게 가장 쉬운 방법 같아요."

"음을 로마자로 표기한다? 박 선생도 그렇게 생각하신다고요?"

그런 주장을 하는 사람들이 있다는 것을 성준도 모르지는 않는다. 박 선생이 고개를 약간 저으며 말을 이었다.

"그렇지만 그걸 추진할 수 있을까요? 한자가 없으면 죽는 줄 아는 사람들을 설득하고, 반대하는 사람들을 이겨내야 하는데."

박영자 선생이 말은 부정적으로 하지만 그의 이야기를 듣고 보니 그 역시 로마자 표기의 열렬한 지지자였다.

박영자 선생이 들려준 이야기를 토대로 취재한 결과 로마자의 골짜기는 생각 외로 깊고, 그 골짜기에서 흘려보낸 물길은 길었다.

1830년경, 파리 외방선교회에서 조선에 밀파한 선교사 가운데 꼴랑부라는 신부가 있었다. 처음 중국 광뚱성으로 들어가 얼마간의 소양을 쌓은 다음 칭타오에서 뱃길로 당진인가 남양 어느 포구에 첫발을 내디뎠다. 같은 시대의 모방 신부가 압록강을 건넌 것과는 다른 경로를 택했던 것이다. 최초의 외국인 신부인 청국인 주문모가 얼어붙은 압록강을 건너 7년간 포교하다가 조정의 천주교 탄압을 이기지 못하여 자수한 뒤 군문 효수된 지 거의 한 세대만의 일이다.

　지방 선비 하나를 만났다. 과거에 여러 번 낙방한 뒤 공자 맹자 공부를 모두 집어치우겠다는 사람이었다. 예수와 여호와의 이야기를 들려준 다음 성경책을 펴들었다. 로버트 모리슨 목사가 중국어로 번역한 '신약전서'를 꺼내서 사도신경의 첫 구절 가운데 '耶穌' 글자를 가리켰다. 선비가 "야소" 하고 받아 읽었다.

　"아닙네다. 예수입니다."

　"예수? 아니올시다. 야소라고 읽어요."

　"그렇습네까? 그럼 이걸 붙여서 읽어보시오."

　"야소 기독."

　"야소 기독? 중국 사람들은 '예수 지두'라 읽는데?"

　선비가 고개를 크게 흔들었다.

　"예수 지두가 야소 기독이란 말입니까? 신부님이 말하는 예수 그리스도와는 어떻게 됩니까? 독생자라

했으니 친형제는 아닐 것이고, 그럼 서자입니까?"

"형제님, 그게 아니고.... 중국에서는 예수 지두라고 합네다."

"이상하네. 그리스도 넉 자를 왜 두 자로 삭둑 잘라 먹어?"

"아이고, 이거 아닌데. 오, 주여."

조선에서는 중국과 같은 한자를 쓸 수 없다는 것을 깨달은 신부는 예수를 어떻게 표기해야 할 것인지 주변 사람들에게 두루 물었다. 퇴직한 한 고관이 이를 전해 듣고 이렇게 말했다.

"내 듣자하니, 예수라는 사람은 라마(로마) 군대에 붙잡혀가서 십자가 형틀에 매달리어 손과 발에 못이 박혀 죽었다고 하니 참 가여운 사람이더군. 그게 억울하고 가엾다 하여 교세가 크게 번성했다니 일사(一死)에 유방만세(遺芳萬世)라. 한 번 죽음으로써 거룩한 이름을 천추만대에 떨친다는 것은 이를 두고 하는 말이렸다. 죄수치고는 영예로운 죄수로구면."

붓을 쓱 뽑아들고 譽囚(예수)라고 큼지막하게 쓴 뒤 이렇게 덧붙였다.

"남아 대장부로 태어나서 예수처럼 죽는다면 한번 죽을만하지, 죽을만해. 허허허."

이 이야기가 퍼져나가자 저마다 한마디씩 거들기 시작했다.

"예수라는 분은 서양의 예절을 이끄는 분이니 예(禮)의 으뜸이라는 뜻으로 예수(禮首)라 쓸 수도 있겠군."

"예수님 머리 뒤에 무지개 같은 원광이 있으니 그것을 거느리고 있는 장수라는 뜻으로 무지개 예(霓)자 예수(霓首)는 어떻소?"

"너무 과분하군. 예수라는 사람은 대단찮은 사형수였다네."

"원래 도술은 없는 사람인데, 황천패나 손행자 같은 도술이 없으면서 어떻게 그런 이름을 떨쳤나 그래?"

"그러니까 영예로운 죄수라는 걸세. 만약 서소문 형장에서 하듯이 망나니에게 목이 댕강 잘려 죽었다면 목 벤다는 뜻으로 제首(예수)라고 쓰자는 사람도 있었을 것이로구만."

듣던 신부가 푸른 눈을 동그랗게 뜨며 소리 질렀다.

"오, 형제들. 좀 참으시오. 우리 주님을 그런 식으로 욕보이다니!"

그는 홀로 남겨지자 눈물로 기도했다.

"오, 주여. 이 백성을 어찌해야 하옵니까? 교리는 뒷전이요, 오직 열을 올리는 것은 당신의 이름을 어찌 쓰는가 하는 것입니다. 주님의 이름을 바르게 쓰는 것이 중요하지 않는 것은 아니지만 지나치게 거기에만 매달려 가당찮은 유희로까지 흐르고 있습니다. 그 도가 점점 더해져 이제는 모욕하는 수준에까지 이릅니다."

그 신부가 외방선교회에 올린 보고서에는 이런 구절도 있었다.

— 여러 조건과 자질을 미루어 보건대, 이 백성들은 동방에서도 가장 영성(靈性)이 뛰어난 민족이라 할 수 있습니다. 우리 하나님을 가장 열렬히 영통하게 믿을 민족임에는 의심의 여지가 없음에도 불구하고, 놀랍게도 그들은 우리 주의 명호(名號)를, 즉 예수와 그리스도를 어떻게 표기하느냐는 문제에만 몰입하여 한 발자국도 나아가지 못하고 있습니다. 이는 동음의 한자 가운데 뜻이 다른 한자를 찾아내어 조합하는 것인데, 그 한자의 뜻 때문에 예수가 할아버지, 죄수, 장군 등 갖가지 이미지로 변신하고 있습니다. —

하루는 군뢰 방지거가 재직 회의에 나타났다.

"신부님, 안되겠습니다. 한자로 쓰는 것은 이제 그만둡시다."

"그러면 어떡할 거요? 오, 주여. 우리 조선 형제에게 지혜와 총명을."

"그래서 말씀인데, 간단히 합시다!"

팔을 썩 걷어붙이고 방바닥에다 위에서 아래로 금을 하나 쭉 내리그었다.

"예수!"

가로로 금을 쓱 그었다.

"그리스도!"

"그건 성호 아니냐?"

아전 출신 신자가 소리쳤다.

"미쳐도 단단히 미쳤구나. 성호를 글자로 쓰자는 게 냐?"

개신교에서도 이 문제로 고심하기는 마찬가지였다. 한자 때문에 오는 난맥상을 전혀 피할 수는 없더라도 천주교와 같은 상황은 피해야 한다고 이심전심으로 동의하고 있었다.

신유사옥이 있은 지 또 한 세대가 훨씬 지난 1874년 경, 스코틀랜드 출신인 로스 목사가 의주 상인 이응찬을 만난 곳은 조선과 중국의 경계에 있는 책문(柵門)에 서였다. 조선도 쇄국에서 벗어나 서양 문물을 받아들여야 하며, 만국공법에 따라 기독교를 다루어야 한다는 생각을 하기 시작했던 것이다.

로스 목사는 이응찬으로부터 조선어를 배우고, 이응찬은 로스 목사를 통해 영어를 익혔다. 이어 로스 목사의 매제인 맥캔타이어 선교사가 책문으로 오면서 서상륜, 백홍준, 이성하, 김진기와 같은 청년들이 모여들었다.

맥캔타이어 선교사가 천주교와 같은 표기 논쟁을

피할 수 있는 방법을 물었다. 조선 천주교 내에서 예의 으뜸 예수파, 장군님 예수파, 영예로운 죄수 예수파 같은 파벌 아닌 파벌이 생겼다는 농담 같은 이야기에 기가 질리고 말았던 것이다. 그러나 아무도 뾰족한 대책을 내놓지 못했다.

예수 그리스도 표기부터 막힌 상태에서 조선인이 읽을 수 있는 성경을 갖추는 것은 더욱 어려운 일이었다. 처음에는 중국에서 통용되는 성경을 차용할까 하는 생각도 없지 않았지만 곧 포기해야 했다. 중국의 성경은 백화(白話)로 쓰여 있기 때문에 중국어를 알지 못하고는 이해하기 어려웠던 것이다. 인명, 지명만 해도 문제였다. 다윗은 대위(大衛)라고 쓰면서 다웨이로 읽고, 야곱은 아각(雅各)이라 쓰고 야꺼로 읽는 따위를 해결해야 하는 것이다.

그들은 우선 사도신경부터 번역해 보기로 했다. 이응찬, 서상륜 등이 며칠 간 머리를 맞대고 여러 손을 거친 다음 글을 아는 신자들이 모여 수백 부를 필사했다. 주일 예배시간에 한 부씩 돌려지자 한 신도가 겁먹은 목소리로 물었다.

"이걸 사도신경으로 읽어야 한단 말씀입니까?"

"그렇소."

신도 대표가 나서서 첫 대목을 읽었다.

"全能之天父, 創造天地之天父, 吾信焉. (전능지천부, 창

조천지지천부, 오신언) '전능하신 하나님 아버지, 천지를 창조하신 하나님 아버지, 내가 믿습니다' 이렇게 됩니다."

"이게 우리가 외우는 '전능하사 천지를 창조하신 하나님 아버지를 내가 믿사오며'라는 뜻입니까?"

"그런.... 셈이지요."

"첫 대목부터 외어야 할 사도신경 다르고, 읽어야 할 사도신경 다르니 원."

"글이란 원래 그렇지 않소? 참고 외웁시다."

다음 주일, 한 신도가 나서서 첫 대목을 이렇게 외웠다.

"전능지전부, 창조천지지전부. 오시년. 무엇이 전부인지 모르겠네."

분위기가 심상치 않다고 느낀 목사와 장로들이 숙의한 나머지 이것을 일시 보류한다고 공지했다. 좀 더 생각해 볼 필요가 있었던 것이다.

이후 기독교계는 조선인의 신앙생활에 반드시 필요한 각종 기도문을 정비하고 성경을 번역하는 작업에 무던히 애를 썼다. 일상 언어와 문자화한 문장을 일치시키는 일이었는데, 그게 생각만큼 쉽지는 않았다.

홍선대원군 시절.
천주교 박해가 절정에 이르던 시절이다.

포도청 기찰군관들이 경기도 광주군의 매울이라는 강변마을을 급습하여 십여 명의 천주쟁이를 잡아들인 적이 있었다. 여러 집에서 꼬부랑글자로 된 문서가 나왔다. 처음에는 선교사가 쓴 것이거니 하고 밀쳐놓았는데, 문득 이상하다는 생각이 들었다. 서양인이라면 서양 종이에 가는 철필로 쓰는데, 압수한 문서는 모두 조선종이에 붓으로 쓴 것이었다. 글자가 하나같이 삐뚤빼뚤하고 서툴러서 꼬부랑글자를 전혀 모르는 포교들의 눈에도 서양인의 솜씨 같지 않았다. 천주쟁이들은 자기 이름만 겨우 쓰거나 그것조차 불가능한 일자무식이 아닌가. 문서를 펴놓고 심문에 들어갔다.

"이 꼬부랑글씨는 신부인가 하는, 코쟁이 그 양중이 준 것이지?"

"아니옵니다."

"그럼 이 문서가 무어냐? 너희들이 죽어서 간다는 그 천당, 천국의 노인(路引; 조선시대 관청에서 발급하는 여행증명서)이냐?"

"....."

"그러면 천당의 벼슬을 받은 고신(告身)이냐, 아니면 첩지(牒紙)냐?"

"아니올씨다. 나으리."

"불측한 역모를 꾸미기 위한 언적(言的; 암호. 군호)이겠군.”

대답이 없자 모진 태형과 고문이 뒤따랐다. 그러나 죄수들의 입이 좀처럼 열리지 않았다. 형틀을 다시 갖추고 문초가 시작되자 한 죄수가 앞으로 나섰다.

“소인들이 이래도 죽고 저래도 죽을 바에는 대역죄인은 되지 말아야겠소. 이제 저 글씨에 대해 숨기지 않고 토설하겠소이다.”

지식이 있어 보이는 훈장노인이었다.

“저것은 소인들이 평소에 생각한 바를 써놓은 신앙고백문이옵니다.”

“그래? 그렇다면 한번 읽어 보아라.”

노인이 꼬부랑글자를 읽기 시작했다.

“나는 예수님을 믿고 우리 사제와 성도를 알뜰히 사모합니다.”

“어엉? 지금 꼬부랑글씨를 읽은 게냐?”

“천주여, 우리 죄를 용서하소서..... 우리가 공맹에 매달려 제사를 지내면서 우상을 섬기는 죄를 범하였나이다....”

“그런 발칙한 소리를! 이는 분명히 그 자가 가르쳐준 것이다. 그 양중을 잡아들여라!”

좌우 양 포도청에서 포졸을 대대적으로 풀어 기찰군관과 포도부장들의 지휘 아래 수색한 나머지 꼴랑부 신부를 체포했다. 포도청 종사관이 심문을 시작했다.

"너는 무슨 까닭으로 양이(洋夷)의 문자를 가르쳐 순박한 조선 백성들로 하여금 불궤의 언사를 일삼게 하느냐?"

"그것은 불온한 말이 아니라 솔직한 신앙 고백입니다."

"굳이 너희 문자를 가르친 것은 사문(斯文; 유교)을 어지럽히어 불궤를 꾀하려는 난적의 흉심을 품고 있기 때문이 아니냐?"

"그렇지 않소. 교인들이 불쌍해서 그리했소."

"불쌍하다니 그게 무슨 말이냐?"

"조선 사람은 제가 하고 싶은 말이 있어도 글로 쓰지 못하고, 교인끼리 서로 의사를 나눌 수 없으니 그게 답답하고 불쌍하다는 뜻이오."

"진서(眞書)가 있지 않느냐?"

"진서라는 그 한자들은 너무 어렵소."

"게으르기 때문이겠지. 누구나 배우고 익힐 수 있다. 너도 배우기로 한다면 금방 익힐 것이다."

"게을러서가 아니라 일반 백성들은 가난하고 헐벗었기 때문에 글을 배울 시간과 힘이 없습네다."

"그래서 조선 사람에게 꼬부랑글씨를 가르쳤다는 것이냐?"

"한자가 어려워서 고생이오. 그보다 더 큰 고생은

조선 사람이 하는 말과 쓰는 글이 다르기 때문이오."

"그게 무슨 말이냐? 글을 배운 유식한 사람이라면 다 제가 하고 싶은 말을 글로 쓸 수 있게 된다. 선비는 멋진 시와 문장을, 관원들은 공문서를, 아전들과 일반 백성 중 똑똑한 자는 소지나 명문 같은 문서에 자기가 하고 싶은 말을 아무 어려움 없이 쓰고 있다."

"그렇지만 그런 글들은 모두 실제 사용하는 말과 다르지 않습니까?"

"그게 무슨 뜻이냐? 말과 글이 다르다니."

신부가 어떻게 설명해야 할지 몰라 우물쭈물하자 훈장이라는 그 신도가 입을 열었다.

"가령 이렇습니다. 지금 제가 포도청에 잡혀 왔지요? 이 사실을 두고 '나는 포교에게 잡혀 왔다'는 말을 한문으로 쓰면 "我被捕校抓來了(아피포교조래료)."라고 써야 하지 않습니까? 이게 말 따로, 글 따로라는 것이 올시다. 신부님은 이게 어렵다는 것입니다."

"그렇다면 그 말을 꼬부랑글씨로는 어떻게 쓰느냐?"

차꼬를 끌어주자 신부가 막대기를 들어 땅바닥에 'Naneun podochung....'이라고 로마자로 썼다. 그리고 막대로 한 자씩 짚어가며 또박또박 읽어내려 갔다.

이를 내려다보고 있던 종사관은 문득 어떤 생각이 떠올라 포교 하나를 불러 포도청 뜰에 서게 했다. 그

포교는 사행을 따라 연경에 두 차례 다녀왔는데, 꼬부랑글자를 조금 익혔다는 이야기가 생각났던 것이다. 그는 글자를 읽고 해석할 수는 없지만 자음과 모음을 붙여 소리 나는 대로 더듬거리며 읽을 수 있었다. 종사관이 건네준 꼬부랑글씨의 문서를 포교가 읽어 내려갔다.

　─ 계로라는 제자가 공자에게 '귀신을 어떻게 섬기오?' 하고 묻자 '사람도 섬기지 못하면서 어찌 귀신을 섬기려 하느냐?' 하고, '죽음이 무엇이오?' 하고 묻자 '삶도 알지 못하면서 어찌 죽음을 알려고 하느냐?" 했다고 한다. 공맹의 도란 죽음도 귀신도 알지 못하는 몽매한 것이로구나. 천주의 도를 올바르게 잘 믿어야 한다는 뜻을 내가 이제야 알겠노라. ─

　종사관이 소리쳤다.

　"그러면 그렇지. 이 따위 오랑캐글씨로는 그런 무엄 발칙한 언사를 늘어놓는 것이 제격이로구나."

　이때 대원군은 송나라의 학자 왕안석의 사당에 대해 쓴 육상산의 어떤 글을 보고 있었다. 그 가운데, "성인(공자)이 다시 태어나 오시더라도 내 말은 바꾸지 않을 것이다.(聖人復起, 不易吾言)"라는 구절이 눈에 들어왔는데, 이 구절은 맹자의 등문공 장구 가운데 이단 학설인 양주묵적을 공격하면서 쓴 말이지만, 그 확신에 찬 글이 좋아 거듭 읽던 터라 버럭 소리를 내질 렀다.

"나 역시 공자께서 관용을 베풀라 하시더라도 저 자들을 처벌하지 않을 수 없다. 돼먹잖은 오랑캐의 꼬부랑글씨로써 성인을 욕보이다니!"

이후 조선에는 금령이 하나 더 늘어났다. 양이를 상대로 하는 공식 통변 외에는 로마자와 같은 서양문자를 쓰는 것은 물론 그런 책을 볼 수조차 없게 했다. 옛날 진시황이 분서 목록에 들어간 금서를 옆구리에 끼고 다니는 것만으로 사형을 시켰다고 하지만 조선은 그렇게까지 엄하지는 않았다 하더라도 서양 서적은 협서율(挾書律)로써 처벌의 대상이 되었다.

특히 개화를 거부하는 일부 유학자들은 로마자의 통용을 위정척사의 관점에서 바라보고 배격했다. 서양의 문물, 예컨대 회중시계의 공교함이나 함포의 가공함 정도는 언제든지 능가할 수 있고, 예수교의 사상도 제어할 수 있지만 이들 문물과 사상을 담아내는 꼬부랑글자는 그 모든 것을 아우르는 그릇이자 도구이기 때문에 더 위험하게 여겼다. 꼬부랑글자가 공맹의 사상과 정주의 학문이라는 전래의 가치를 송두리째 무너뜨리는 도구가 될 것이라 확신했던 것이다.

솟아나는 물은 그 원천인 샘부터 막아야 하고, 물길은 위에서부터 돌려놓지 않으면 하천과 큰 강으로 흐르고 넘쳐 결국 구릉을 덮치고 제방을 무너뜨린다. 그런 의미에서 모든 문자를 샘물에 비유하여 샘의 물구멍을 틀어막고 흐르는 물길을 돌려놓자는 뜻에서, "두색원천(杜塞源泉)"이라는 구호를 내걸었다. 단발령에 대해 '내 목을 자를지언정 상투는 자르지 않겠다.'는 구호가 로마자를 앞에 두고는 '내 사지를 자를지언정 서양 오랑캐의 꼬부랑글자는 쓰지 않겠다.'로 옮아갔던 것이다.

그러나 한 번 알려진 우리말의 로마자 표기법은 사라지지 않았다. 서양인 선교사와 조선인 사이의 의사소통 도구로서 그보다 더 편리한 것이 없었던 것이다. 서양인은 조선어만 익히면 되고, 조선인은 로마자 알파벳의 기초적인 사용법만 익히면 가능했기 때문이다.

한문에 지친 일부 선비들도 로마자 사용에 관심을 보이기 시작했다. 교조적인 주자학에 염증과 회의를 느낀 지식층이나 권력 투쟁에서 밀려난 남인 계열에서 더욱 두드러지게 나타났다.

그러다가 갑오개혁에 이르러서는 어문 정책에도 일대 변화의 싹이 보였다. 흔히 쓰는 문서에서는 어려운 한자와 용어를 피하고 쉬운 한자와 일반에게 친근한 용어를 쓰게 했다. 한문에도 구두점을 찍어주어 읽고 이해하기 쉽도록 했다. 이런 전환기적 추세에 힘입어

교회 중심의 로마자 사용도 눈감아주는 분위기였다. 그리하여 좋은 의미이건 나쁜 의미이건 로마자를 쓰거나 쓰기를 주장하는 사람들을 두고 라마인(羅馬人)이라 불렀다.

한일늑약은 로마자 사용에도 타격을 입혔다. 일제는 모든 신문을 강제 폐간시키거나 흡수하여 일어로 된 신문 하나만을 남겨 놓았다. 지방지도 일어 신문만 발행할 수 있었다. 그 기간 동안 조선인이 만든 신문은 철저히 억압되었다. 교회 내에서 발행되고 유통되던 로마자 유인물마저 명맥이 끊기고 말았다. 누런 갱지에 시커멓게 번지는 등사 주보(週報)까지 한자나 일어로 써야 했다. 이에 따라 시골의 영세하고 무식한 교인만 있는 교회에서는 주보마저 만들 필요가 없게 되었으니 등사기가 없어서 인근 소학교에 빌려 쓰던 구차한 짓을 더는 하지 않아도 좋았던 것이다.

3.1만세운동 이후 문화정책이라는 이름으로 조선인에게 신문을 허가하여 탄생한 것이 청구일보와 삼천리신문이라는 것은 널리 알려진 사실이다. 이 무렵, 신구 교회 내에서 로마자 신문을 발행하려는 조용한 움직임이 있었다. 신교는 개신교 교세가 강한 평양에서, 구교는 서울의 종현성당이 중심이 되었다.

1919년 10월 중순 경에 신청서를 제출했으나 약

1개월이 지난 12월 초순경에 서울교구의 베드로 신부와 조선야소교연합회 수석간사인 석인선 목사가 총독부에 불려갔다. 경무국의 다나카 도서과장이 신청 서류를 내보이며 말했다.

"우리 총독부로서는 신구 교파 모두가 신문을 발행하고자 한다면 허가하기 어렵소. 각 종교 종파마다 신문을 발행하기로 하면 그 숫자가 얼마나 불어날지 알 수 없기 때문이요."

"우리 외에 다른 종파에서 신문을 내겠다는 곳이 있습니까?"

"불교, 천도교라고 왜 신문을 내려고 하지 않겠소? 강증산교나 백백교 같은 곳에서도 가만히 있지 않겠지요."

"힘이 닿으면 신문을 발행하는 것이요, 이를 교인들끼리 나누어보는 것이 왜 문제가 됩니까?"

"국가적인 낭비도 생각해야 할 것이오. 같은 예수를 믿는 곳에서 두 군데, 세 군데 신문을 낼 수 있을 만큼 우리는 한가하지 못하오. 우리 일본 제국은 상하 구별 없이 물자를 절약해야 할 시점이오. 내지(일본 본토)만 하더라도 종교계에서 신문을 둘 셋 내지는 않소. 한쪽에서 하나만 낸다면 검토해 보겠소. 이 신청서는 일단 반려하니 잘 생각해 보시오."

두 사람은 추운 겨울임에도 이마에 흐르는 땀을 닦

았다.

"신문 발행이란 적지 않은 재물이 소요되는데 그 재원을 어떻게 마련할 것이며, 독자가 적으면 계속되는 손실을 어떻게 감당하려 하오?"

"우리 신구 교회는 신도가 날로 불어나기 때문에 발행부수가 늘면 늘었지 줄어들지 않을 것이오. 아니 지금 형편으로도 충분하오."

"교회 안에서 보기 때문에 인원이 많아 보일지 몰라도 실상은 그렇지 않을지 모르오. 교회의 재정 적자는 결국 신도들에게 몫이 지워지는 것이 아니오?"

신부와 목사는 속으로 고양이 쥐 생각하는군 했다. 그러나 목소리를 낮출 수밖에 없었다. 과장실을 나서려는데, 배석했던 담당 주사가 말했다.

"이번 신청은 금년 말까지 받으며, 허가 여부는 내년 1월 15일까지 알 수 있습니다. 그리고 허가를 받은 지 2개월 이내에는 신문을 발행해야 합니다. 이것은 합방 전에 있던 광무신문지법을 그대로 적용하는 것인데, 허가가 난 지 2개월 이내에 신문을 발행하지 않으면 취소가 된다는 것을 알아주시오."

종현성당으로 돌아온 베드로 신부는 교구 주교에게 보고하여 주교 회의와 평신도 회의를 잇달아 열도록 하고, 석 목사는 평양으로 돌아가기 전에 경성의 교회 지도자를 만나 대책을 숙의했다. 평양에서 개최된 회의와 종현성당의 회의는 시일이 촉박했던 관계로 비교적 손쉽게 타협안을 끌어낼 수 있었다. 양측이 50대 50의 지분과 권리를 갖는 주식회사를 설립하여 공동대표 취체역을 두며, 경영 또한 서로 의논껏 꾸려나간다는 것이었다.

가까스로 정한 기간 안에 신청서와 사업계획서를 작성한 신구 교계는 다시 총독부의 문을 두드렸다. 신청서를 받아든 경무국장이 도서과장을 데리고 정무총감에게로 갔다.

"생각 외로 빨리 양측에서 타협이 되었습니다. 총독 각하께서는 여전히 불허하실 복안이신지요?"

말없이 신청서를 내려다보던 정무총감이 도서과장에게 물었다.

"이들에게 로마자 신문을 허가하는 것이 우리 일본에게 아주 위해하다는 생각에 변함이 없는가? 좋은 점은 없는가?"

"네, 각하. 좋은 점이 있기는 합니다. 한자, 한문을 사용하는 일반인들에게 질시를 많이 당하고 예수교가 더욱 배척될 소지가 있습니다. 이는 조선인들의 단결을 저해하게 되므로 식민 통치에 유리할 것입니다. 또 과거 조선 정부의 금령을 풀어줌으로써 금번 사이토 총독 각하의 문화정책을 돋보이게 하여 서양 제국, 특히 기독교 세력으로부터 우호적인 여론을 끌어낼 수 있는 것도 수확입니다."

"그렇다면 위해한 점은?"

"로마자의 사용을 은연중에 허용하는 것과 같습니다. 신문으로 사용되고 있는 문자를 민간에서 사용하지 못 하게 할 수는 없는 형편이 될 것입니다."

"그렇겠군."

"지금 조선의 문맹률이 98%를 넘는데, 이제껏 글을 모르는 자들은 굳이 어려운 한자를 배우려 하지 않을 것입니다. 그러나 이미 한자를 알고 있는 자들은 로마자가 사회적으로 통용되기만 한다면 로마자를 배우려 할 자가 많으리라 봅니다."

"한문이 어렵기는 어렵지."

"지금 조선 사회 일각에서는 자기들의 망국이 어려운 한문 때문이었다고 말하는 자가 많습니다. 그런 자들이 무엇을 배우겠습니까?"

"조선 사람들은 로마자를 꼬부랑글자라고 하여 아주 싫어한다던데?"

"그건 어느 나라 백성에게나 있는 배타성 탓이지 로마자에 특별한 악감정이 있는 것은 아니라고 봅니다. 악감정으로 말하면, 조선인들은 우리 일본의 카나(假名)에게 더..... 어쩔 수 없이 쓸 뿐이지요."

"카나보다는 로마자를 더 좋아하게 될 것이라는 것이지?"

"그렇습니다. 로마자를 쓰게 되면 서양 제국과 심정적으로 더 가까워질 것이라는 말을 하는 사람이 많습니다."

"한자, 한문이 조선에서 사라지게 되면 우리 일본과도 멀어지게 된다? 그러면 우리 대일본 제국이 추구하는 것, 즉 조선의 공고한 식민지화, 조선인의 항구적인 황민화에 큰 걸림돌이 될 게 아닌가?"

"그렇습니다. 조선인이 계속 한자를 써야 일어를 쉽게 배울 수 있을 것입니다. 로마자의 사용은 합방 이후 10년에 걸쳐 상당히 진척된 카나와 일본어 보급에 역행하게 됩니다."

"호, 우리 총독부에 이런 생각까지 할 수 있는 관료가 있더란 말인가?"

정무총감이 자리에서 일어나 도서과장의 어깨를 두드렸다.

"황송합니다, 각하."

총감의 격려에 잔뜩 고무된 도서과장이 상기된 얼굴로 말을 이었다.

"로마자 신문을 저지해야 할 중대한 이유는 또 있는데, 말씀 드려도 좋겠습니까?"

"기탄없이 말해 보게, 다나카 군."

"한자, 한문 신문을 발행하기 위해서는 최소한 3,4천 자의 글자가 필요합니다. 벽자, 고자, 속자, 이체자 등 필요에 따라 글자를 계속 늘려가야 합니다. 원도를 그리고, 자모(字母)를 값비싼 중석으로 제작해야 하는 등 활자를 만드는 일에 엄청난 비용이 들어갑니다. 또 그것을 비치하는 문선 공간은 얼마나 넓어야 하겠습니까? 그런데 로마자는 대문자, 소문자 각각 스물여섯 자만 비치해 두면 충분합니다. 문선공의 인원이나 숙련도에서도 비교가 되지 않을 만큼 차이가 납니다. 로마자가 한자에 비해 초기의 시설 투자는 물론 인쇄 원가에서도 비교가 안될 만큼 월등한 경쟁력을 가지고 있습니다."

"결국은 예수교의 로마자 신문이 한자 신문을 몰아낸 뒤 전체 신문을 장악할 수도 있다는 뜻인가?"

"그렇습니다, 각하. 그렇게 되면 조선에서의 일본어 보급, 카나 문자의 상용화는 아득히 멀어집니다. 어떤 일이 있어도 로마자 신문의 발행은 막아야 할 것입니다."

"그것 참. 로마자의 위력이 생각보다 간단치가 않군."

알파벳과 카나와의 차이도 이와 다를 바 없다고 생각한 도서과장은 '그 이유는' 하고 계속 설명하려다가 입을 다물었다. 혼자 아는 체 하고 말을 너무 많이 하는 것이 별로 이롭지 않다는 생각이 스치고 지나갔기 때문이다.

"자, 그렇다면 어떻게 거부할 명분을 찾지?"

경무국장이 총감과 과장의 얼굴을 차례로 둘러보았다. 이것까지 준비를 하지는 않은 상태였다. 그들은 신구 교계 양측이 서로 다투다가 합의를 이루지 못한 채 분열로 끝날 것이라 예상했는데, 그게 빗나가자 새로운 명분을 찾아내야 했다. 잠시 침묵이 흐른 뒤 정무총감이 입을 열었다.

"거부의 명분을 우리 자신에게서 구한다는 것은 어리석은 짓이 아니겠는가?"

"조선인의 손을 빌려 조선인을 제압해야 한다는 뜻이군요."

"이이제이(以夷制夷). 국장 말이 전적으로 옳소."

며칠 뒤, 총독부 경무국에서 청구일보와 삼천리신문, 그리고 상공계를 대표한 상공신보의 설립 신청자를 각각 불러들였다.

"지금 일본 정부는 조선에서 신문 발행을 허가하되 극히 제한적으로 해야 한다는 방침을 정한 바 있소. 이것은 어길 수 없소. 그런데 지금 신청이 들어온 것을 보면 예상 외로 많소. 허가할 수 있는 숫자의 곱절이나 되오."

"어디서 또 신청이 들어왔습니까?"

"그렇소. 천주교와 기독교에서 합동으로 신청했소."

그쪽 사정에 밝은 기독교인 한 사람이 입을 열었다.

"로마자로 신문을 내겠다는 것이군요."

"그렇소."

"로마자로 내는 것이 문제가 됩니까?"

경무국장이 자신들의 속셈을 감춘 채 무슨 글자를 쓰든 상관이 없노라고 힘주어 말했다.

"그렇다면 무엇이 문제입니까?"

"문제는 기독교계에서 신문을 낸다고 하면 불교 쪽에서 가만히 있을 것이며, 천도교나 강증산 교파 같은 곳에서는 어떻게 하겠소? 유교 쪽에도 그렇고."

도서과장은 종교가 아닌 유교도 슬쩍 끼워 넣었다. 신청자들이 서로 얼굴을 쳐다보며 아무 말을 하지 않자 경무국장이 지나가는 소리로 말했다.

"종교계에서 신문을 내면 만만찮을 걸. 결속력이 강해서 신도가 모두 구독자가 될 테니까."

국장이 짐짓 심각한 표정을 짓자 상공신문을 대표하여 온 발기인이라는 사람이 말했다.

"교인들끼리 돌려보겠다고 유인물을 약간씩 내는 것은 그렇다 치더라도 전 조선을 대상으로 신문을 낸다는 것은 우리가 기독교 국가가 아닌 이상 문제가 있다고 봅니다."

도서과장이 기다렸다는 듯이 대답했다.

"그렇지요? 기독교, 불교, 천도교 등 종교계에서 일제히 신문을 좍악 내기로 하면 이번 시책의 근본 방침, 즉 조선인의 대변지라는 당초의 목표가 무너질까 걱정하는 것이오. 종교계가 독자를 다 빼앗아가면 남는 독자가 얼마나 될지 그것도 걱정이고."

청구일보와 삼천리신문 측에서도 그제야 정신이 드는지 얼굴이 굳어졌다.

"곤란한데. 어떡하지? 무슨 좋은 수가 없을까?"

이 말은 총독부의 처리에 반대하지는 않겠다는 간접적인 신호를 보낸 셈이 되었다.

이를 낚아챈 총독부는 허가 유보라는 결정을 내렸다가 두 달 뒤 신청서를 반려하고 말았다. 중요 이유의 하나로서 다수의 조선인이 반대한다는 것이었다.

이후 일제는 기독교계의 로마자 사용을 철저히 탄압했다. 빨리 일어와 카나를 익혀 사용하는 것만이 조선 백성이 일본과 하나가 될 수 있는 빠른 길이라고 다그쳤다. 로마자는 일반인이 해득할 수 없는 문자이므로 사회적 의구심을 증폭시켜 민심을 어지럽히는 것이요, 이는 치안 방해에 해당한다는 것이다. 치안유지법이라는 것이 있었다.

양대 신문과 함께 허가를 받았던 상공신보는 몇 년간 경영난으로 허덕이다가 빚만 잔뜩 짊어진 채 삼천리신문에 흡수되고 말았다. 경영이 어렵기는 양대 신문도 마찬가지였다. 높은 문맹률 위에 세워진 피폐한 식민지 경제에서는 구독자를 찾기가 쉽지 않았다. 교묘한 언론 통제와 억압 속에 정간을 거듭하게 되는데, 이는 신문들이 독자와 거리가 조금씩 멀어지는 결과가 되었다.

Y전문학교에 최현근이라는 교수가 있다. 20여 년 전부터 조선문자연구회라는 단체를 조직하여 우리말 보급에 많은 힘을 쏟은 학자이다. 조선인들이 어떻게 하면 한자의 질곡에서 벗어날 수 있을까, 문자생활을 좀 더 편하게 할 방법은 없을까 고민하고 연구하는 것이 모임의 주된 목적이었다. 논문도 쓰고 연구발표회도 두어 차례 가졌다.

그들은 우선 동서고금의 문자를 구하여 검토해 보았다. 오른쪽에서 왼쪽으로 써 나가는 아랍문자는 한자와 필사 방식이 비슷하여 거부감은 덜 하다 하더라도 고불고불한 도형으로 이루어져서 범접하기가 쉽지 않았다. 파사파 문자, 만주 문자 등을 구해 봤으나 다 마음에 들지 않았다. 물건도 부실하면 일찍 망가지듯 그들 문자 또한 무언가 흠결이 있기 때문에 계속해서 쓰이지 않는다고 생각했다. 그의 이런 생각은 핀란드의 언어학자 람스테트를 알고부터 약간 수정되었다. 문자의 생명이란 그 문자의 기능상의 우열에서 결정되는 것이 아니라 그것을 사용하는 종족의 태도와 성쇠에 달려있다는 사실을 깨닫게 되었다. 이미 소멸하였거나 지리멸렬한 종족이 쓰던 문자를 쓴다는 것은 더욱 상상할 수 없는 일이었다.

"체로키 문자라는 것을 들어보셨소? 1819년이니까 백년도 넘은 그 옛날에, 그것도 미개하다는 북미 대륙의 인디언들이 만들었다 하오."

어렵게 체로키 문자표를 구해 보니 모두 85자로 되어 있는데, 영어, 히브리어, 그리스어 문자가 뒤섞여 있는 것으로 파악되었다. 매 글자의 음가를 알 길이 없다는 것과 종족이 거의 소멸되었다는 사실이 안타까운 일이었다. 그런 종족조차 문자를 만들어서 썼다는 사실이 놀랍고 부러웠다.

몽골어, 한국어, 일본어를 포함한 알타이언어학의 창시자로서 15년 동안 4회에 걸쳐 조사 여행을 하면서 구어 자료를 모았고, 1917년 헬싱키대학 교수로 있다가 1919년부터 10년간 초대 일본 주재 핀란드 대사를 지낸 람스테트는 조선의 실정을 잘 알고 있었다. 그가 이렇게 조언했다.

"조선은 월남의 예를 참고하면 좋을 게요. 그들이 한문을 빌어 와 쓴 것은 조선과 다르지 않고, 자기네들이 필요한 글자를 만들어 쓴 점도 조선과 같소. 조선에서 乭釗(돌쇠), 鲨乷伊(삽살이)와 같은 국자(國字)를 만들어 썼다면 그들은 쯔놈(字喃; Chu Nom)이라는 월남식 한자를 만들어 썼소."

쯔놈에는 크게 두 종류가 있다. 固, 埃와 같은 글자는 한자 본래의 뜻은 덮어두고 음만 빌려 쓰는 것이다. 조선에서 '阿可, 伊里 臥'와 같은, 소위 군두목과 같은 경우이다. 또 월남에서는 三을 뜻하는 巴三(파)와 황소를 뜻하는 牜甫(보)와 같은 글자가 있는데, 이는 조선의 乭, 鬱巭처럼 고유음과 상관이 있을 것이다. 이 쯔놈이라는 것도 극소수의 귀족 특권층만 사용할 수 있었다.

"2백여 년 전인 17세기부터 포르투갈 선교사들이 포교를 하면서 가장 힘든 것은 조선처럼 말과 쓰는 글자가 너무 다르고, 차이가 크다는 것이었소. 그래서 고민을 거듭하다가 월남어를 소리 나는 그대로 로마자로 옮겨 적기로 한 것이오."

프랑스가 월남을 점령하여 식민 통치한 후인 1878년에는 이를 국어(國語; 꾸옥응으)로 공인하고, 몇 년 뒤에는 각급 학교와 공문서를 모두 로마자로 통일했다. 1915년경에는 한문과 유교 경전을 시험 보이는 과거제를 폐지함으로써 한자와 쯔놈은 월남에서 영영 자취를 감추게 되었다.

람스테트가 시사하는 바를 깊이 새겨 용기를 얻은 국어학계와 기독교계에서는 비밀히 몇 차례 회합을 가졌다. 우선 일어와 카나를 버리고 조선어를 로마자로 쓰자는데 의견을 모았다. 이것은 일제가 조선말을 말살함으로써 '국어(일본어) 공용화'를 이루려는 언어 정책에 대한 도전이요, 카나를 전면 보급하여 황민화를 앞당기겠다는 식민지 정책에 정면으로 맞서는 것이었다.

일본이 만주로 침략하면서 조선인 신문은 탄압을 이기지 못하여 스스로 문을 닫게 되고, 일본어 교육을 강화하면서 다른 어떤 대체 문자도 들어갈 틈을 막아버렸다. 그리고 점차 사람들의 기억으로부터 멀어져 갔다.

그러나 칠흑 같은 어둠 속에서도 겨자씨와 같은 불씨는 살아있는 법. 중국으로부터 '라틴화[拉丁化]운동'이라는 신문자운동이 일어나고 있다는 사실이 전해졌다. 어려운 한자는 버리고 중국어의 음을 로마자로 표기하는 작업은 명,청시대에 중국에 파송된 선교사들이 시도한 적이 있었는데, 신해혁명 이후 5.4운동의 여파로 속도가 붙기 시작하였다. 1935년경에는 루쉰 같은 인물이 이 운동에 찬동함으로써 '중국문자 라틴화연구회'가 결성되어 '신문자'라는 월간지가 발간되었다.

조선의 몇몇 학자도 이 잡지를 접하게 되었다. 다수가 모여 의견을 교환할 수 있는 유일한 집단인 교육계와 교회가 철저한 감시망 아래 들어감으로써 로마자 문제가 수면 아래로 가라앉는 것 같았으나 안으로 타는 불씨는 꺼지지 않고 있었던 것이다. 이를 응원군 삼아 조선문자연구회가 은밀하게 움직이게 되었다.

그들은 조선어를 보존하고 널리 보급하기 위해서는 조선어사전을 펴내는 것이 가장 요긴하고 급한 일이라는 데 의견을 모았다. 십여 명의 국어학자가 비밀리에 모여 우리말 음가에 대한 로마자 표기 원칙을 제정하고, 이 원칙에 따라 조선어사전의 집필을 시작했다. 그러나 평소부터 그들의 동태에 감시의 눈길을 늦추지 않던 일제 경찰은 해방 이태 전, 사전 편찬에 가담한 회원 전원을 체포하여 함흥 감옥에 가두었다. 사전 편찬이 치안과 무슨 관계가 있다는 것인지 죄명은 치안유지법 위반이었다.

감옥에 갇혀 있는 동안 그들은 오랜 토의 끝에 새로운 과제를 생각해 냈다. 사전도 중요하지만 이것을 이용할 사람은 결국 교육을 받은 사람이 될 것이므로 문자 교육부터 시켜야 하고, 그러기 위해서는 로마자로 쓰인 아동용 교재를 펴내어 가르쳐야 한다는 결론에 이르렀다. 나아가 이 책을 국민 교재로 삼아 모든 국민들에게 글을 가르치자는 야심찬 기획을 하게 되었다.

"교과서를 만들어야 합니다. 우리가 감옥 밖에 있을 때는 차마 감히 교과서를 만들 생각을 하지 못 했지요. 그래서 만들자는 게 사전이었습니다.”

　최현근의 말에 이회성이 고개를 끄덕였다.

　“교과서를 만드는 것은 정말 위험하니까 조금 덜 위험한, 말하자면 저들의 탄압을 우회하려는 생각이 없지 않았소.”

　“이 일은 겨레의 고유어와 글을 갖고 지키는 일입니다. 더구나 여기는 저 놈들의 매를 잘 맞는 분도 계시니 이제 무엇이 두렵겠습니까?”

　최현근의 말에 이회성이 ‘에이 또 그런 농담을’ 하며 씩 웃어보였다.

　이회성은 키가 5척이 안 되는 섬섬약질이었다. 고문 경찰들이 한 사람씩 끌어내어 발가벗겨서 대들보에 걸어두고 매질을 하다가,

　“이 놈이 키는 제일 작으면서 물건은 제일 좋네. 좀 봐 줘.”

　하면서 내려놓더라는 것이다. 서만호를 매달아 놓고는,

　“이 자식, 허우대는 멀쩡하게 큰 놈이 물건은 아주 형편 없구만.”

　하며 더 사정없이 매질하였다. 어처구니없는 이유로 공매를 맞은 서만호가 기어 나오면서,

　“회성은 어찌 물건이 그리 좋아서 남에게 매를 돌리나 그래?”

하고 투덜거려서 두고두고 이야깃거리가 되었던 것이다.

고통스러운 감옥 생활에서 간수의 눈을 피해 각자 맡은 교재를 조금씩 집필하기 시작했다. 을지문덕, 김유신, 김춘추, 계백, 서희, 강감찬, 김종서, 이순신 장군 등 호국의 위인이 들어가고, 길에서 주운 금덩어리를 강물에 던져버린 형제의 이야기, 힘써 지은 벼를 형은 아우에게 아우는 형에게 몰래 가져다준 우애 깊은 형제의 이야기도 빠질 수 없었다.

아무리 숨을 죽이고 몰래 한다고 하지만 여러 사람이 감시의 눈을 피하기란 사실상 불가능했다. 누군가 늦은 밤중에 꼼지락거리며 글을 쓰다가 간수에게 들키고 말았다. 회원 전원이 수색을 당하여 압수품이 불태워질 즈음에 해방을 맞았다.

다행히 그들이 공들여 작업하던 사전과 교과서 원고도 훼손되지 않고 거의 되찾을 수 있었다. 그러나 오랜 감옥 생활과 고문 구타 등으로 지친 심신은 해방의 벅찬 기쁨을 안고도 단시간에 치유되지 않았다. 45년 가을 학기의 교과서를 공급하지 못해 온 나라가 쩔쩔매고 있을 때도 그들은 손을 놓고 있어야 했다.

겨울로 들어서면서 심신을 겨우 추스른 그들은 다시 모여 보완작업에 들어갔다. 조선이 왜 일본에게 국권을 빼앗기어 노예생활을 하였는지 반성의 글도 넣었고, 신탁 통치와 같은 굴욕적인 대접에서 빨리 벗어나 남북이 하나로 합쳐야 한다는 염원을, 부지런하고 정직 성실하여 국민 각자가 자기의 재능을 계발한다면 우리도 세계의 당당한 일원이 될 수 있다는 격려의 말도 넣었다.

로마자 표기 교과서는 상상 이상으로 작업이 빨랐다. 자기가 말하고 싶은 대로, 강의하거나 연설하는 대로 쓰기 때문에 힘들이지 않고 집필을 대략 마무리지을 수 있었다. 전체 회원이 모인 자리에서였다.

"이 교과서를 누가 가르칠까, 생각해 보았소?"

이회성의 말에 최현근이 고개를 흔들었다.

"소학교 교사 가운데 사범학교를 나온 사람은 영어 알파벳을 알지만 지금 상당수가 초등학교만 졸업한 사람을 모집하여 간단한 연수만 거치면 임용할 판이니 그들이 영어 알파벳을 아느냐 말이오?"

"그러면 어떻게 한다?"

그래서 고안해 낸 것이 각 교과서마다 책 앞에 알파벳-한자음 대조표였으니 예컨대, ― ga(可) geo(去) go(高) gu(口) ― 같은 것이다.

약 100여 자에 이르는 대조표가 교과서 양면에 빽빽이 실렸다. 교과서 내용 중의 한 구절.

"이순신 장군은 남은 거북선 6척으로 왜적을 무찔

러..."

이 문장을 다음과 같은 두 종류로 작성하였다.

1) Isoonsin(李舜臣) jang-gun(將軍)eun geobuk(巨北; 龜之鄕言也)sun(船)....

2) 李舜臣 將軍eun geobuk船 yeosush隻euro 倭敵eul mujjilreo .....

최현근이 소리 내어 읽다 말고 고개를 절레절레 흔들었다. 한자와 알파벳 중 무엇이 중심 글자인지 분간하기 어려웠다.

세상에 내놓을 일도 걱정이었다.

"구슬이 서 말이라도 꿰어야 보배지. 이걸 사회에서 군말 없이 받아줄지 걱정이요."

미 군정청에서는 조선 학생들을 위한 교과서를 찍기 위해 7백만 부 분량의 종이를 인천부두에 실어 놓고도 인쇄를 하지 못하는 현실이었다. 조선인끼리 합의가 이루어지지 않아서 원고를 넘겨받지 못했기 때문이다. 군정청이 내정의 핵심이라 할 수 있는 이런 민감한 문제에 함부로 끼어들고 싶지 않았고, 그렇게 할 수도 없었으므로 학교 현장의 딱하다는 것은 알지만 어쩔 수 없는 노릇이었다.

미 군정이 시작되자 각계 인사들이 미군과 손을 닿기 위해 백방으로 뛰었는데, 교육계도 예외가 아니었다. Y전문학교는 어디보다 유리했다. 기독교와 선교사들이라는 편리한 울타리가 있었고, 미국 유학 출신도 가장 많은 편이었다. 기독교를 통해 잽싸게 군정청과 연결 고리를 만들어 나갔는데, 미군 역시 한반도 실정에 어두웠기 때문에 믿을 만한 국내 세력의 도움이 절실했다.

때마침 교육자문관으로 위촉된 최현근은 학무국장 로카르 대위와 자연스럽게 어울릴 수 있었다. 그는 여러 차례 회의를 했지만 한문과 이두, 그리고 교육 내용에 대한 의견이 맞지 않아 격론만 벌릴 뿐 도무지 합의가 이루어지 않았던 경험에 비추어 새 학기라도 달라질 것 같지 않다는 예감이 들었다. 그는 마침내 비장한 결심을 했다.

하루는 교과서의 표본이 될 만한 원고를 한 아름 안고 로카르 대위를 찾아갔다.

"이게 우리가 일제의 압제 속에 만든 교과서요. 이것을 찍어 주시오."

"여러 교육자들과 합의는 되었소?"

책상 위에 펼쳐 놓은 원고를 내려다보던 대위가 깜짝 놀랐다.

"아니 코리아도 알파벳을 쓴단 말이오? 한자를 쓰지 않소?"

"이제는 한자를 버려야 합니다. 어려운 한자만을 쓰다가 우리가 망했소. 로마자 알파벳으로 어린 세대를

160

가르칠 작정이오. 로마자를 쓰는 민족 국가는 다 부강하지 않소."

"오, 좋은 생각이오. 찬성이오."

손뼉을 치며 호의를 보낸 대위가 원고를 들여다보며 읽어 내려갔다.

"이울지 먼덕 장건으은 코구리오 로 쳐드러 온 수나라...."

"을지문덕 장군은 고구려로 쳐들어 온 수나라 백만 대군을.... 이라고 읽소."

"오우, 노. 무슨 말인지.... 좋소. 내가 읽을 필요야 없지."

대위가 원고를 덮으며 말했다.

"찍어 드리겠소. 얼마나 찍으면 되겠소?"

"7백만 부 찍을 종이가 있다니 약 절반, 3백만 부만 찍어주시오."

"좋소. 인쇄창에 연락해 주겠소. 가지고 가서 작업을 시작하시오."

최현근이 나는 듯한 기분으로 복도를 몇 걸음 걸어 나오는데, 경성제대에 있는 유조겸이 뛰다시피 헐떡거리며 다가왔다.

유조겸도 교과서 문제로 고민하는 사람의 하나였다. 최현근과 조선문자연구회 회원들이 감옥에서 집필하던 교과서 원고를 계속 쓰고 있다는 이야기도 들어 알고 있었다. 새로운 교과서를 내야 된다는 것은 확실하지만 조선문자연구회가 주도하는 로마자 교과서는 절대 반대였다. 불원간 출간을 준비하고 있다는 이야기를 전해들은 그는 동태도 살피고, 가능하면 어떤 합의점이라도 얻을까 하고 최현근의 연구실을 찾아가 보았다. 조교의 말이 군정청 학무국으로 원고를 한 아름 안고 갔다 하여 아차 하고 달려온 것이다.

최현근이 선배라기보다는 스승에 가까운 유조겸에게 고개를 숙여 인사를 했다.

"자네가 어찌? 교과서 때문인가?"

최현근이 우물쭈물하자 그가 들고 있던 원고 뭉치를 확 잡아챘다. 빼앗기지 않으려다가 휘청하고 최현근이 넘어지면서 들고 있던 원고 뭉치가 복도에 흩어졌다. 원고를 집어 들고 보던 유조겸이 최현근의 뺨을 한 대 철썩 날렸다.

"이런 고얀 놈! 누구 마음대로 이런 걸 교과서로 만든다는 게야?"

이 광경을 보고 있던 여군 하나가 비명을 지르며 대위의 방으로 뛰어 들어갔다. 대위의 방에서 두 사람은 대위를 사이에 두고 설왕설래하면서 얼굴을 붉히고 언성을 높였다. 헤어질 때 대위가 두 사람에게 이렇게 못을 박았다.

"교육계의 총의를 모아 오시오. 대부분의 사람이 반

대하지 않을 것으로. 그때까지 교과서 인쇄는 계속 보류할 수밖에 없소.”

그 뒤부터 회의 분위기는 더욱 싸늘해질 수밖에 없었다. 군정청을 통해 자신이 반대하는 교과서를 혹시 인쇄하지나 않나 하고 상대편에 대한 감시의 눈길을 멈추지 않았다. 교육의 본질에 대한 문제는 저 멀리 날려버린 채 누가 나의 의견과 다른 짓을 하는가 하고 촉각을 곤두세우며 시간을 허비했다.

대위의 방에서 볼썽사납게 싸우다가 나온 두 사람은 태평로 네거리 비각 앞에서 길이 엇갈릴 때까지 다투었다고 한다. 연장자인 유조겸이 고래고래 고함을 지르자 최현근은 함께 대거리를 할 수가 없어 목소리는 낮추었으나 말은 한 마디도 지지 않더라는 것이다.

07

평양 소문, 서울 뉴스

삼국시대 촉한의 장군 강유(姜維)는 원래 천수군 출신으로
조조의 위(魏)나라에서 중랑장 벼슬을 하였다. 그가 촉한
에 항복하여 제갈양의 휘하로 들어가자 위나라에서 그의
어머니에게 편지를 쓰게 하면서 당귀(當歸)라는 약재와 함
께 보냈다. 당귀는 '돌아오는 것이 마땅하다'는 뜻이다.
이 편지를 받은 강유가 어머니에게 편지를 썼다.
"좋은 밭 1백 경(頃) 가운데 단 1무(畝)도 당귀는 보이지 않
고 원지(遠志)만 보입니다."
원지도 약재 이름이니 '원대한 뜻을 품었다'는 뜻을 가지
고 있다.
강유는 뒷날 촉한에서 대장군의 지위에 올랐다. 〈晉書, 五
行志, 中〉

12월로 접어들자 각급 학교가 일찌감치 방학으로
들어갔다. 변변한 교재가 없거니와 혹독한 추위를 견
딜 수 있는 난방 연료도 시원치 않으니 방학이 최상
의 처방이 될 수도 있었다.

그동안 성준과 박영자 선생은 몇 번 만나 식사를 하
고, 차도 마셨다. 이를 눈치 챈 채옥이가 어서 혼담을
시작하라고 성화였다. 그녀는 고모인 성준의 어머니
를 찾아왔다.

"고모, 그런 낭자도 흔치 않으니 오빠더러 어서 마음을 정하라고 채근을 해보우."

"나도 한 시가 급하다만, 당자가 저렇게 늘어져있으니 어떡하나?"

"사실 오빠야 동경 유학생이라는 것 외에 뭐가 있수? 자식 딸린 홀아비가 얼마나 큰 흠인지 알기나 하우?"

"낸들 왜 모르랴마는, 기왕 힘쓰는 김에 네가 오라비에게 바짝 매달려봐라."

어머니로부터 이 이야기를 전해들은 며칠 뒤, 성준이가 집에 없는 사이에 뜻밖에도 채옥이 박 선생을 데리고 집으로 왔다는 것이다. 채옥의 말인즉, 두 사람이 홍제동 어디를 다녀오다가 다리도 쉴 겸 잠시 들렀다고 하지만 예고 없이 남의 집, 그것도 남자의 집을 찾아오는 사람이 빈손으로 온 것으로 미루어 들어오기 싫어하는 그녀의 손목을 끌다시피 하여 데리고 온 것 같았다. 수줍어서 얼굴이 발갛게 익어 있었는데, 마침 마당가 나무에서 딴 홍시를 손님대접이라고 내놓았더니 잠시 사양을 하다가 맛있게 먹었단다. 그러면서 성준의 어머니와 성준의 딸 정순이를 유심히 살피고, 집안 가재도구며 놓은 모양새도 소홀히 보지 않더라는 것이다. 그녀가 다녀간 뒤 성준 어머니도 썩 마음에 드는지 전에 없이 성준에게 채근을 하였다.

며칠 뒤, 성준에게 박 선생의 전화가 걸려왔다. 이제껏 그녀가 먼저 전화를 걸어온 적이 없었으므로 성준은 잠시 얼떨떨했다.

 "그날 느닷없이 댁으로 들어가 정말 실례 많았어요. 자당께서도 제 욕을 하셨겠지요?"

 "욕이라뇨. 무슨 그런 말씀을."

 "채옥이가 사람을 그렇게 꼬여서 데리고 갈 줄을 어떻게 알았겠어요?"

 말은 그렇게 하지만 박 선생도 채옥의 의도를 짐작하면서 모르는 체하고 따라오지 않았나 하는 생각이 들었다.

 "내가 집에 있었더라면 대접을 더 잘하는 건데…"

 "대접이야 그날 너무 잘 받았지요. 평소에도 조 선생님께서 제게 잘해 주셨구요."

 음성이 약간 젖어있었는데, 말에도 진심이 담겨있다고 느낌이 전해졌다.

 "제가 그 갚음을 한 번하면 안 될까요? 오늘이나 내일."

 "대접이든 갚음이든 무슨 상관입니까? 오늘도 좋아요."

 환호라도 올릴 듯 냉큼 대꾸하면서 성준은 깨달았다. 요즈음 부쩍 그녀의 음성이 그리워지고, 만나는 것이 정말 즐겁다는 사실을. 그날 저녁, 두 사람은 자주 가던 식당에서 마주앉았다.

"저 곧 평양에 가야합니다. 갔다고 인차 돌아오겠습니다."

느닷없이 튀어나온 말에 성준은 멈칫 숟가락을 놓았다. 고향이 평양인 그녀는 부모를 따라 어릴 적부터 서울에 와서 공부를 하였고, 전쟁이 한창이던 3년 전에 부모가 평양으로 돌아갔으며, 지금은 큰오빠의 집에 기숙하고 있다는 사실은 알고 있는 터였다. 그래서 평소에도 그녀의 말에는 평안도 사투리가 약간 섞여 있었다.

"부모님이 부르십니까? 큰오빠도 가십니까?"

"오라바이는 벌써 가셨어요. 얼른 오라는 독촉이 여러 번 있었는데, 학교 핑계를 대고 미루다가 이젠 가지 않을 수 없게 되었네요."

성준은 머리가 혼란스러워 손가락으로 관자놀이를 꾹꾹 눌렀다. 지금 평양으로 간다는 것은 무엇을 뜻하는가. 삼팔선이 어떤 상황이라는 것을 알기나하고 하는 말인가 하는 생각이 들자 앞이 아득해졌다. 그리고 그 동안 무언의 표정과 행위로 주고받던 일들, 혼인에 관한 것은 채옥이와 성준이가 공연히 혼자 지레짐작으로 열을 올린 것인가. 갖가지 생각에서 헤매던 성준이 가까스로 입을 열었다.

"지금 삼팔선을 쉽게 넘을 수 있을 것 같습니까? 저

쪽에서 이리로 오기는 더 어렵고요."

"그건 알고 있지요."

"평양에서 이리로 오면 왔지, 간다는 게 무슨 말입니까? 지금 평양이 어떤 형편인지 알기나 하십니까?"

박 선생은 아무런 대답 없이 입술만 깨물었다.

"이북으로 들어온 소련군이 여기 온 미군과는 다르답니다. 닥치는 대로 약탈하고 부녀자들을 욕보이고.... 시계를 빼앗아 여러 개를 주렁주렁 차고 다니는 자가 없나, 두 눈을 뜨고 볼 수 없답니다. 조만식 선생 같은 분은 소련군에 겁박당하여 연금된 상태이고.... 지금 남부여대하여 몰래 삼팔선을 넘어 월남하고 있는데, 왜들 그러겠습니까?"

대답하는 말을 종합해 보면, 그녀의 집은 평양에서 상당히 부유하고 명망도 있는데 해방이 되면서 가산을 정리하여 떠날 때가 되었다고 생각하고 있으나 연로한 조부가 이를 막고 있다는 것이다. 평양을 떠나기는 고사하고 오히려 서울에 사는 자녀들을 모두 불러들이려 한다고 했다. 아들과 그 자녀들이 모두 모인 자리에서 설득하려고 마음먹은 뒤, 잠시 다녀가라는 연락을 여러 차례 보내왔다. 삼팔선을 넘기 어렵다고 하더라도 지금 평양의 재산을 정리하고 있는 중이니 감시인을 매수하고, 요로에 손을 쓰면 무사히 넘어올 수 있다는 자신감을 보이기도 했다. 성준은 진심을 다

해 호소하듯 거듭 말했다.

"가기도 어렵지만 오기는 더 어려울 겁니다. 조부님 주장이 아주 완강하시다 해도, 이런 말을 뭣하지만, 반강제라도 모시고 오는 게 좋지 않을까요?"

그녀는 지나가는 말로, 일제 때 그 전쟁 통에도 살았는데 무슨 일이 있겠느냐고 했다. 세상을 너무 낙관하고 있는 것 같았다. 고향도 고향이지만, 혹시 이 여자의 사상이 저쪽과 같은 것이 아닌가, 혹은 그 가족이 사회주의니 공산주의니 하는 것에 동조하는 게 아닌가 하는 생각이 얼핏 스치고 지나갔다.

"지금 이북에서는 토지가 많은 지주들, 사업체를 가진 자본가들이 막 몰리고 있다는 소문은 들어보셨지요? 그동안 좌익이다, 공산주의, 사회주의 하는 말만 들었지만 이제 그런 세상이 실제로 펼쳐지고 있답니다."

"다 같이 잘 사면 좋은 일이지요."

그녀가 툭 던지는 말에 성준은 아차 했다. 사실 성준도 그런 사상의 실체를 잘 알지 못한다. 그저 자신이 접한 정보들, 그 광풍이 두려울 뿐이었다. 그런데 이 여자가 그 굴로 뛰어들겠다니. 성준의 말에 그녀는 잠시 심각한 얼굴을 해 보이더니 애써 외면하려는지 화제를 돌렸다.

"그동안 조 선생님께서 정말 제게 잘 해 주셨어요.

그리고 윤 선생이 중간에서 얼마나...."

말끝을 흐린 그녀의 음성이 갑자기 떨렸다.

"제가 왜 그걸 모르겠습니까?"

말을 갑자기 끊으며 멈칫 숨을 들이키는 그녀를 바라보니 눈가가 젖어있었다. 순간 성준도 길게 숨을 들이켰다.

"이제 보니 내가 너무 박 선생께 데면데면했던 것 같군요. 상처를 하고 아이까지 딸린 처지에....."

"네, 저도 조 선생님도, 자친께서도, 윤 선생도 무슨 말씀을 하시고 싶은지를, 알고 있습니다."

또 말끝을 흐린 그녀는 음성을 가다듬고 단호한 어조로 말했다.

"저 분명히 돌아오겠습니다. 꼭. 혼자라도 꼭 돌아와요. 그때까지 기다려, 기다려주세요."

"기다리지요. 돌아와야 해요."

"네, 그러고 말구요."

"그래도 가시지 않은 게 좋은데..."

그녀는 갑자기 울상을 지으며 얼굴을 돌렸다.

이틀 뒤 저녁, 박 선생이 채옥이와 함께 집으로 찾아왔다. 작별인사였다. 성준이 건넌방으로 물러나 앉았다. 어머니와 채옥이가 말리고, 어쩔 수 없이 가야 한다는 그녀의 말은 성준에게 하던 것과 똑같았다. 그리고 반드시 다시 돌아오겠다는 말과 기다리겠으며,

뒷날을 기약한다는, 서로가 주고받는 말도 같았다. 세 사람 사이에서도 약속은 이루어졌던 것이다. 편지든 인편이든 소식을 끊지 말자고 거듭 약속했다.

섬돌에 내려서서 마루 끝에 선 어린 정순의 머리를 쓰다듬으며 공부 잘하라고 속삭이듯 말한 뒤 어머니에게 허리를 숙여 다시 한 번 인사를 했다.

"인차 다녀오겠수다. 자친께서도, 조 선생님께서도 가내 부디 편안하시라요."

내일 저녁 무렵에 서울을 떠나는데 평양에 간 오빠의 주선으로 차편은 이미 준비되었다는 것이다. 어두운 밤길을 나서는 두 남녀의 목덜미를 섣달 찬바람이 에이 듯 몰아쳤다. 신작로까지 걸어 나갔으나 아무도 입을 열지 않았다. 채옥이 몇 걸음 앞서서 걷는 사이에 두 사람은 걸음을 멈추었다. 성준이 그녀의 얼굴을 들여다보며 슬며시 손을 잡았다. 차가운 겨울밤의 그녀 손은 따뜻했다. 그녀는 무슨 말을 하려는 듯 입술을 달싹거리다가 얼굴을 떨구었다. 심장과 전신이 마구 떨리고 있음을 그녀의 손을 통해 느낄 수 있었는데, 순간 성준의 심장도 요동치면서 어떤 격한 감정이 몰려들었다. 그리고 슬픔 같은 것으로 목이 메었다. 그것도 잠시, 그녀가 잡힌 손을 거두어들였다. 그들은 서로 말을 더 나누지 못하고 어두운 밤길을 갈라섰다.

이튿날 오후, 기사를 마감한 뒤 박영자 선생에게 전

화를 걸었으나 불통이었다.

박 선생이 간 북조선의 모습은 어떠한가.

해방 이후 정치, 경제, 군사 등 모든 면에서 남한과 다른 길을 가고 있었지만 문자 사용에 관한 한 남한과 크게 다르지 않았다. 한자와 카나, 한문과 일어가 병존하며 팽팽한 세력을 형성하여 혼란의 소용돌이에 휩싸이게 되는데, 그러한 물길을 돌리는 사건이 일어났다.

해방 이듬해 7월, 북조선의 김일성과 박헌영이 모스크바로 불려가게 된다. 북조선을 맡길 사람을 고르는 스탈린의 면접인 셈이다.

스탈린은 1945년 9월20일경 소위 '북조선 임시인민위원회'라는 기구를 조직하여 사실상의 정부 기능을 수행하게 하였다. 북조선만의 단독정부를 세워 소련의 위성국으로 만들기로 결정하였으므로 누구에게 북조선을 맡겨야 할지 그 결정만 남겨놓고 있었다. 조만식이 명망이 높다고 하지만 자기의 말을 전혀 들을 사람이 아니라는 것을 일찍 간파했고, 남은 몇 사람 가운데 좁히고 들어가서 결국 두 사람만 남게 되었다.

북조선 점령군 정보사령관 리콜라이 레베제프로부터 1945년 10월14일 평양공설운동장에서 열린 소위 '김일성장군 환영 평양시군중대회'에서 연설하는 김일성의 모습이 담긴 사진을 받아본 스탈린은 실소를 참지 못하다가 한참 홍소를 터뜨렸다. 경험이 부족하고 배운 게 별로 없는 젊은이가 언변도 괜찮고, 자신이 기획한 연출도 곧잘 소화해내는 것이 대견했다. 소규모이기는 하지만 항일 무장투쟁을 했다는 그의 주장도 살만 했다.

김일성은 당시 소련에서 '진지첸'으로 불리었는데 그의 중국 발음 '진즈어청'을 러시아어로 표기한 이름이었다. 그가 속한 88여단은 1942년 대일전에 대비하기 위해 스탈린의 지시로 창설된 다민족 혼성 부대였으나 만주국의 대대적인 소탕 작전으로 궤멸 상태에 빠지자 소련으로 투항하게 되었다. 당시 소련은 일본과 불가침조약을 맺고 있었으므로 일본과는 총구를 겨누지 않은 상태인지라 일본의 만주 침략을 간접적으로 돕고 있는 형국이었다. 그의 항일 투쟁이란 엄밀하게 말하면 허위요 기만이라 할 수 있다.

스탈린은 박헌영에게도 관심이 갔다. 모스크바에서 열린 공산당 대회에 참가한 적이 있으며, 사회주의 운동을 하다가 일경에게 피체되어 징역을 산, 조선에서 몇 안 되는 이론가라는 점이 든든했다. 남조선의 좌익 세력을 그가 지휘하는 것도 자산이었다. 스탈린의 충직한 보좌관인 레베제프는 기회 있을 때마다 김일성을 칭찬하지만 박헌영도 그들로서는 많은 장점이 있었다. 스탈린은 두 사람의 하는 수작이나 됨됨이를 직접 살펴볼 요량이었다.

스탈린이 별장에서 김일성과 박헌영 일행을 맞이하여 연회를 베푼 뒤 며칠 동안 기업소와 공장들을 견학하도록 했다. 박은 공장의 모습을 세세히 주의 깊게 관찰하며 안내인에게 이것저것 물었다. 김은 가는 곳마다 놀랍다는 듯 입을 딱 벌리고, 들으라는 듯 "이것이야말로 스탈린 원수께서 하신" 따위의 말을 되풀이했다. 박은 깐깐하고 무서운 지도자로 비친 반면 김은 대화 가운데 가끔 아부를 잘 버무려 넣는 중급의 당 간부처럼 보인다는 보고가 스탈린에게 올라갔다.

스탈린이 두 사람에게 하는 말투는 선생이 학생을 대하는 것 같았는데, 박은 싫은 내색을 할 수가 없어서 진땀을 흘렸다. 그러나 김은 진심에서 우러난 감격과 환희를 나타내며 입을 벌린 채 들었는데,

"우리 주코프 원수가 히틀러의 독일군을 맞아 렌닌그라드 대회전을 치를 때에 말씀이야."

하면, 기다렸다는 듯이, "아, 그 위대한 승전 말씀이지요."하는 식으로 탄성부터 질러댔다.

"그때 우리가 구사한 것은 전략적 인내였소. 결정적인 기회를 기다리며 참고 또 참는 거지. 우리 러시아의 시계는 항상 동장군이라는 불세출의 영웅을 불러다 주시니까 말이야. 하하하하."

"하하하하. 그렇군요. 말씀을 아주 재미있게 하십니다요."

스탈린은 전쟁사를 자주 인용하며 두 사람을 교육했는데, 전쟁과 폭력에 관한 한 김일성도 스탈린 못지않게 관심이 높았다.

스탈린이 두 사람을 앞히고 조선반도의 정세와 남북 조선의 정치, 경제, 군사 등 다방면에 걸쳐 자세히 물었다. 박은 대충 대답했고, 어떤 문제는 즉답을 내놓지 못했다. 그러나 김은 레베제프의 지시에 따라 사전에 공부를 많이 하고 갔으므로 즉각 상세하고 충실하게 대답할 수 있었다.

"전쟁 없이 조선을 통일할 수 있을까?"

"필요하다면 전쟁이라도 해야지요."

김은 서슴없이 대답했으나 박은 입을 다물고 있었다. 또 물었다.

"빨리 정부를 세워야 할 게 아닌가? 언제 하는 것이 좋겠소? 박 동지."

"남조선의 정세를 살펴 인민들과 상의해봐야 할 것입니다"

반면에 김은 이렇게 대답했다.

"단독정부를 먼저 세우는 것은 민족 통일을 그르쳤다는 비난을 받을 수 있으므로 모든 준비를 갖추고 있다가 남쪽이 정부를 수립한 직후에 해야 합니다."

"정부의 형태는 어떻게 하는 것이 좋을까?"

"저희들은 근대적인 정부를 구성해 본 경험이 없으므로 소련 공산당의 지도를 잘 받아들이겠습니다."

"좋소, 좋소. 김 동지의 그런 겸손함이 아주 마음에 드오. 박 동지의 생각은 어떠시오?"

"김 동지의 생각과 크게 다르지는 않으나 이것 역시 인민들과 상의해봐야 할 것입니다."

"박 동지는 자꾸 인민들, 인민들 하는데, 인민들이야 땅이나 뒤지는 무리들이잖소? 결정은 우리가 해야지."

스탈린은 박헌영의 이런 태도가 불만이었다. 인민의 뜻을 내세워 언제 자신이나 소련의 의사에 반하는 행동을 할지 모르기 때문이다. 업무 협의차 모스크바에 일시 귀환한 북조선 군정장관 스티코프 중장에게 스탈린은 이렇게 말했다.

"박, 그 자를 조심해야 돼. 일제 경찰에 끌려가서 정신병자로 위장하기 위해 제 똥을 마구 먹었다는 그 놈이 보통 독한 놈이냐? 이번에 내가 불러서 보니 매사를 따지고, 따따부따 이의를 거는 거야. 저런 자가 북조선을 차지하고 앉아봐라. 우리 말을 고분고분 듣겠나?"

"김, 그 자도 조심해야 돼. 그 놈은 너무 거짓말을 잘하고, 머리를 잘 굴려. 배때기에 구렁이가 몇 마리

들어 있는지 몰라. 하기야 한 국가를 경영하려면 그런 것이 필요하기는 하지만."

"그렇다면 무엇이 문제입니까, 각하."

"자네도 겪어보지 않았나? 너무 무식해. 마르크스-렌닌주의에 대해 아무 것도 모르더군. 그런 무식한 자가 공산주의 국가를 어떻게 운영하나?"

"좀 모자라는 게 넘치는 것보다 낫지 않겠습니까? 머리는 나쁘지 않는 자니까 가르치면 되겠지요. 옆에 보좌진을 잘 짜 주고."

"그렇지. 지금부터라도 조선인 가운데 이론가를 물색해 봐."

"박일(朴一)이라는 모스크바대학 유학생 출신이 하나 있습니다만."

박일은 뒷날 김일성대학 초대 부총장이 되어 김일성에게 마르크스-렌닌주의 사상을 학습시킨 인물이다.

"그럼 됐어. 뭣에 써먹더라도 가르쳐야지. 좀 알아야 면장 질이라도 할 게 아닌가?"

스탈린은 두 사람을 불러들이기 전에 각각 자필 문서를 작성하게 하여 받아 보았다. 과거 자신의 행적과 현 조선반도의 전체 상황, 북조선의 정세, 장래의 구상 등을 가감 없이 적어 보라는 것인데, 일종의 자기 소개서인 셈이다. 자필을 요구하는 통에 두 사람 다

상당한 모멸감을 느꼈으나 어쩔 수 없어서 대략 작성해 넘겨주었다.

박헌영은 1922년에 모스크바에서 열린 코민테른의 극동인민대표대회에 참석하는 등 소련과 교유가 있었으므로 러시아문자로 작성했다. 이를 탐지한 김일성은 조금 당황했으나 한문과 일어를 섞어 나름대로 써 내기는 했는데, 글씨를 별로 공들여 쓰지는 않았다. 어차피 번역이 되어 스탈린에게 올라갈 것이므로 어떻게 써도 상관이 없다고 생각했던 것이다.

스탈린이 이들의 문서를 번역본과 함께 받아 보았다. 한자와 카나를 모르는 스탈린이 보아도 김일성의 글씨는 영 신통치 않았다. 악필은 아니지만 성의가 없는 글씨였다.

두 사람이 떠나는 날, 스탈린이 별장의 방명록을 내밀었다.

"오던 날 두 사람 다 우리 러시아문자로 썼으니 이번에는 조선에서 쓰는 글자로 써 보시오. 기념으로 삼겠소."

박헌영이 유려한 필치로 자기 이름을 썼다. 김일성도 썼는데, 문서 글씨대로였다.

"김 동지는 글씨가 서툰 건지, 아예 못 쓰는 건지? 지난번 내게 준 문서의 글씨도 그렇더니...."

김일성은 언젠가 레베제프가 하던 말이 얼핏 떠올

라 이렇게 대답했다.

"저는 한자나 일어 쓰기를 아주 싫어합니다. 그래서 글씨가 영 서툽니다."

"왜 싫어하오? 글자야말로 문화의 핵심이 아닌가?"

"그렇기는 하지만 싫습니다. 일어는 침략의 상징이라 싫고."

"한자는?"

"한자는 봉건사상과 인민 착취의 역사적 징표라는 생각이 들어서 싫습니다."

"하하하. 그런 심각한 생각도 했던가? 그런데 그건 조선의 문자가 없기 때문이겠지."

자신에게 불리한 문제도 유리하게 넘어가는 것이 김일성으로서는 행운이라면 행운이라 할 수 있었다.

스탈린이 웃음기를 거두고 박헌영을 향해 정색을 하고 물었다.

"우리 러시아문자는 어떻게 생각하오?"

박헌영은 그 말의 의도가 무엇인지 파악하려는 듯 스탈린의 얼굴을 바라보고 있으려니까 김일성이 입을 열었다.

"러시아문자를 잘 모르지만, 사회주의의 위대한 혁명 정신과 인류의 빛나는 미래가 용솟음치는 듯 힘이 넘쳐 보입니다. 문자의 그 형상에 감명 받았습니다."

"감명? 어째서 그러하오?"

"가령 Γ(게)는 갈퀴, Ж(줴)는 방패, Π(뻬)는 개선문 같아 보이기 때문입니다."

"오, 좋소. 참으로 좋소."

스탈린이 감격에 겨워 소리치자 곁에 있던 보좌관 하나가 들뜬 음성으로 거들었다.

"러시아문자 역사상 최대의 찬사가 나왔군요."

스탈린이 만면에 웃음을 띠고,

"이런 높은 안목을 가진 사람들에게 글자가 없다니."

하고 애석하다는 표정을 짓다가 잠시 뜸을 들인 뒤 박헌영에게 물었다.

"우리 러시아문자를 써 보면 어떻겠소? 지금부터."

좌중이 일시에 물을 끼얹은 듯 조용해졌다. 잠시 침묵이 흐른 뒤 박헌영이 천천히 입을 열었다.

"한자는 우리 조선에서 워낙 오래도록 쓰인 것이고, 많은 사람이 쓰고 있어서.... 함부로 결정할 문제가...."

"또 인민들과 상의해 봐야 하오?"

스탈린이 못마땅한 어조로 쏘아붙이는 소리를 들은 샤브시나가 놀라 스탈린을 돌아보았다. 그녀는 서울 주재 소련영사관 부영사인 샤브신의 아내로서 통역을 돕기 위해 불러 앉힌 것인데 스탈린의 이 말을 곧이곧대로 통역하기가 거북할 정도였다. 노기까지 감추지 않는 스탈린의 표정을 읽은 김일성이 스탈린을 달래는 투로 이렇게 말했다.

"걱정하실 것 없습니다. 한자를 쓰는 사람이 많다고 하지만 기껏해야 백 명 중 한 둘에 불과합니다."

"겨우 한 둘? 그렇게 문맹이 많단 말이오?"

"그렇습니다. 문제는 2퍼센트가 아니라 98퍼센트입니다. 2퍼센트 유식자들은 무슨 글자를 들이밀어도 금방 익히는 족속들입니다."

"그렇겠지. 98퍼센트의 인민이 글을 알아야 하는 거지."

"그렇습니다. 저는 오늘 각하의 말씀에 깊은 감명을 받았습니다. 옛말에도 천하가 활발히 왕래하자면 수레바퀴의 크기가 같아야 하고, 의사 전달에 막힘이 없으려면 같은 글을 써야 한다고 했습니다."

"좋소. 김 동지만 믿소."

이로써 스탈린이 구상한 북조선의 간택 문제는 어느 정도 가닥이 잡힌 셈이다.

김일성은 러시아문자가 자기의 운명에 어떤 관련이 있는가를 충분히 감지하게 되었다. 러시아문자를 자유자재로 쓰는 박헌영에게는 많이 밀리는 입장이지만 다행스럽게도 박의 유보적인 태도 때문에 승산이 있다고 보았다. 평양으로 귀임하자마자 그는 소련 군정장관이던 스티코프 중장이 남겨놓은 참모들을 만났다. 소련은 북조선에 임시위원회를 만들도록 한 뒤 1946년 2월8일 스티코프가 지휘하는 소련군을 일찌감치 철수시켰는데, 남쪽의 미군을 빨리 물러나게 하려는 책략에서였다. 이후 스티코프는 자신의 관할 본부인 연해주군관구에서 평양과 모스크바를 오가면서 북조선의 문제를 모두 관여하였다.

"조선어를 할 수 있는 소련인을 가능한 한 많이 보내주시오. 조선어를 잘하면 좋지만 그렇지 않아도 상관없소. 소리만 적을 수 있으면 되오. 이 부탁을 스탈린 대원수 각하께 꼭 전해 주시오."

스티코프를 통해 이 보고를 받은 스탈린은 파안대소했다.

"역시 그 자는 머리가 잘 돌아간다니까. 눈치가 빠르고 실행력도 뛰어나."

김의 부탁이 국책 연구기관인 동방학연구소로 이첩되자 연구소는 갑자기 잔칫집이 되었다. 막심 연구위원이 소리쳤다.

"문화를 아는 족속들은 역시 달라. 거친 초원에서 말이나 키우며 살아가는 저 몽골족들에 비해 얼마나 적극적인가? 제국주의의 굴레에서 해방되었으니 당연히 한자의 굴레에서도 벗어나야지. 우리 문자를 쓰는 나라가 하나 더 늘어날 것이니 얼마나 기쁜 일인가!"

소련은 몽골이 이전까지 쓰던 몽골문자를 버리고 러시아문자를 사용하도록 하기 위해 상당한 공을 들였다. 몽골은 진기스칸 이전부터 고유문자가 있었으나 완전하지 못하여 13세기에 파스파 문자, 17세기에 토두 문자와 소욤보 문자 등으로 대치되다 보니 외래문자에 대한 저항이 만만치 않았다.

1924년, 몽골인민공화국이 탄생하여 세계에서 두 번째 공산주의 국가로 출범하였다. 몽골의 당면과제는 외래문자의 이식이라는 오랜 역사를 답습하는 일이었다. 몽골의 스탈린이라 할 수 있는 초이발산이 1천 개의 사찰을 파괴하며 라마교 승려를 협박하고 구워삶은 결과 1941년이 되어서야 가까스로 목적을 달성할 수 있었다.

그에 비해 북조선은 스탈린의 몇 마디 암시에 제가 알아서 기어주니 얼마나 고맙고 대견한가? 환호하고도 남을 일이었다. 소련 정부는 합당한 인력 동원에 나서는 한편 몇몇 대학에 지시하여 조선어학과를 긴급 개설하거나 확대 개편하여 인력을 양성하게 했다.

김일성이 노동당 및 인민위원회 연석 간부회의를 소집하였다. 당과 정부기구의 주요 인사가 한 자리에 모였고, 점령군 사령부의 주요 참모들도 관행대로 곁에서 참관하였다.

"가타카나, 히라가나는 일제에 대한 원한을 생각해서도 계속 쓸 수 없소. 그렇다고 한자 한문을 계속 쓸 것이오? 우리가 이처럼 낙후되고 남의 식민지가 된 것은 오로지 어려운 한자에 매달려 있었기 때문이오. 수천 년 동안 우리 민족은 그 멍에에 갇혀 발버둥 쳤으니 이제 그 멍에를 벗어던져야 하오."

김일성은 자신이 스탈린 앞에서 한 말을 되풀이했다. 카나에는 침략의 냄새가 나고, 한자에는 봉건사상과 인민 착취의 상징성이 있다는 그 말이 자신이 생각해도 기특하게 느껴지면서 퍽 마음에 들었던 것이다. 그는 참모를 시켜 이 말에 대해 곁가지를 붙이고 윤색하여 장문의 연설문을 만들었다. 한자와 카나를 격렬히 공격한 뒤, 연설 말미에 참관하는 소련군 참모들이 들으라는 듯 소리쳤다.

"한자 사용을 전면 폐기하고 러시아문자를 우리 조선의 유일한 공용문자로 채택합시다!"

회의에 참석한 인사들은 하나 같이 눈이 아찔했다. 그 문자를 해득할 수 있는 사람이라야 박헌영, 이강국 등 몇 사람에 지나지 않고, 나머지 사람들은 모두 한자와 카나에 묻혀서 살아온 사람들이 아닌가.

앞으로 정부의 공문서와 각급 학교의 교과서, 각종 서적, 상품 이름과 그 사용설명서, 거리의 간판과 구호 등 주변이 모두 괴상하게만 여겨지는 문자로 도배

된단다. 이제껏 쓰던 자기의 이름을 고쳐 써야 하고, 처자식은 물론 부모 조상의 이름 글자도 바꾸어야 한다. 조선 천지가 전혀 알아볼 수 없는 러시아문자로 뒤덮일 테니 나 자신도 새로 익혀야 하고, 처자식에게도 가르쳐야 한다. 조선 사람의 말씨도 먼 훗날에는 소련사람처럼 크, 흐, 키 하는 따위의 소리를 많이 내게 될지도 모른다.

김일성의 연설을 들은 그들은 한동안 멀뚱히 앉아 서로 얼굴만 쳐다보았다.

"내가 이 자리에 앉아있는 것은 남보다 학교를 더 오래 다니고, 더 많이 공부하고, 아는 것이 더 많기 때문이다. 나는 한자와 카나를 남보다 더 많이 익히고 활용한 결과 남보다 더 나은 자리에 앉는 사람이다. 그게 나의 무기인데 그걸 버리면 어떻게 되는가?"

모두가 이런 생각을 하게 되었으니 반론이 없을 수 없는 사안이요 자리였다. 저마다 손을 들고 일어나 발언했다.

현재 한자와 카나를 쓰는 사람이 많기 때문에 곤란하다는 주장은 2퍼센트 이내의 독서층을 위해 98퍼센트의 인민을 버릴 것이냐는 반론으로 간단히 제압되었다. 평소부터 어문 정책에 관심이 높고, 전문가라 할 수 있는 김두헌이 일어났다.

"우리 고유문자가 없는 이상 세계적 추세에 맞게 라

틴 계통의 문자를 쓰는 것에는 나도 반대하지 않소만 왜 하필이면 러시아문자여야 합니까? 그것은 슬라브어에 기초하여 천년 전에 만들어진 것이므로 우리 조선어와는 상이한 점이 많을 것이오. 굳이 러시아문자를 쓰자는 것은 반대요."

"그럼 무엇을 사용해야 하겠소?"

"중국의 예를 참고하는 것도 좋을 것이오."

"그 예를 구체적으로 말해 보시오. 우리가 흔히 '보포모포'라는 그 주음부호를 두고 하는 말이오?"

"그것도 한 예이기는 하지요만...."

이 때 상해의 후장(滬江)대학에 유학했다는 인민위원회의 한설산이 일어났다.

"그걸 글자라고 할 수 있겠습니까? 1913년인가 독음통일회에서 제정한 이후 고치고 고쳐 40개의 자모를 만들었지만 1930년 국민당 정부에서조차 이것을 문자라 하지 않고 주음부호라 격하시키지 않았습니까? 한자의 음을 적는 부호에 지나지 않으니 우리가 본받을 필요가 없다고 생각합니다."

"나도 한 동지와 같은 생각입니다. 주음부호와 같은 것 말고 다른 방법을 찾는다면 웨이드식(式) 표기인데, 그것은 만국 공통으로 사용하는 로마 알파벳으로 되어 있지 않소? 우리도 그런 것이 좋다는 겁니다."

중국은 예로부터 한자의 음을 일반에게 알리고 표

준음을 정하기 위해 음이 같은 글자를 제시하는 방법을 사용했다. 예컨대 '韓 음은 限'이라는 식이었다. 이를 좀 더 정확히 하기 위해 '韓, 胡安切'이라는 식으로 썼는데, 胡의 초성과 安의 중성 종성을 결합하여 '한'이라는 음을 얻게 했다. 이것이 반절(反切)법 음 표기 방식이다. 천년 이상 이 방법을 사용하다가 1867년경 영국인 웨이드(Wade)가 로마자로 한자의 음을 표기하면서 웨이드식(式) 한자음 표기법이라 불렀다. 웨이드식은 이후 한어병음방안(漢語拼音方案)으로 대체되는데, 하여간 중국의 추세가 이러하니 조선도 이를 참고로 하자는 것이었다.

"영미식 알파벳은 프랑스, 독일, 스페인, 이탈리아 등 구미 선진국이 쓰는 문자와 아주 유사하므로 장차 세계의 언어를 배우기도 수월합니다. 그 반면 러시아 문자는 이들과는 좀 달라서...."

듣고 있던 김일성이 미간을 잔뜩 찌푸렸다. 스탈린에게 고임을 받으려는 자기의 구상이 자칫 수포로 돌아갈 분위기임을 감지하고 다시 자리에서 일어났다.

"우리가 한자와 카나를 폐기하려는 것은 그렇게 함으로써 인민의 생활에 도움이 됨은 물론 공산주의 혁명을 성공적으로 이끌 수 있기 때문이오. 로마자는 영미 제국주의자들이 쓰는 문자가 아니오? 그걸 쓰게 되면 우리 자신도 모르게 그들의 썩은 자본주의에 물들어 혁명 사업에 해악이 될 것이오. 내가 러시아문자를 말하는 것은 소련이 그 문자의 원산지이고, 수많은 소비에트 연방이 함께 사용하고 있으니 그 문자를 씀으로써 우리는 불가리아, 몽골은 물론 소연방에 참여한 우크라이나, 리투아니아, 체첸 등 많은 공산주의 형제국가와 어깨를 나란히 할 수 있기 때문이오."

목소리를 가다듬은 김일성이,

"세계 사회주의 운동의 심장부, 우리 조선 해방의 은인, 조선 혁명의 선도자인 소련, 그 소련이 쓰는 인민의 위대한 문자, 그 러시아문자를 사용하지 않고 우리가 무엇을 사용한단 말이오?"

하고 소리치자 임석하고 있던 소련군 참모들이 "호라쇼!" 외치면서 박수를 마구 쳐댔다. 김일성이 목구멍에 핏발을 세워가면서 주장하고, 소련군 참모들이 지켜보는데서 반대하는 것은 감히 생각할 수 없는 일이었다. 이제 누구도 거역할 수 없는 분위기로 내몰리고 있었다. 장내는 한동안 깊은 정적에 빠져들었다. 이 엄청난 일을 결행해야 하는가. 회피할 구실은 없으며, 유보할 방법은 없는가. 상당수 사람이 이런 고민에 빠져들었다.

얼마간의 무거운 침묵을 깨고 문학평론가 이원진(李源震)이 일어났다.

"한자와 카나를 모두 없애야 합니까? 그리고 러시

아문자를 우리 인민들이 익히는데 시간이 얼마나 걸릴 것으로 봅니까?"

이것은 김일성의 주장을 받아들이는 것을 전제한 질문이었다. 김일성이 한껏 들뜬 목소리로 대답했다.

"옛것과 새것을 함께 쓴다면 옛것을 그대로 쓰려할 것이오. 그러니까 없애려면 즉시 없애고, 러시아문자는 바로 받아들여야 합니다."

김두헌이 겁에 질린 음성으로 소리쳤다.

"문자를 그처럼 단숨에 없애고 바꾼다니, 그건 있을 수 없는 일이오."

"한다면 하는 게지, 못할 게 뭐이 있단 말이오? 토지개혁도 단숨에 해치웠는데."

"아이구, 이건 토지개혁과는 전혀 다른 것이오."

한설산의 발언에 이원진이 가세했다.

"토지개혁을 빨리 해치울 수 있었던 것은 다 이유가 있소. 지주는 숫자가 적기 때문에 우리가 땅을 몰수하면 다수의 인민이 들이닥쳐 그 땅을 차지했기 때문이오. 국가의 힘을 빌리지도 아니하고, 인민의 정부를 세우지도 아니하고도 할 수 있었던 것은 다수의 인민이 우리의 행동대원으로 나서 주었기 때문에 가능했소. 우리가 땅을 주면 인민들이 그 땅에 말뚝을 박았단 말이요. 이제부터는 이 땅이 내 땅이라고."

"지금 말뚝이라는, 그 말 잘 했소. 바로 그거요. 나

189

는 그 말뚝을 만들어 주어 문맹이던 우리 인민들이 스스로 제 이름 자를 쓰도록 하겠소.”

북조선에서 무상 몰수, 무상 분배라는 초혁명적인 토지개혁을 단행하기 한 달 전인 1946년 2월. 평양에서 북조선임시인민위원회 제1차 회의가 열렸다. 이때는 김성주가 소련군의 안내로 북조선에 들어와 졸지에 김일성 장군으로서 대중 앞에 선 지 넉 달 밖에 되지 않을 때인데, 모두가 위원장이 된 김일성의 입만 쳐다보았다.

놀랍고 엉뚱하게도 그가 처음 꺼내든 안건은, 연필 생산을 대폭 늘리자는 것이었다. 지금이 어떤 때인데 저런 한가한 소리를 하는가 하고 모두 의아해 했다. 그러나 김일성의 계산은 달랐다. 까막눈의 인민들에게 연필을 쥐어주겠다는 메시지를 던지는 것이 어떤 효과가 있는지를 잘 알고 있었기 때문이다. 지금 문자 문제도 마찬가지이다. 연필이 주는 메시지처럼 자신의 권력 장악에 절대 해롭지 않은 시책이라고 확신했던 것이다. 김일성은 자신만만하게 주먹을 불끈 쥐고 마구 흔들어댔다.

“왜 안 된다는 것인지, 두고 보시오.”

새롭고 황당한 역사가 이렇게 만들어지고 있었다.

08

사는 게 죽느니만 못한

전국시대 초나라의 수도인 영읍의 궁정에서 연나라 재상에게 보낼 편지를 썼다. 밤중인지라 어두워 촛불을 든 사람에게 편지를 구술하다 말고 이렇게 명령했다.

"촛불을 들어 올려라(擧燭)."

글씨 쓰는 사람이 듣고 '擧燭'이라고 받아 적었다.

이 편지를 받은 연나라 재상은 편지의 본의와는 전혀 상관없는 글을 보고도 좋은 말이라 하여 기뻐하였다.

"편지에서 '촛불을 들어 올리라'는 것은 주위를 밝게 하라는 것이다. 주위를 밝게 하기 위해서는 어질고 유능한 사람을 가려 뽑아 쓰라는 뜻이다."

재상이 이 뜻을 연왕에게 아뢰었더니 연왕이 기뻐하며 그대로 하여 나라를 잘 다스렸다. 〈한비자, 외저설 좌상〉

기사를 마감한 뒤 한상렬 차장이 그저께 나온 삼천리신문을 열심히 들여다보고 있었다. 성준이 지나가며 재미있는 기사라도 있느냐고 건성으로 물었더니, 다 그게 그거라고 역시 건성으로 대답했다. 그러면서도 한 차장은 신문에서 눈을 떼지 않았다.

"한문으로 빽빽이 들어찬 청구나 삼천리를 보고 있으면 눈에서 쥐가 날 것 같아."

"다른 기사야 우리 신문과 다를 바 없지만 우리에게

없는 독자투고란은 재미가 있어요. 이 글이 잘 됐다고 실은 모양입니다."

한 차장이 내미는 신문을 들여다보았다.

— 快哉, 島夷雷炸醜巢燹(쾌재, 도이뇌작추소선).

(쾌재라, 섬 오랑캐 불벼락으로 더러운 소굴 불태워지고)

壯哉, 美英神武干戈偃(장재, 미영신무간과언).

(장하다, 미국, 영국의 신묘한 무력이 전쟁을 그치게 했네) —

"연합군 승전을 기리는 한시로구먼."

"청구일보도 이런 종류의 독자투고를 실어요. 이외로 재미있게 읽히는 모양입디다."

한 차장이 편집국에 비치된 청구일보의 신문철을 가져와서 지면 한 곳을 가리켰다.

"이것은 해방된 지금의 우리 처지를 아주 잘 표현한 글이라고 합니다."

"어디 보세. 涸可活西江之鮒(학가활서강지부)요. 수레바퀴 자국에 고인 얕은 물[涸轍]에 목말라 헐떡이던 붕어가 서강의 큰물을 만나 목숨을 살렸도다. 이렇게 읽어야겠지? 장자에 나오는 우화로구먼."

"그렇지요. 다음 구절을 보세요. 喜可作岐陽之亭(희가작기양지정)이라. 오랜 가뭄 끝에 큰 비가 내려 기양 땅에 희우정(喜雨亭)을 짓는 기쁨이로구나. 이것은 소동파의 '희우정기'의 문장을 빌려 쓴 것이겠지요?"

"좋기는 하지만 걸핏하면 중국 문자를 가져다 쓰는

192

우리 선비들도 참 문제야."

조성준은 문득 긴상의 편지와 우편환을 떠올렸다.

"이걸 이해하는 사람이 얼마나 될까?"

"20년 전 통계에 따르면, 문맹이 전체 인구의 약 98 퍼센트라고 하니 3천만 인구 중 60만 명 정도만 겨우 글을 아는 셈이지요."

"겨우 60만 명!"

"그것도 많이 잡아서 그렇지, 사실 자기 의사를 표현할 수 있는 사람은 절반도 못 돼요."

긴상에게 이 글을 읽어주고 아무리 설명한들 감동은 고사하고 알아듣기라도 하겠는가. 그의 시야에는 무수한 인파가 어둠 속에서 휩쓸려 어디론지도 모르면서 허우적거리며 가고 있는 모습이 들어왔다.

"지금은 좀 불어났겠지요. 일제 때에 일어를 배운 세대도 있지 않습니까? 저희도 그 부류지요 뭐. 부장님도 서당에서 글을 배운 건 아니지요?"

"그런 셈이지. 그러나 학교 교육으로 문맹이 조금 줄어들었다 하더라도 그동안 세상 떠난 노인들을 계산하지 않나?"

"결국 60만 명도 안 되는 사람을 상대로 언론이니 공론이니 하는 나라이니 원."

두 사람은 마주보고 쓰게 웃었다. 언젠가 긴상이 성준에게 다시 창덕궁에서 상감님이 나오게 되느냐고 묻던 일이 떠올랐다. 긴상만이 아니다. 그런 사람이 생각보다 많다. 그들은 정치 지도자들이 항상 입에 달고 사는, 민주니 공화정이니 하는 것과는 전혀 무관한 사람들이다. 긴상 같은 사람이 우편환과 등기우편이 아니라 그보다 더 편리한 것이 생긴들 무슨 상관이 있겠는가.

한 차장이 말했다.

"독자의 이런 글을 누구누구 하는 유명 문사의 글 못지않게 좋아하는 것 같습니다. 투고자와 일종의 동류의식을 느끼는 것이 아닌가 하는 생각도 들고."

"그럴 수도 있겠지. 나도 저만큼은 쓸 수 있다는 자신감을 가질 수도 있으니까. 신문이 독자와 가까워지는 데는 독자투고란도 한 역할을 할 것 같아."

해방이라는 상상 밖의 충격과 감격에서 조금씩 안정을 찾아가자 일반인도 세상사에 대해 발언을 하고 싶다는 욕구가 생겨나서인지 독자의 편지나 글이 약간씩 들어오기 시작했다. 해방의 기쁨과 감격, 일제 때의 아픔과 일제의 패망에 대한 환호, 민족 국가를 건설하자는 장래에 대한 굳센 다짐 등이 단골 주제이자 소재임은 물론이다.

"국장님과 상의해야겠지만 우리라고 싣지 말라는 법은 없지. 좋은 글이 있으면 찾아보게."

성준의 말에 한 차장이 서랍을 뒤지더니 일어로 쓴

글 몇 통을 꺼내놓았다. 이것이 청구나 삼천리와 다른 점인데, 일어를 능숙하게 구사한, 꽤 잘 쓴 시 하나가 손에 잡히어 데스크에 올렸다. 이를 본 신명섭 국장이 고개를 갸우뚱했다.

"괜찮을까?"

신문에 실었더니 독자의 반응이 괜찮았다. 이후 다른 독자의 시와 산문 몇 편이 투고란을 통해 세상에 나갔다. 일어로 쓴 생활 잡기가 주류를 이루고 있었다. 이것은 카나가 민간에 널리 침투해 있다는 증거이기도 했다.

그로부터 약 한 달 뒤. 하루는 한 늙은 사람의 노한 음성이 전화선을 타고 울리더니 이를 군호라도 삼은 듯 이 사람 저 사람, 항의가 빗발쳤다. 몇 사람이 돌아가면서 하는 것 같았다. 편지 역시 마찬가지였다. 그들이 문제 삼는 것은 독자의 글 가운데,

"이 목소리 이 문언(文言)을 길이 지키고 널리 펴서...."

라는 구절이었다. 글의 전체 맥락은 전통의 수호와 발전을 의미한 것이지만 얼핏 보면 일어와 카나를 계속 사용하자는 뜻으로 들리기도 했다.

"한양은 어찌 계속해서 일어와 히라가나, 가타카나를 쓰고 있는가? 지금이 비록 난세이지만 그렇다고 왜적의 글을 계속 써도 된단 말인가?"

"총독부의 꼭두각시가 무슨 얼굴로 시대의 공론을 맡으려고 하는가? 후안무치하다."

 그러던 어느 날, 이십여 명의 노인이 신문사로 들이닥쳤다. 도포를 차려입고 갓을 썼는데, 상당수는 상투도 틀고 있었다. 창신동 김 주사도 어찌 연락이 되었던지 함께 왔다. 그들 중에는 두루마기만 입고 하이칼라 머리에 중절모를 쓴 비교적 젊은 사람도 네댓 명 섞여있었는데, 자세히 보니 시인 작가라는 문사들이었다. 편집국으로 다짜고짜 들어와서는 사장을 찾았으나 때마침 출타중인지라 조성준이 신 국장과 함께 그들을 맞이하여 회의실로 안내했다. 인사를 나누며 자리에 앉다가 조성준이 한 노인과 눈이 마주치자 허리를 굽혔다.

 "초은(樵隱)선생 아니신지요?"

 왼쪽 볼 위에 검은 점이 있고, 풍성한 흰 수염에 몸피가 부대한 노인이 "그렇소만" 하고 엉거주춤 몸을 일으켰다.

 "밀양 박씨, 창자 석자 어른의 사위되는 조성준입니다."

 죽은 아내의 아버지를 가리키는 말이었다. 명함을 건네자 안경 너머로 잠시 들여다보던 노인이 대답했다.

 "오, 기야일로(箕野逸老)의 서랑이 되신단 말씀이오?"

몇 해 전 작고한 장인은 '기자(箕子)의 들판에 버려진 노인'이라는 뜻의 호를 썼는데, 조선은 기자의 교화를 받아 문명한 나라가 되었다는 고루하기 짝이 없는 역사 인식을 버리지 않았던 노인이었다.

"예, 그렇습니다. 연전 그 어른 상례에 존장께서 조문 오신 적이 있으시지요?"

"그랬었소. 기야일로의 서랑이라면 어느 집이던가? 혹시 조 지지당(趙知止堂)의 자제가 되오?"

"그렇습니다. 불초 제가 바로."

성준의 아버지 지지당은 분수를 지키고 안분으로 자족한다는 뜻의 호를 썼다. 초은이라는 이 노인은 '산간에 숨은 나무꾼'으로 자처하지만 그가 비록 시골에 살고 있어도 나무를 하지도 않을뿐더러 숨어 사는 사람 같지는 않아 보였다.

"그렇군. 이런 자리에서 만나다니 반갑소."

"존장께서는 원로에 어찐 일이신지요?"

면면을 알고 보니 경향 각지에서 상당한 이름을 가진 선비들이었다. 그 가운데는 청구와 삼천리의 발기인도 두어 사람 섞여 있었다.

전국의 일부 유림에서, 그것도 색론(色論)을 유난히 드러내는 한 당파에서 경기도 소재 절동서원의 통문으로 해방 이후 첫 회합을 그저께 가졌다고 한다. 전쟁 기간 동안 한 번도 모임다운 모임을 갖지 못하다가 오랜만에 만나 회포를 풀자니 갖가지 이야기가 두서없이 튀어나오게 되었다. 당세의 근심과 경륜이 두루 화제에 올랐으나 역시 가장 큰 관심사는 누군가 정의하였듯이 '사도 재흥(斯道再興)'이었다. 유학을 다시 일으키는 것이 당면한 급무라는 데는 아무도 이의를 다는 사람이 없었던 것이다.

당연히 공맹의 학문으로 돌아가야 하며, 논어 맹자를 더 널리 더 열심히 읽고 공부하도록 해야 하고, 경서를 잘 읽자면 한자 한문을 숭상하지 않을 수 없다는 것도 자연스러운 논리의 흐름이었다. 이어 한자 한문을 읽고 쓰는 능력이 전반적으로 떨어져 간다는 한탄이 쏟아져 나왔다.

"첨존께서는 들어보시오. 사도의 재흥을 막는 것이 왜적의 카나라는 것은 어느 분이나 다 동의할 것이오. 그런데 아직 버젓이 그것을 쓰는 자들이 있으니 그것을 그대로 두고 보아야겠소?"

서울 선비 김이창의 말에 충청도 회인에서 올라온 선비가 물었다.

"그게 뭐라고 생각하시오?"

"한양신문이요."

독자투고가 실린 신문 몇 장을 내보이고, 앞의 그 구절을 문제 삼았다. 이를 돌려보고 난 좌중의 모든 선비가 이구동성으로 "이럴 수가 있나!" 하고 외쳤다.

김이창이 말을 이었다.

"하도 한심하고 원통하여 서울 인근의 몇몇 지우들과 함께 전화로 항의를 하고 질책도 했었소. 그리고 평소 안부를 주고받는 경향 각지의 사문(斯文; 유학자)에게 글을 띄워 그들의 행위를 논박하도록 하였소."

"참 잘 하셨소. 가만히 두고 보아서는 아니 될 것이니 왜적의 그런 글을 쏟아내는 중심부터 막아야 할 것이오. 못된 나무는 뿌리째 뽑아야 하고, 더러운 물길은 원천에서부터 막아야 하는 것과 같은 이치가 아니겠소?"

자신도 그 일을 함께 했다는 몇 사람이 이 성토 대열에 나섰는데, 한양신문으로 가서 질책 겸 항의를 하자고 쉽게 합의하여 곧장 신문사로 향한 것이다.

자리 한가운데에 앉은 김이창 노인이 헛기침을 컹컹 두어 번 한 다음 입을 열었다.

"그간 당신들이 한양으로 제호를 바꾸어 신문을 낼 수 있었던 것은 신문이 하나밖에 없었기 때문이었소. 이제 청구와 삼천리가 소생했으니 한양신문이 할 일도 끝난 게 아니오? 그것도 모자라 일어니 카나니 하고 아직까지 그 왜놈의 글을 장려 육성하려 하다니 말이 되오?"

곁에 사람이 말을 이었다.

"섬 오랑캐가 물러났으면 이제 왜놈의 말과 글도 쓰

지 말아야할 것이구만유. 그런데도 한양신문이 계속 쓰는 이유를 모르것시유. 한양이야 이전부터 하던 대로 카나를 쓴다고 하지만 일반 백성들의 글까지 받아 신문에 싣는 것은 왜놈의 글을 장려하여 계속 쓰자는 속셈이 아니고 무엇이유? 세상에 원."

잇대어 발언하는 사람의 음성은 아주 높아졌다.

"한양신문이란 니치니치(日日)가 아니었소? 과거 독점적 지위를 누리며 일제의 주구가 되어 갖은 영화를 누리며 못하는 짓이 없더니, 이제 와서 새나라, 새 세상을 오도하고 더럽히고 있소. 또 그 문자로써 붓방아를 찧으며 하찮은 지식을 농(弄)하겠다는 것이오?"

삿대질 일보 직전까지 갈 분위기였다. 그들은 신문기자가 총독부나 중추원, 혹은 경찰에 종사하던 친일분자와 다를 바 없다는 경멸과 조소를 숨기지 않았고, 적대감이 갑절이나 커보였다. 초은 노인은 조성준과의 안면 때문인지 입을 굳게 닫고 앉아있더니 자리를 뜨면서 들어보라는 듯 중얼거렸다.

"왜놈의 문자를 쓰다니. 글 아는 지식분자, 병필자(秉筆者)의 책임이 막중하다는 것을 모른단 말인가?"

그들의 불같은 공박에 질린 얼굴을 하고 있던 성준은 순간 불잉걸을 얹은 듯 얼굴이 뜨거웠다. 불과 몇 달 전, 일본인 밑에서 쓰기 싫은 원고를 쓰다가 자조적으로 내뱉었던 말이 떠올랐다. '차라리 경성 역전의 지게꾼 노릇이 낫지'라는 그 말이.

신 국장은 조성준과 약속이라도 한 듯 그들의 말을 잠자코 들어주었다. 반박을 하거나 무슨 핑계를 대면 말만 길어지고 언성만 더 높아질 뿐, 그들을 납득시킬 수 없을 것이라는 사실을 잘 알고 있었던 것이다.

노도처럼 밀려왔다가 썰물처럼 빠져나가는 뒷모습을 보며 조성준은 깊은 고민에 빠져들었다.

'내가 어쩌자고 일제의 선전기관에 들어와 그들의 목구멍이 되고 혀가 되었던고. 그들이 턱으로 가리키는 대로 따라 하고, 손가락질 하는 대로 움직이는 사람으로 내몰렸던고. 이 땅에서 태어난 조선 사람으로서 일본말을 잘하고, 일문을 잘 짓는다는 말에 나는 얼마나 우쭐거리며 세상을 활보했던가'

그는 회한과 모멸감으로 몸을 떨었다. 강물이 마르면 강바닥의 앙상하고 헝클어진 자갈과 모래가 선명히 드러나듯이 그 시점에 이르러 성준은 자신의 모습이 물 빠진 강바닥처럼 확연히 들여다보였다. 어떤 식으로든 일어와 카나에 대한 입장을 정리할 때가 되었다고 생각했다.

퇴근 무렵, 조성준이 사표를 써서 신 국장에게 가지고 가자 이를 눈치 챈 한 차장도 사표를 들고 신 국장 앞에 섰다.

"독자 투고를 올리자고 했대서 이러는가? 이 문제

는 자네들이 책임질 일이 아니네.”

사표를 되돌려 준 신 국장이 이튿날 아침 사장실로 들어갔다. 한참 뒤에 나온 그는 기사를 마감한 뒤, 교열부만 남기고 차장 이상 모든 간부가 회의실로 모이라고 지시했다. 이후부터 한양의 장래에 대한 난상토론이 시작되었다.

논설위원도 모두 참석했는데, 문영길 위원을 시작으로 여러 사람이 나섰다.

“우리도 반성해야 할 점이 많아요. 그동안 그런 문제를 사석에서나 간혹 이야기했지 공식적으로 한번이라도 진지하게 다루어본 적이 없었다는 것이 문제입니다. 진작 어떤 방침을 가지고 있었어야 했던 겁니다.”

“해방 당시 국내 유일한 종합일간지라는 부담 때문에 유일 언론으로서 신속한 보도에만 신경을 썼지 카나 사용 문제에 대해서는 관심이 소홀했던 것은 사실입니다. 이 점은 우리가 반성해야 합니다.”

“옳은 말씀이기는 하지만 사실 그런 것을 둘러볼 여유조차 없었어요. 일인 기자가 모두 빠져나간 자리를 우리나라 사람으로 채워 넣으면서 군정청과 각 정당, 단체의 기사들, 그리고 홍수처럼 쏟아지는 외신을 그날그날 처리하느라 모두 정신이 나가있었습니다. 그렇지만 아무리 그렇다하더라도 진작 이런 문제를 염두에 두어야 하는 건데.”

이 대목에 이르러 여러 사람이 한숨을 내쉬었다.

“말이야 바른 말이지, 사실 누구나 이 문제를 속으로 생각하지 않은 사람이 없었을 겁니다. 워낙 중대하고 거창한 문제라서 감히 입 밖에 내기가 어려워 아예 두 눈을 딱 감고 있었을 뿐이지. 모두 안으로는 속을 끓이고 있었을 겁니다. 그렇지 않아요?”

모두 수긍하는 눈치였으나 아무도 말이 없었다. 얼마간의 침묵이 좌중을 짓누른 뒤 문 위원이 입을 열었다.

“요컨대 우리가 택할 수 있는 길은 대략 세 가지가 되지 않겠습니까?”

“세 가지?”

“그렇소. 우리가 하던 그대로 계속해 나가는 것이 하나. 아직도 우리 신문을 보는 사람이 많아요. 그만치 카나 사용자가 만만찮게 많습니다.”

조성준을 비롯한 몇 사람이 완강히 고개를 흔들었다.

“그 반대로 카나와 일어를 전면 폐기한 뒤 청구나 삼천리처럼 하는 것이 하나.”

아무도 반응을 보이지 않았다. 잠시 침묵이 흐른 뒤 신 국장이 문 위원을 돌아보며 물었다.

"그렇다면 다른 하나는?"

"폐간!"

"문을 닫는다?"

신 국장이 놀란 듯 되묻더니 이내 쿡쿡 웃었다.

"제3의 살길이란 결국 셋뿌쿠(切腹; 할복자살)로구만."

신 국장의 목소리는 많이 풀려있었다. 허탈과 무기력에서 오는 자포자기의 심정이 갑자기 좌중을 압도하자 일시에 모두 가벼운 웃음을 흘렸다.

"일어 폐지, 카나 축출. 이것은 거역할 수 없는 대세인데, 그렇다면 우리가 청구 식이냐, 삼천리 식이냐를 정해야지 않겠습니까?"

한상렬 차장의 말에 최국철 부장이 머리를 흔들었다.

"한문? 이두? 하, 둘 다 무즈카시이데스(어려워요)!"

"일어를 쓰지 말라고 그 야단인데도 무즈카시이데스 하시네. 참말로 무즈카시이데스네요, 응?"

한차례 폭소가 일었다. 한 차장이 말했다.

"아닌 게 아니라 두 신문 다 경영이 어렵답니다. 생각보다 독자가 없고, 구독자가 늘지 않는대요."

"왜 그럴까? 지금은 구독 수요가 폭발할 때인데."

"제 생각으로는 3.8선 이북으로 신문이 들어갈 수 없기 때문이 아닌가 하는데."

"그렇겠군. 우리도 부수가 절반 가까이 줄었으니까."

"그래도 우리는 생각보다 크게 줄지 않았어요. 학교에서 일어를 배운 젊은 구독자는 늘어나고 있는 것 같아요."

"그렇다면 청구나 삼천리에서 독자가 많이 줄었다는 것은 20년대 창간 당시의 독서층이 많이 사라진 탓인지 모르겠군. 그런데다가 새로운 독자는 늘어나지 않으니 그럴 수밖에."

이야기가 이북으로 번졌다.

"서울에서 발행되는 신문이 한 장도 들어가지 못 하니 무엇을 통해 세상 형편을 알까?"

"조만식 선생이 주동이 되어 평남일보인가 하는 신문이 하나 생겼다는군."

"그 신문은 무슨 글자를 쓴답니까?"

"아무려면 카나를 쓰겠어?"

"옳은 말씀이요. 우리 한양도 일어와 카나를 버리지 않을 수 없소. 날이 갈수록 일제 잔재를 청산하자는 주장이 드세어지고, 일본 한자를 없애자, 신사나 신궁 등 왜색 건물들을 때려 부수자고 소란스러운 판에 우리 한양이라고 가만 두겠습니까? 유림의 항의는 점잖은 편이지요. 언제 누가 우리 신문사에 불을 지르겠다고 들이닥칠지 어찌 알겠소?"

신 국장의 말에 모두 동의했다. 조성준이 말했다.

"신문의 외양이 확 바뀌는 것이니까 사회 지도층 인

사의 고언을 듣는 동시에 이러한 사실을 독자 대중에게 귀띔이라도 해 주는 게 어떨까요? 또 다른 항의가 들어와도 예방책이 되고, 어떤 변화를 예고하는 것도 되니까요. 일어 폐기를 포함한 모든 문제를 검토하는 중이라는 사고(社告)를 내는 게 어떨지.”

“그것 좋겠군. 좋은 의견을 구한다고 하면 독자에 대한 예의도 되지. 사고보다는 기사로 쓰는 것이 좋지 않을까? 기왕 말이 났으니 조 부장이 책임지고 작성해 보지 그래.”

“공연히 이야기해서 일만 맡았군요.”

멋쩍게 웃으며 머리를 긁는 조성준을 향해 최 부장이 이렇게 말했다.

“한문이나 이두 한문으로는 기사를 쓰기 어렵다는 말을 넣지 말게.”

이틀 뒤, 조성준이 쓴 원고가 신문 1면 왼쪽 상단에 큼지막이 실렸다. 신 국장이 제목을 “카나(假名)를 버려야할 때”라고 뽑았다.

청구와 삼천리의 경영이 생각보다 쉽지 않다는 이야기가 간헐적으로 흘러나왔지만 문제는 경영만이 아니라는 소식이 들려왔다. 며칠 전, 조성준과 최국철 부장이 청구의 천성호 차장과 삼천리의 주영기 차장을 우연히 만나 술잔을 나누었는데, 천성호의 첫마디가 이러했다.

"우리가 니치니치에서 일어만을 사용하던 5,6년이라는 시간이 결코 짧은 게 아니었어. 그동안 손을 놓았다가 다시 한문 작문을 하려니까 여간 어려운 게 아니야. 내가 한문 작문을 잘은 못해도 그럭저럭한다고 생각했는데, 참 창피해서."

주영기가 말을 받았다.

"나도 그래. 그저께는 귀환 동포의 참상을 취재해서 써보라고 하여 원고지 20매 정도 썼는데, 그게 국장에게 올라가서는 새빨갛게 고쳐서 나오지 않는가? 화도 나고 부끄럽기도 하고. 다시 찬찬히 들여다보니까 엄상화 국장이 역시 당대의 최고 문사는 문사야. 번듯하게 고쳐내는 데는 내가 굴복할 수밖에. 풋내기 기자도 아닌 내가 글로 그런 닦달을 당하다니. 후배 기자를 지도해야 할 처지에 말일세."

"기사를 쓰는 게 점점 겁이 나네. 며칠 전에는 우리 국장이 위당 선생과 술자리에 어울렸다가 들은 노래라면서 외어 와서 불러주는 거야. 해방의 기쁨과 감격을 노래한 것이니 한문으로 번역해서 신문에 싣자고 말일세."

"어떤 노래인데?"

"첫 대목이 '흙 다시 만져보자, 바닷물도 춤을 춘다!' 뭐 이런 가사야. 자네 같으면 어떻게 옮기겠나?"

조성준이 '아이고' 외마디 소리를 지르며 손을 저었다.

"내가 그걸 붙들고 끙끙 앓고 있었더니 엄 국장이 자기가 번역한 것이라면서 보여 주는데, 土試握而復撫只, 海自興以蹈舞只(토시악이부무지, 해자흥이도무지)라 했더군. 위당의 노래와는 느낌이 어떤가?"

"글쎄. 흙을 쥐어서 다시 어루만져보자. 바닷물은 제 흥에 겨워 뛰고 춤추네. 이렇게 해석해야 하나? 우리 시와 한시는 아예 맛이 다르니 함께 논할 필요는 없겠네. 그러나 모든 걸 다 번역해야 하니 천하의 대문장인들 어찌 감당하겠나?"

"갓 쓰고 수염 허연 옛날 노인들은 어떨지 몰라도 우리처럼 신식 학교에 다니고 일어 물을 먹은 사람들은 청구일보와 같은 곳에서 견딜 수 없을 걸세."

"자네는 그렇다 치고, 젊은 기자들은 어떤가? 글 쓰는 게."

"물론 엉망이지. 한 편의 글을 보노라면 '작대기 글'이 군데군데 불쑥불쑥 튀어나오니까. 그들도 마감 시간은 촉박하고 글은 잘 엮어지지 않으니 죽을 맛이지."

작대기 글이란 한문 문법에는 맞지 않지만 의미를 짐작하고 억지로 뜯어보면 알 수 있는 글, 우리 말 순서로 읽을 수도 있는 글을 두고 하는 말이다. 듣고 있

던 주영기가,

"우리 삼천리도 재미있는 이야기가 많다네."

하며 혼자 웃었다.

"젊은 신출내기 기자가 기사를 이두 문장으로 써야 하는데 카나를 섞어 일본식 문장으로 써버렸지. 이런 식의 문장을, 그것도 하나의 기사에 서너 군데 섞어 넣어서 부장에게 가지고 갔다네. 자기도 모르고 무심결에 쓴 거지."

"일어가 우리 생활에서 그만큼 익었기 때문일 걸세. 나라고 그런 실수를 하지 말란 법이 있나."

"그래도 청구는 이두를 섞어 쓰지 않으니 헷갈리기는 덜 하겠지. 어떤 친구는 왜 이두를 쓰고 있는지조차 확실히 모르는 것 같아. 그래서 한 번은 그 부장이 젊은 친구들과 술을 마시면서 농담 삼아 이두에 얽힌 이런 이야기를 하더군."

부장이 들려주는 이야기는 이러했다.

옛날 어느 고을에 딸만 가진 늙은 부자가 있었는데, 그의 소원은 오직 아들을 얻어 가계를 잇는 것이었다. 젊은 아내를 새로 얻은 뒤 절에 불공을 드린다, 명산 대천에 치성을 올린다, 온갖 정성을 다해 빌었는데 영험이 있었던가 일흔에 아들을 하나 쑥 낳았어. 금이야 옥이야 키우다가 아들이 대여섯 살 되던 해에 가족에

게 봉투 하나를 주면서,

"십년 뒤에 뜯어보아라."

하는 유언을 남기고 죽었다네. 봉투의 내용이 무엇인지 궁금증을 이기지 못한 부자의 사위가 봉투를 뜯어보고는 원님에게 가져가 보였지.

― 七十生子非吾子家産傳之壻他人勿犯(칠십생자비오자가산전지서타인물범) ― 16자로 된 유언인데, 이를 본 고을 원이 사위에게 장인의 유산을 다 차지하라고 판결을 했지.

그럼 왜 그런 판결이 나왔던가? 유언을 이렇게 읽은 거야. '七十生子는 非吾子라. 家産을 傳之壻하노니 他人은 勿犯하라.' '일흔에 낳은 자식은 나의 자식이 아니니 가산을 사위에게 물려주노라. 타인은 범접하지 말라.'는 내용이라는 것이지.

십년 뒤, 성인이 된 아들이 유언장을 자세히 읽어본 다음 고을 원님을 찾아갔다네.

"옛날 사또께서는 이 유언장을 잘못 읽으셨습니다."

"그럴 리가 있나? 어떻게 읽어야 옳단 말이냐?"

"七十生子인들 非吾子리오. 家産을 傳之하노라. 壻는 他人이니 勿犯하라. '일흔에 낳은 아들이라 한들 나의 자식이 아니겠는가? 가산을 물려주노라. 사위는 남이니 범접하지 말라.'는 내용입니다."

이야기를 듣고 있던 조성준이 물었다.

"그렇게 읽을 수도 있던가?"

"굳이 그렇게도 읽을 수 있는 게 한문이라네. 그 아들이 원님에게 말하기를, '일흔이 아니라 백세에 낳아도 아들은 아들인데 무슨 증거로 아들이 아니라고 부정할 수 있습니까? 그러나 사위는 백년손님이요, 피가 하나도 섞이지 않은, 그야말로 남입니다. 타인에게 유산을 주지 않겠다고 한 유서의 뜻이 명백하지 않습니까?' 하고 따진 것이지. 그리고 유언장을 십년 뒤에 뜯어보라는 의도가 무엇이겠는가, 사위가 그 유언부터 어겼다고 공격했겠지."

곰곰이 생각하던 고을 원이 다음과 같이 판결했다네.

"아들의 말이 옳다. 사위는 물려받은 전 재산을 이 처남에게 모두 넘겨주어라."

온 고을사람이 놀랐다. 김 진사라는 고을 유지가 원님을 찾아가 그 이유를 물었더니 원님의 답변은 이러했지.

"그 부자 노인의 진정한 뜻이 무엇인가를 생각해 보았소. 만득자를 금지옥엽으로 키웠다는 그가 손톱만큼이라도 친자 관계를 의심했겠소?"

"그러면 왜 그런 유언장을 썼을까요?"

"한편으로 그 사위라는 사람의 됨됨이를 알아보았소. 매우 탐욕스럽고, 교활하고 무자비하여 처가의 재산을 무슨 수를 써서라도 모조리 빼앗고 말 사람 같았소."

"그래서 일부러 그런 유언장을 썼다는 겁니까?"

"그렇소. 재산을 아들에게 바로 물려주고 싶지만 아직 어리니까 사위에게 가로채일 것이라 예견하여 사위가 빼돌리지 않고 잘 관리하게 한 다음 아들이 커서 다행히 눈이 밝으면 재산을 되찾을 수 있도록 문장을 좀 모호하게 만들었던 같소."

"사또께서는 참으로 드문 명판관이십니다."

유언장 한 장으로 온갖 호사를 누리다가 졸지에 재산을 잃게 된 사위는 가는 곳마다 자신의 억울함을 하소연하며 장인의 진정한 뜻은 그렇지 않았을 것이라 하였다. 그러면서 문서 한 장을 만들어서 사람들에게 보였단다.

— 七十矣(의) 生子段(단/은) 非吾子是如(이다/이다) 家産乙(을) 傳之壻爲良置(하야두/하여도) 他人隱(은) 勿犯向事(안일/할 일이다) —

(일흔에 낳은 아들은 내 자식이 아니다. 가산을 사위에게 물려주어도 타인은 범접하지 말아야 한다.)

"장인이 이렇게 이두를 섞어 유언장을 쓰셨더라면 뜻이 명백하여 뒷날 시비가 없었을 게 아닌가?"

아들도 이에 질세라 문서 한 장을 만들었단다.

"우리 아버지가 이두로 쓰셨다면 반드시 이렇게 쓰셨을 거야."

— 七十良中(아해/에) 生子是喻良置(일지어두/일지라도) 非吾子是乎去(이올가/일까) 家産乙段(을단/을) 傳之爲良齊(하야제/한다) 壻隱(은/는) 他人是白齊(이삽제/이다) 勿犯向事(안일/할 일이다) —

(일흔에 낳은 아들이라도 내 자식이 아닐까. 가산을 물려준다. 사위는 남이니 범접하지 말아야 한다.)

"이두가 이런 이야기 끝에 생겨났다는 설화가 있지만 이는 지어낸 이야기일 뿐, 이두는 한문의 애매모호함을 보완하기 위한 보조 수단으로 생긴 것이지. 조선이 개국한 뒤 바로 착수한 것은 명나라의 법률을 우리 이두로 번역하여 대명률 직해(大明律直解)라는 책을 편찬하여 반포하였다네. 이두를 사용하여 법령의 의미를 명확하게 하고자 한 것이지. 이는 우리말의 구조가 한문 구조와는 근본적으로 다르기 때문이 아니겠는가. 이것은 내가 들은 이야기라네."

네 사람의 화제가 다시 한양으로 옮겨갔으나 뾰족한 수는 보이지 않았다. 신문 구실을 하고 살아남자면 청구의 길을 가던지 삼천리의 뒤를 밟아야 하는데, 그 길이 험난하여 젖 먹던 힘을 내도 두 신문을 따라가기는 어려울 것이라는 이야기가 오고갔다.

각계 지도자의 의견을 들어보니 카나 폐기를 반대하는 사람은 아무도 없었다. 심산(心山) 같은 이는 카나를 빨리 걷어치우지 않으면 몽둥이를 들고 가서 인쇄 시설을 다 부숴버리겠다고 공언했다.

청구와 삼천리는 한양을 점점 더 사갈시했다. 해방 직후에는 신문이 하나뿐이었으므로 싫든 좋든 한양의 보도에 의존해 왔으나 그들이 부활한 이상 더 두고 볼 수 없었던 것이다. 일제 말, 자진 폐간이라고는 하지만 폐간할 때 모든 사원이 윤전기를 붙들고 울었다는 후일담을 내놓는 청구 기자들이나 종간호를 낸 뒤 그 신문을 들고 나가 호외처럼 뿌리며 거리에서 고래고래 고함을 질러댔다고 회고하는 삼천리 기자들로서는 한양을 아무리 곱게 보려고 해도 곱게 보이지 않았던 것이다.

카나를 폐기한다는 기사가 나간 지 보름 뒤, 한양신문의 전 사원이 모이는 비상총회가 열렸다. 원로들의 반응이 전해졌고, '일어 폐지' '카나(假名) 축출'이라는 피켓을 든 애국단체 몇 군데에서 신문사 앞으로 몰려와 시위를 벌인 뒤였다.

"카나를 쓰지 않으면 무엇을 쓰지? 한문? 이두?"

조성준이 머리를 감싸 쥐었다.

"문을 닫으면 돼."

"불을 확 질러버릴 거라는 사람을 본 적도 있소."

"사고를 낼 순서만 남았군."

성준은 머리가 어지러웠다. 그냥 폐간하기는 아무래도 억울했으나 다른 길은 없어 보였다.

이튿날 신문에 사고가 나갔다. 보름 뒤인 정월 말일을 기해 일어와 카나 사용을 중지할 것이며, 이는 신문의 폐간으로 이어진다는 내용이었다. 그냥 폐간 사고를 낼 수도 있었으나 일어와 카나 문제를 확실히 하기 위해 사용 중지를 알린 것이다. 경영진은 청산 절차를 밟기 위해 법률 자문을 구하고, 인쇄부는 윤전기를 포함한 설비를 매각하면서 자신들도 따라갈 곳이 없는가 기웃거렸으며, 편집국 기자들은 다른 신문에 줄을 대느라 여념이 없었다.

사고가 나간 사흘 뒤, 기사 마감 시간이 한참 지난 늦은 시각에 남녀 학생 대여섯 명이 편집국으로 들어왔다. 앉기를 권한 뒤 들어보니 보성, 연희, 이화에 적을 둔 학생들인데, 농촌 계몽과 기독교 관련 단체에서 활동하는 것 같았다.

"어쩌면 좋을까요?"

용무가 있다고 찾아온 사람의 첫마디치고는 좀 어

정쩡하다는 생각이 들었다. 대표로 보이는 학생이 무언가 주저하며 곤혹스러워하는 표정으로 손을 후후 불었다. 멀뚱히 바라보던 성준이 무슨 말이든 해보라고 하자 그 학생이 조심스럽게 입을 열었다.

"카나를 폐기한다는 사고(社告)가 사실입니까?"

"곧 폐간할 예정일세."

"폐간? 그럼 카나를 쓰는 신문이 이 세상에 하나도 없이 사라진단 말입니까?"

"그렇게 되지 않을까?"

"그건 큰일인데요."

"그게 왜 큰일인가?"

성준이 어깃장을 놓는 심정으로 대꾸하자 잠시 침묵이 흘렀다.

"이제껏 배운 것이 공연한 짓이 되었네요."

그건 나도 마찬가지라고 대꾸하려다가 성준은 입을 다물었다.

"해방이 된 이 시대에 공공연히 일어와 카나를 쓰는 것을 어느 누가 그냥 두고 보겠나?"

"그렇기는 하지만요...."

학생들은 하고 싶은 말을 다하지 못했다는 느낌을 지우지 않은 채 자리에서 일어났다.

둘만 남은 편집국에서 성준과 곽 기자는 이런 대화를 나누었다.

"사실 쟤네들은 한문을 배울 기회가 없었지요. 한문 과목이 있기는 했지만, 국어(일본어)를 잘하기 위해 가르치는 정도였지 않아요?"

"우리를 아끼는 사람들이 지켜보는 가운데 한양이 임종을 하게 되니 기분이 썩 나쁘지는 않군."

"쟤네들이 청구나 삼천리를 읽자면 얼마나 어렵겠습니까? 그래서 배운 게 무섭다는 거지, 쟤들인들 민족 감정이니 일제 청산이니 하는 걸 왜 모르겠습니까?"

성준은 박영자 선생이 들려준 말을 상기했다.

"해방이 되어 일본인 교장이 떠나면서 이런 말을 하더래. '우리 일본이 다른 것은 모르겠지만 가타카나 히라가나 하나는 조선 땅에 확실히 남기고 가게 되소. 나는 이것을 가장 큰 보람이라 생각하오.' 라고 말이야. 그 말을 들었을 때, 그 자식이 달아나는 주제에 별소리 다 한다고 생각했는데, 이제 생각하니 참으로 무서운 말이야. 말과 글이란 일단 한번 심어놓으면 좀처럼 뿌리를 뽑아내기 어렵거든. 우리가 아직도 대화 가운데 우리말 반, 일본어 반을 섞어 쓰지 않나? 일본 말을 쓰지 말아야겠다면서 나도 모르게 튀어나오게 되니...."

"글도 일어로 쓰는 것이 더 쉽지요."

"우리가 나라를 잃은 직후에 태어난 세대이니까 일

어나 카나가 너무 익숙하단 말일세. 그러다보니 과거 한문 중심의 식자층과는 연결고리가 끊긴 것이기도 하고."

"우리 신문이 없어지면 쟤들은 반 문맹이 되는 셈이지요. 그렇다고 대놓고 한문, 이두를 못 읽는다고 하면 체면이 상하는 일이겠고...."

성준은 새로운 절망감과 막막함을 느꼈다. 세대 간의 단절과 지식의 분절을, 그리고 소통 수단의 부재에서 오는 폐해가 어떨 것인가, 상상도 하기 싫어졌다.

며칠 뒤, 한 무리의 청년들이 편집국으로 들어왔다. 그들은 한양이 정말 폐간할 거냐고 확인하더니 이렇게 소리쳤다.

"신문을 계속 내주시오!"

"신문사 문을 닫으면 아니 되오!"

뒤에 들으니 철도노조와 금속노조에서 집회를 마친 뒤 간부급 되는 젊은 사람들이 삼삼오오 모여 이야기를 나누다가 한양의 폐간 문제가 화제에 올라서 몰려왔다는 것이다. 무슨 말을 하는지 떠볼 양으로 성준이 슬쩍 던져보았다.

"청구나 삼천리를 보면 되지 않소?"

왁살스럽게 생겼다 싶은 청년 하나가 퉁명스럽게 대답했다.

"우리가 그걸 어찌 본단 말이오? 많이 배우고 유식

한 양반들이나 보라 하시오."

"굳이 카나 글이어야 하겠소?"

아무도 대답하지 아니하므로 성준이 다시 물었다.

"카나는 왜놈의 글이잖소?"

"왜놈의 글?"

"그렇소. 왜놈의 글로 신문을 내지 말라고 곳곳에서 아우성이오."

그들은 발부리에 돌이라도 차인 듯 멈칫했다. 면면을 다시 찬찬히 뜯어본 결과 대부분이 초등학교, 아니면 그보다 못한 학력을 가진 사람들로서 글을 읽을 수 있다면 백여 자 이내의 쉬운 한자와 카나가 전부인 것처럼 보였다. 일상적으로 사용하는 장비와 도구, 기술 용어들이 모두 일어요, 일을 하면서 참고하는 안내서가 모두 카나일 것이라 추측한 성준은 그들이 왜 신문사로 일부러 찾아와 그런 말을 하는지 짐작이 갔다. 잠시 뒤, 서로 얼굴을 쳐다보다가 영 마뜩치 않다는 표정들을 남기고 편집국 문을 나섰다.

"카나를 안 쓰기 위해 폐간해야 한다?"

곽 기자가 그들의 등 뒤에서 고개를 갸우뚱했다.

그러던 어느 날, 무슨 이야기 끝에 성준의 뇌리를 번개처럼 스치는 것이 있었다. 국민학교 시절, 시험지에 '좋소'라는 뜻으로 일본어 'よろ(宜)しい'라 써야 할 것을 'ぞほそ'(조호소)라고 썼다가 일본인 교사에게 뺨이 불이 나게 맞은 기억이 떠올랐던 것이다. 조성준이 신 국장의 책상 앞으로 곽 차장, 한 차장 등 몇 사람을 모이게 하여 이렇게 말했다.

"일어를 없애는 대신 우리말을 카나로 쓰면 어떨까요? 가령 '독립을 쟁취하자'라는 기사를 이제까지는 일어로 썼지만 이제부터는 조사와 동사에 우리말을 넣어 '獨立乙(을) 爭取はざ(하자)'라 쓰고, 우리말로 '信託統治ぬん(는) 絕對 反對よ(요)'하는 식으로 쓰면 되지 않을까요? 한자, 향찰, 이두, 카나를 편리한 대로 끌어다 쓰자는 것이지요."

"아니, 그럼 '절대 반대합니다'에서는 'はむにだ(하무니다)'가 되는데? 기무치, 하무니다라는 말을 우리 손으로 써야하다니 원."

성준이 곤혹스러운 표정을 지으며 뒤통수를 긁고 물러섰다. 곽 차장이 입을 열었다.

"그런 표현은 최대한 피하면서 쓰면 되지 않을까? '벌컥벌컥 마시다' 하지 말고 '맛있게 마시다'라고 한다면?"

"그러면 '맛있게'라는 말은 어떻게 쓰지?"

"맛있게? 마시케(ましけ)로 쓰지 뭐. 흐흐흐흐."

여러 사람이 조성준을 따라 허탈하게 웃었다.

편집국의 논전은 그것으로 그치지 않았다. 성준은

말을 꺼낸 당사자이므로 기왕의 주장을 밀고나갔다. 카나 교육을 받거나 카나를 학습한 인구가 적지 않은 현실이므로 그들을 일시에 문맹으로 만들지 않도록 하기 위해서라도 한양이 카나 신문으로 변신해야 한다고 주장했다. 카나를 줄곧 쓸 수는 없지만 다른 문자로 이행하기 위한 과도기라도 가져야 한다는 현실론이었다. 곽 차장이 찬성 의사를 밝히고, 신 국장은 은근히 동조하는 눈치였다.

반대 대열에 선 기자도 많았다. 카나를 사용하게 되면 국어가 오염되고, 자칫 일어의 아류로 떨어질 위험이 있으니 피해야 한다. 섣불리 변신을 꾀했다가 여론의 뭇매를 맞으면 그나마 가지고 있는 최소한의 체면마저 구겨서 일패도지, 간과 뇌수를 땅에 짓이겨지는 꼴이 된다는 것이다. 박영필이 소리쳤다.

"카나를 폐지한다, 폐간 한다 공언하더니 이제 다시 카나를 이용한다? 이런 갈팡질팡이 어디 있나? 생불여사(生不如死)! 사는 것이 죽는 것만 못하다는 말이 여기에 해당할 게요."

며칠 뒤, 1면 중앙에 사고를 실었다. 여러 차례 장시간 논의 끝에, 오 사장의 결재를 받아서 조성준이 주장하는 신문을 내보기로 했던 것이다. 이에 반대한 박영필 등 몇 사람은 사표를 던졌다.

과연 무리 없이 신문을 낼 수 있을는지, 카나로 말

미암아 국어가 심각하게 훼손되는 일이 있지나 않을는지, 이런 신문을 지켜보는 사회의 반응은 어떤는지 아무도 자신할 수 없었다. 다만 그들은 이대로 문을 닫고 말 수는 없다는 강한 집념과 투지를 공유하고 있었는데, 이는 한문과 이두만으로 언론 보도의 영역을 맡겨서는 안 된다는 깊은 우려도 깔려 있었던 것이다.

편집국의 모든 기자들은 전쟁 이상의 싸움을 벌려야 했다. 카나로 표기할 수 없는 말은 아예 배제하거나 다른 말을 골라 대체했다. ぞほそ(조호소), ましけ(마시케) 같은 어색한 말을 쓰는 것은 어쩔 수 없는 일이지만 가능한 한 이런 어색함을 줄이기 위해 무진 애를 썼다. 일상적으로 쓰는 말이 다양하고 풍부한 것 같지만 동의어나 유사어를 즉석에서 골라내는 것이 생각처럼 쉽지 않았다. 어렵게 착안해 내더라도 그 역시 카나 표기에 걸리는 경우가 많았다. 가령 '맛있게'라는 말을 대체하기 위해 '구미가 당기게'라거나 '구미에 맞게'라는 말을 떠올려 보지만 이 또한 '당'과 '맞'에 걸리고 마는 것이다. 앞의 경우는 '口味が だんぎげ'라고라도 써 보지만 뒤의 '맞'에 해당하는 카나는 없는 것이었다.

이 말에 부딪치고 저 소리에 막히어, 이리 피하고 저리 돌다보면 마치 끝없는 미로를 헤매는 혼란에 빠질 때가 한두 번이 아니었다. 쓸 수 있는 말이 도무지 없어 보였다. 원고지에 머리를 박고 장시간 끙끙 앓던 한 기자가 소리쳤다.

"도대체 이런 건 누가 하자고 그랬나 그래. 깨끗이 문 닫고 손을 털 일이지."

신문이 나가자 예상대로 일반의 반응은 양분되었다. 이렇게라도 나오는 것이 다행이라거나 일어를 버린 것은 잘 한 일이라는 격려도 많았다. 반대하는 측에서는 유까다에 갓을 쓴 꼴이라고 꼬집는가 하면, 심산 같은 이는 일제가 뿌리고 간 더러운 물을 쓰기도 부족하여 이제는 오물로 반죽하여 전 조선인에게 뒤집어씌운다고 거칠게 비난하였다. 반대의 목소리가 더 크고 거셀 것 같은 분위기였다.

09

난파선들

殷나라 사람들은 일상생활을 점복에 의존하였다. 그 행위를 貞이라고 하고, 貞人이라 불리는 주술사 집단이 있었다. 이들은 뼈나 거북껍질을 불로 지져 그 나타난 금을 보고 해석했다. 제물을 바치는 제사, 군사작전, 사냥 여행, 건축공사, 기후, 일식 월식, 벼락 우레, 가뭄 홍수, 농작물의 수확, 질병, 출생과 죽음, 꿈, 일상생활에서의 안녕 여부 등을 모두 점복으로 물었다.

뼈는 집소와 물소, 또는 덩치가 큰 동물의 어깨뼈를 사용하였으며, 거북껍질은 거북의 배딱지와 등껍데기를 사용하였다.

먼저 좋은 뼈를 고른 다음 남아 있는 살을 제거하고 손질하여 광을 내고, 거북껍데기는 배딱지와 등껍데기를 톱으로 잘라 분리하여 매끄럽게 닦았다. 각각 여러 개의 움푹한 구멍을 팠는데, 이것은 뼈와 껍질을 얇게 하여 금이 가기 쉽게 하고 열을 가할 때 반대 면에 나타날 금을 적절히 위치시키기 위해서였다.

왕이 직접 묻거나 왕을 대리한 貞人이 물으면 卜人이 점복 행위를 수행하고, 占人이 갈라진 금을 보고 해석하여 예언하였다. 史는 물음과 예언에 관계되는 과정을 뼈나 거북껍질에 칼로 새겨 넣었다. 그 기록이 바로 갑골문이다.

용골과 귀판의 기록은 전형적으로 머리말, 물음, 예언, 그리고 사후의 입증이라는 네 단계로 나누어 기록하였다.
— 장편역사소설 『殷墟』, 서지원 —

1945년 섣달 무렵. 긴상의 조카가 천신만고 끝에 귀환했다는 소식이 들려왔다. 아프다는 딸도 달리 걱정하는 하소연이 없는 것을 보면 병에 차도가 있거나 나은 것 같았다.

조성준도 반가운 소식을 들었다. 동생 성표가 남양군도에서 귀환한 것이다. 사지에서 돌아왔다 하여 환영과 치하의 인사를 받으며 두어 달 동안 고향과 외가, 학교 동창들의 집으로 돌아다니다가 성준의 집에서 기거하게 되었다. 당장 학업을 계속할 만한 곳도 마땅찮고, 그렇다고 기다리고 있는 일자리도 없었다. 다방이나 카페 같은 곳으로 돌아다니며 친구들과 노닥거리는 것이 일과였다.

공휴일을 맞이하여 성표가 그동안 밀린 잠을 벌충하느라 누워있는데, 채옥의 동생 채호가 놀러왔다. 까까머리 중학생이지만 3학년으로 진급하면서 코밑도 거무스름한 것이 이젠 제법 사내 티가 났다. 고모님 안녕하세요, 형님들 집에 계시는구만요, 하는 따위의 인사를 마친 뒤 성표의 방으로 들어가더니 장지문 너머로 두런두런 이야기하는 소리가 들려왔다.

영어 공부가 어렵다는 채호의 하소연과 공부 요령이라고 들려주는 성표의 대답이 이어지는데, 들어보니 영어 자체보다는 그것을 어떻게 해석하고 표현하느냐의 문제였다. 박영자 선생이 교사로서 하던 고민을 이번에는 채호가 학생의 입장에서 쏟아내는 고충이었다. 결국 한자 어휘가 모자라고, 표현하는 문장 구사력이 부족하다는 결론이었다.

성표의 방에 있는 낡은 시조집을 펴든 것 같다. 채호가 떠듬거리며 읽었다.

"한산도 월명야애 수루애 독좌(閑山島 月明夜厓 戍樓厂 獨坐)."

"책에 인쇄된 대로 읽으면 안 되지. 이순신 장군이 읊은 시조 그대로 읽어야 해."

"형님, 삼사삼사. 아니 삼사삼이? 글자 수는 대략 맞는데요."

"그래? 그렇군. 흠, 그렇지만 이순신 장군이 당초 읊었던 시조로 읽어야지."

성표가 음성을 가다듬었다.

"한산섬 달 밝은 밤에 수루에 혼자 앉아. 이게 원래 시조 아니냐? '한산도'가 아니고 '한산섬', 섬 도(島)자지? '월명야애'가 아니라 '달 밝은 밤에'라고 읽어야 하고, '수루애 독좌'는 '수루에 혼자 앉아'로."

"그런데 厓와 厂는 뭐예요?"

"둘 다 음을 표기하는 구결(口訣)이라는 거야. 厂는 厓의 생략형으로 쓰인 셈이지."

구결이란, 우리말의 문법과 다른 중국의 한문을 손

쉽게 읽고 해석하기 위한 보조수단으로 만든 기호라는 것. 그 기호는 모두 한자의 자획을 하나 혹은 둘을 따와 만든 것이라는 설명이다. 성표가 그 예까지 들어 설명하려 하자 채호의 짜증 섞인 음성이 들려왔다.

"아이고, 어떤 글자는 한자 그대로 읽어야 하고, 어떤 글자는 훈으로 새겨 읽으면서 구결이라는 것까지 섞여있으니 그걸 어떻게 구별해서 읽어요?"

"반복해서 자주 읽다 보면 입에 익게 돼."

"차라리 생짜로 외우는 게 낫지 책을 보고 읽으면서 외우려니까 더 헷갈려요."

"그렇기는 하지. 그러나 이것조차 없으면 완전히 잊어버리잖아? 책이 중요하다는 게 뭐야? 이렇게라도 기록해 놓았으니 망정이지 이마저 없다면 솥뚜껑으로 새는 김처럼, 타 버리고 남은 재 같이 모조리 날아가 없어져버리는 거야."

성표의 말이 이어졌다.

"우리나라는 옛날부터 내려오는 시조가 줄잡아 천여 수는 넘었다고 해. 그러나 원래의 작자가 불렀던 그대로 기록을 하지 못하니까 원형이 남아 있을 수가 없는 거지. 한자로 이처럼 어렵게, 억지스럽게 기록한 것은 높이 평가할 일이지만 원형이 변질되거나 시조의 맛이 나지 않는 것도 있어. 신라 때의 향가라는 것도 사실 이런 식이지 뭐."

제망매가, 찬기파랑가를 일본인 학자 오꾸라 신페이(小倉進平)가 뭐라고 했다는 둥 설명을 늘어놓던 성표가 다시 시조 이야기를 했다.

　　"우리 시가를 소리 나는 대로 옮겨 적을 수 없게 되니까 많은 시조가 흩어지고, 기억에서 사라져서 지금은 겨우 50여 수만 전하지."

　　채호가 한심하다는 듯 한숨을 내쉬었다.

　　"자, 다음 내가 읽을 테니 따라 외워 봐. '장검 패요(長劍佩腰)'라고 했지? 이건 '긴 칼 옆에 차고'야."

　　한참 동안 시조를 이리저리 꿰맞추어 읽던 채호가 목청을 돋우어,

　　"긴 칼 옆에 차고 고구마 깎던 차에, 어디서 요놈아 소리에 삼십육계 줄행랑."

　　하며 낄낄거렸다.

　　"그럼 이매창이라는 여류시인의 시조를 외워보자. 이 사람은 기생인데도 그렇게 시를 잘 했대."

　　채호가 읽어 내려갔다.

　　－ 梨花雨 飛散ᐧᐧᐧ 際, 哭泣 執手 離別ᐧᐧ乎 任

　　　　(이화우 비산할 제, 곡읍 집수 이별하온 임) －

　　"이화우 비산할 제? '이화우'는 '배꽃비'? 배꽃비가 뭐야. 배꼽이겠지. '배꼽이 비산할 제', 그러니까 '배꼽이 날아 흩어질 제', 아니 배꼽이 왜 날아 흩어져?"

　　"그게 아니라 '이화우 흩뿌릴 제'야. 또 읽어 봐."

"곡읍 집수 이별하온 임."

"울며 잡고 이별한 님."

"아이고, 머리야. 형님, 그런데 '곡읍 집수'란 '눈물 흘리고 울며 손잡는 게' 아닌가요?"

"그러면 시가 안 되지. 하여간 그렇게 무조건 외워."

"에이, ㆍ는 爲의 구결 표기로서 '하'음을 나타내고, ㆍㄴ은 '할', ㆍ乎는 '하온'의 구결 표기라니, 이런 복잡하고 골치 아픈 것을 왜 읽어요?"

"이렇게 한문 원문 사이에, 하고, 하니, 하야, 하는 것을 토(吐)라고 하는데, 한문 원문을 해석하기 쉽게 붙인 것이야. 이렇게 토를 다는 것을 현토(懸吐)라고 하지."

"아휴."

"남의 말 사이에 쓸데없이 끼어드는 것을 두고 '토를 단다', 혹은 '토를 달지 말라'고 하지? 바로 이게야."

채호가 "에이"하는 소리와 함께 벌떡 일어나 문을 열고 나가버렸다.

그 뒤 성표는 선배의 소개로 한양방송국에 번역 일을 짬짬이 하게 되었고, 집에 있기가 군색하고 친구와 함께 할 일이 있다면서 하숙방을 얻어 나갔다. 달포는 되었을까, 하루는 신문사로 성준을 찾아왔다.

"형님, 돈 1만 원만 변통해 주십시오."

성준은 자기의 월급이 2천 원을 넘지 않는 터라 놀란 표정을 지었다.

　"지금은 새 나라를 세우는 중차대한 시기이니 문화 발전을 위해 무엇이라도 해야 하지 않겠습니까?"

　"좋은 생각이지. 그런데 무엇을 하는데 그런 돈이 드나?"

　"밑천 없이 뭘 하겠습니까? 더구나 미군을 상대로 하는 사업인데."

　"문화 사업을 한다면서 재즈홀이나 카바레를 열어 미군과 양색시들의 돈을 먹자는 짓은 아니겠지?"

　"형님도 어찌 그런. 선진국을 배우는 사업, 문화 국가가 되는 유익한 일을 해야지요."

　그의 주장인즉, 이제는 미국이 주도하는 세상이므로 미국인들의 생활과 사고방식과 문화를 잘 배우고 익혀야 하는데, 그러자면 실상부터 눈으로 익혀야 하니 영화를 보는 것이 가장 빠르고 확실하다는 것이다. 미국의 좋은 영화 한 편으로 수십 만, 수백 만 관객이 관람하고 감동을 받을 수 있으므로 그 파급효과를 따지면 신문과 잡지는 비교가 안 된다고 한다.

　성표에게 미 군정청 통역관으로 들어간 선배가 한 사람 있는데, 그를 따라 미군 영내로 들어가 장병 위문용으로 상영하는 영화를 자주 보았다. 벗은 여자와 남녀 간의 키스와 포옹 같은, 일반 조선인들이 망측하

다고 고개를 돌릴 장면이 없는 것은 아니지만 퍽 잘
된 영화도 많았다. 할리우드 영화가 다 그러하듯이 장
대한 스케일과 흥미진진한 이야기, 시선이 모자랄 정
도로 풍부한 배경과 소품들은 그를 매료시키기에 충
분했던 모양이다.

"가령 'A sunny spring day' 같은 영화는 현대 미국
의 모습을 아주 잘 그린 영화입니다. 세 번이나 보았
어요."

그 영화에는 뉴욕, 시카고 같은 미국 동부의 거대한
도시생활이 있는가 하면 텍사스, 오크라호마 같은 대
평원이 펼쳐지고, 인디언과의 투쟁이 있으며, 신천지
미국으로 항해를 시작하는 유럽인 조상들에 대한 회
고, 서부로 가는 개척정신이 그려져 있었다. 사랑과
우정이 있고, 가족의 따뜻함이 있으며, 정의와 법치를
위한 투쟁과 약자에 대한 부드러운 손길이 있었다. 영
화의 줄거리를 장황하게 이야기하던 성표가 감동에
서 깨어나지 못한 음성으로,

"리차드 위드마크와 케리 쿠퍼의 결투 장면. 이 두
사람이 한 여자를 두고 벌이는 삼각관계도 재미있지
요. 여배우는 잉글릿 버그만이예요."

"모르겠다. 나는 그런 배우를 생전 처음 들어보니
까. 그런데 그런 영화를 우리나라 사람들이 좋아할
까?"

"미국의 온갖 풍물이 등장하고, 인디언과 싸우는 장면, 허리에 권총을 빼드는 서부극에다가 재미있는 스토리에 출연 배우까지 일류입니다. 그리고 음악과 미술, 영화로서 무엇 하나 나무랄 데가 없는 우수작이래요."

 성준도 구미가 당겼다. 휙휙 돌아가는 이국 풍물, 대일본을 이기고 승리자가 된 미국의 모습이 궁금했다.

 "너도 이제는 영화평론가가 다 된 것 같구나. 그런데 이제껏 영화를 몇 편이나 보았니?"

 "일제 때 본 '집 없는 천사'? 그건 형 하고 같이 보았지요? 동경 유학 시절에 일본 사무라이 영화 두어 편? 그리고 요 근래에 본 미국 영화 몇 편. 뭐 그 정도지요."

 "그 정도 가지고야 영화를 안다고 할 수 없잖아. 그리고 네가 봤다는 그 영화를 우리 조선 사람들이 좋아할지 어떨지 모르는 일이고."

 "분명히 좋아할 겁니다. 자신 있어요."

 "그건 그렇다 치자. 그런데 영화 한 편 달랑 들여오자고 그런 공을 들여?"

 "미국 본토에서 장병 위문용으로 연달아 보내주고 있으니까요. 그걸 거의 공짜로 얻어올 수 있다는 겁니다."

설명을 듣고 보니 그럴 듯했다. 미군들은 물자를 풍덩풍덩 쓰고, 한 번 쓴 것은 버리는 경우가 많으므로 그들이 보고 난 영화 필름도 별 어려움 없이 넘겨받을 수 있을 것 같았다.

"그렇다면 무슨 밑천이 그렇게 많이 드니?"

"그 영화는 우리가 옛날 보았던 '집 없는 천사'와 같은 무성영화가 아니라 유성영화란 말입니다. 변사가 뒤에서 뭐라고 떠드는 것이 아니고 영화를 돌리면 배우들 말소리와 음악이 함께 나와요."

여러해 전, 주먹을 불끈 쥐고 팔을 휘저으며 연설하는 히틀러가 자주 등장하는 독일 영화를 본 적이 있다. 성준은 빨리 지나가는 일본어 자막을 읽기가 조금 부담스러웠지만 비록 독일어를 모르더라도 배경 음악과 함께 들리는 생생한 현장감만은 이제껏 기억하고 있었다.

"수준 높은 영화이기 때문에 변사가 뭐라고 떠들면 영화를 완전히 망치는 것이에요. 배우들의 대사를 바로 알아듣지는 못하더라도 음성과 음악과 효과음을 있는 그대로 들어야 실감이 나고 감동을 느낄 수 있는 영화란 말입니다. 그래서 자막을 넣어야 하지요."

"그게 쉬운 일일까?"

"개척자 정신으로 해 봐야지요. 실제 그 일에 종사한 사람도 있답니다."

성준은 이곳저곳 변통하여 돈을 빌려주었다.

　얼마 뒤, 성표의 연락을 받고 가 보았더니 충무로 근처 허름한 사무실 2층 방에다가 영사기 한 대를 구해 밤낮 없이 돌리고 있었다. 대사 번역은 성표가 직접 하기 때문에 큰돈이 들지 않았다고 하는데, 문제는 필름에 자막을 넣는 일이었다.

　일본인의 조수 노릇을 해봤다는 사람을 영입했지만 뒤에 알고 보니 곁에서 구경한 정도였다. 성표로서는 그 사람이라도 붙들고 일할 수밖에 없었다.

　대본에 나타난 대사의 수량만큼 글자본을 만들고, 필름에 새기고, 화학 처리를 하고, 물로 세척한 뒤 보정 작업을 하고 보니 몇 사람이 꼴딱 한 해를 넘겼다. 당초 빌린 돈 만 원을 다 써버렸으므로 5천 원만 더, 하고 손을 내밀어 도합 2만 원을 쏟아 붓고서야 가까스로 완성할 수 있었다.

　단성사에 영화를 걸었다. 시사회를 전후하여 신문 문예란에는 영화의 진수를 맛볼 수 있는 근래에 드문 예술 영화라는 평이 나가고, '미국 영화를 온전히 감상할 수 있는 절호의 찬스' '이 기회를 놓치고 후회하지 마시라!' 따위의 광고도 빠뜨리지 않았다. 식자깨나 있는 사람들이 시사회에 초대되어 찬사를 늘어놓은 후, 오후 3시와 저녁 7시, 하루 두 차례씩 상영되었다. 그러나 처음 며칠 관객이 드는 것 같더니 점차 줄어들고, 결국에는 한 회에 삼십 명을 채우기가 바빴다. 반응도 미적지근했다.

성준이 친구 몇 사람을 불러 그 이유를 따져 보도록 했다. 영화관에 가서 영화를 두 차례나 보면서 관찰한 나머지 그들이 지적한 것은 자막이었다. 획수가 복잡한 한자는 뭉개어져 무슨 글자인지 아예 판별하기 어렵고, 글자가 어려우니까 문맹은 물론 웬만큼 한자를 아는 사람도 빨리 움직이는 화면과 자막을 따라가지 못한다는 것이다.

"영화 대사와 자막이 아귀가 맞지 않아 겉돌고 있는 걸세. 자막에서 '汝等想飮酒乎?(여등상주호?)' 라고 뜨면 관객은 이를 읽으면서, '너희들 술 마시고 싶니?' 라 이해해야 하고, 자막에서 '否, 我想休息(부, 아상휴식)' 라고 뜨면, '아니요. 쉬고 싶어요.' 라고 받아들여야 하니 관객으로서는 여간 복잡하고 피곤한 일이 아닐세. 울고 웃으며 즐기러 간 영화관에서 화면 따라가랴, 자막 읽으랴, 이를 해석하랴, 그런 고통이 어디 있나? 자막 처리한 영화를 관람하는 훈련이 전혀 안 되어 있었으니 어려운 영화가 되고 말았지."

"문맹이 많은 사회에서 그런 영화를 어떻게 보겠나? 오죽하면 그 영화를 봤다는 것으로 유식자 자랑을 한다고도 하니 원."

"그러면 관객이 많아야 할 게 아닌가?"

"유식자 된다는 것은 우스갯소리지. 하여간 영화가 어려워. 유성영화의 진수를 보여주자는 자네 동생의 충정은 이해하네만 관객을 모으는 입장에서는 차라리 훈련 잘 된 변사가 대사를 읽는 게 낫지 않을까?"

성표로서는 전혀 내키지 않았지만 잔뜩 진 빚을 조금이라도 꺼볼 욕심으로 급히 변사를 찾아 나섰다. 1930년대만 해도 최고의 인기를 누리던 변사들이 전쟁 중에는 영화가 없어 목말라하다가 성표가 나타나자 물 만난 고기처럼 좋아했다. 두 사람이 영사기를 돌리면서 연습에 들어갔다. 변사가 화면을 보며 자막을 읽었다.

"청물입차녀지방(請勿入此女之房)."

"그렇게 읽지 말고, '이 여자의 방에 들어가지 말아주세요.' 해야지요."

"그렇군. '당신 이 여자의 방에 들어가지 마세요.'"

"다음 대사를."

"불필여지상관!(不必汝之相關!)"

"당신은 상관할 필요가 없소!"

이처럼 여러 날 동안 연습을 하는 사이에 영화관은 여전히 텅 빈 채로 헛돌고 있었다. 영화관 주인이 영화를 내리자고 성화였다. 성표는 고생은 고생대로 하고 빚만 동그랗게 안고 말았다.

빚에 몰려 끙끙 앓고 있는데, 하루는 김치진이라는

대학 동창 하나가 부른 듯이 찾아왔다.

"자네 같은 예술 애호가가 영화 따위에 손을 대다니. 못된 도적 만나 보따리 털린 셈치고 깨끗이 단념하게."

"영화가 나쁜 것은 아닐세."

"글쎄, 어떤 사람은 영화를 종합예술이라고 하지만 실은 딴따라 어릿광대들이 이 장면 저 대사를 활동사진으로 찍고 또 다시 찍어서 덕지덕지 편집한 것이 아닌가? 남의 눈을 속이는 짓이지."

"영화를 그렇게 비하하지 말게."

"내가 자네에게 '저 포도는 신 포도야' 하고 돌아서라는 뜻은 아닐세. 내 이야기는 공연예술을 하려면 정통으로 해야 한다는 말이네."

"정통이라니?"

"연극이지. 연극이야말로 수천 년 전통을 가진 공연예술이지 않나? 대중을 계도하고 즐기게 하는 역할이 연극만한 게 없다네."

일제 때 동경 유학생을 중심으로 무요회(無曜會)라는 연극 동호회가 있었는데, 그 친구는 뒤늦게 뛰어든 초년병이었다. 어떻게 하면 해방된 조선에 연극의 씨앗을 뿌릴까 골똘히 생각하던 중이었다.

한 회원이 쓴 것이라면서 "여명"이라는 희곡을 내보였다. 학병으로 끌려갔다가 해방이 되어 돌아온 주인

공이 해방 정국의 극심한 혼란 가운데에서 방황하다
가 인간의 본성을 회복하고 평화를 사랑하는 것만이
새로운 시대를 건설할 수 있는 지름길임을 깨닫는다
는 내용이었다. 이야기 가운데에는 친구의 우정과 배
신, 슬픈 사랑도 있었다.

도둑을 맞으려면 개도 짖지 않는다더니 성표는 자
신의 역량이나 형편을 돌아볼 겨를도 없이, 그리고 주
위의 누구와도 상의하지 않았으므로 아무런 제어를
받지 않고 덜컥 그 계획에 동참하고 말았다. 그로서는
또 한 번 재앙의 불길로 걸어 들어간 셈이다.

무대에 올리는 비용 가운데 전체는 아니지만 2만
원이라는, 성표로서는 감당하기 쉽지 않은 금액을 염
출하였으니 실질적인 제작자가 된 셈이다. 기획 겸 연
출은 당연히 김치진이 맡았다.

연극으로 가는 길은 생각 이상으로 어렵고 멀었다.
대사를 외우는 것은 영화에서 변사의 역할보다 더 어
려우면 어려웠지 쉬운 일이 아니었다.

대사 A; 父母妻子凍餓之際(부모처자동아지제), 何其懶
也(하기나야)?
번역한 대사로 이렇게 외운다.
"부모처자들이 춥고 배고플 때, 어쩌면 그렇게 게으
르더냐?"

연기 연습에 들어가서는 이렇게 바뀐다.

"부모와 처자식이 추위와 굶주림 속에서 허덕일 때, 왜 그토록 게을렀느냐?"

세 번째.

"부모처자가 추위와 굶주림에 떨 때, 어찌 그리 나태했더냐?"

상대 배역 B가 볼멘소리를 했다.

"읽을 때마다 대사가 조금씩 달라지니 내가 어떻게 대꾸하라는 거요?"

"그 말이 그 말이지 뭐."

B도 마찬가지였다.

대사 B ; 당신은 풍찬노숙한 나의 만주 생활을 모르오?

두 번째 연습.

"당신은 만주에서 겪은 내 모진 고생을 모르오?"

세 번째.

"풍찬노숙한 나의 만주생활, 그걸 당신은 왜 모르고 있소?"

매사가 이런 식이었다.

긴 시간 어렵게 다듬고 입을 맞춘 뒤, 마침내 무대에 올렸다. 해방 조선에서 보기 드문 창작 연극, 어려운 여건 속에서 나온 순수 예술이라는 등의 칭찬을 신문과 방송에서 다투어 보도했다.

  연극을 자주 대해 보지 않는 사람이라도 관객석에 앉아 관람하게 되면 알게 되는 것이 연극이다. 아동들의 학예회나 교회 성탄절의 연극과 비교할 바는 아니지만 대사가 혼란스럽고 무대가 느슨하다는 것은 이내 느끼기 마련이다. 관객의 반응은 차츰 차가워졌다. 자주 바뀌는 대사 때문에 혼선이 일었고, 작위적인 애드리브를 자주 넣는 바람에 흐름이 끊어지기 일쑤였다.

  A; "부모처자가 추위와 굶주림에 떨 때, 넌 왜 그토록 게을렀느냐? 중국 꾸냥을 끼고 놀았겠지!"

  B; "치! 모르는 게 당연하지. 만주에서 바람과 이슬 속에서 먹고 자던 고생을 당신이 왜 모른다 하오?"

  관객들이 처음에는 재미있어 하더니 그것이 단순한 실수가 아니라 연극 공연상의 혼란이라는 것을 알고부터는 흥미를 잃어갔다. 관객의 시선이 싸늘한 것은 그렇다 치더라도 가장 치명적인 것은 출연진 내부의 혼선과 반목이었다. A와 B 출연자처럼 다투는 모습이 곳곳에서 나타나더니 마침내는 전 출연진이 모여 서로가 상대를 향해 손가락질하고 욕을 해대기에 이르렀다. 연출자도 출연진도 맥이 풀렸다. 잇대어 무대에 서지 않겠다는 사람이 하나둘 나타났다. 재미와 몰입, 사명감을 상실한 연극을 더 끌고나갈 방도가 없었다.

모든 출연진이 무대에서 내려와야 한다는 결론에 이르기는 어렵지 않은 일이었다.

거듭되는 실패로 성표는 하루도 빚 독촉에 시달리지 않는 날이 없었다. 성준으로서도 어찌해 볼 수 없는 노릇이었지만 자기가 주선해 준 빚은 도저히 견디기가 어려워서 이리저리 변통하느라고 애간장을 녹였다. 성표는 잠시 몸을 피해 고향으로, 이종사촌의 집으로 돌아다니다가 피폐한 몸을 이끌고 서울로 돌아왔다.

얼마 뒤, 보기에 딱했던지 통역관 선배가 다른 영화를 해 보라고 권했다. 성표로서는 어떻게 해서라도 빚을 갚아야 할 형편인지라 다시 영화에 매달렸다. 이번에는 '붉은 계곡의 결투'라는 서부활극 유성영화였다. 대사와 음악의 원음 톤을 확 낮춘 상태에서 아예 자막을 붙이지 않은 채 내용과 대사를 변사가 처리하기로 했다.

문제는 여전히 있었다. 과거 일제 때의 무성영화는 변사의 역할을 염두에 두고 제작한 것이기 때문에 호흡을 맞출 수 있었으나 미국에서 제작한 유성영화는 장면 전환이 빠르고 대사도 훨씬 복잡하며 길었다. 영어를 한 마디도 알아듣지 못하는 변사로서는 성표가 불러주는 대사와 장면 설명을 외우고 기억하여 앵무

새처럼 반복할 수밖에 없었으므로 시간과 품이 생각 외로 많이 들었다. 일제 때 만든 영화는 일본 영화든 조선 영화든 대체적인 감이라도 있지만 난생 처음 대하는 미국 영화의 장면 장면을 변사가 곧바로 이해하기란 쉽지 않았던 것이다.

동양극장에 영화를 걸었다. 관객들은 변사의 또릿또릿하고 시원시원한, 그리고 유창한 말솜씨를 들으며 즐거워했다.

살인 강도짓을 한 악당들이 보안관과 마을 사람들의 추격을 받는 장면이 있었는데, 강탈한 마차를 몰고 언덕을 넘어 벼랑길로 달아나다가 말과 마차와 사람이 뒤엉켜 천길 벼랑 아래로 와르르 굴러 떨어지는 장면이 나왔다.

"저 악당들의 최후를 보라. 시커먼 흙먼지 속에서 말은 말대로, 사람은 사람대로, 바퀴는 바퀴대로 천길 낭떠러지로 굴러 떨어졌던 것이었던 것이다!"

객석에서 짜자자작 박수가 터져 나왔다. 관객은 코흘리개 소년이거나 종삼의 건달들이 많았는데, 전기 사정이 아주 좋지 못하여 가끔 정전이 되면 캄캄한 장내에서 아우성치며 욕지거리를 해댔다. 그러자니 정상적인 성인 관객이 찾아 올 리 없었다. 영어를 한 마디도 모르는 변사는 대사를 착각하는 경우도 잦았다. 두 남녀가 달콤한 사랑의 말을 나누려는 장면에

느닷없이 성난 소리를 질러대거나 앞뒤가 전혀 맞지 않는 대사를 늘어놓았다.

"메어리, 우리 영국 파리로 갑시다."

"톰, 영국 파리는 갈 수 없어요."

"왜 못 간단 말이오? 영국 파리가 얼마나 좋은지 아오?"

객석에서 고함이 터져 나왔다.

"영국에 무슨 파리가 있나?"

"영국에 없는 파리를 어떻게 간다고 그래? 엉터리 같은 변사 자식!"

잠시 뒤, 변사의 카랑카랑한 목소리가 흘러나왔다.

"영국인지 아닌지, 하여간 파리는 파리. 날아다니는 똥파리가 아니란 말씀이다."

한번은 깜빡하여 대사를 놓치는 바람에 당황하여 우물쭈물하다가 여러 장면이 그대로 지나가고 말았다. 끊임없이 질러대야 하는 변사의 마이크 소리가 한참 동안 끊기는 것은 도저히 참을 수 없는 노릇이었다.

"변사 어디 갔나?"

"종삼에 순자 보러 갔지 뭐."

"에이 씨. 변사 똥 누러 갔구나!"

잠시 뒤, 톡톡 마이크 두드리는 소리와 함께 변사의 엄숙한 음성이 흘러나왔다.

"변사도 사람이다. 어찌 똥 안 누고 사는가?"

성표는 이런 영화를 여러 편 상영하여 빚을 대충 갚을 수 있었다. 그러나 이것은 거의 전적으로 변사의 말솜씨에 의존하는 것일 뿐 영화 자체의 가치와는 별 관계가 없는 것이었다. 당초 그가 거창한 이상과 포부를 가지고 시작했던 문화사업, 곧 영화 예술의 발전이니 선진 문화의 수용이니 하는 꿈은 멀찌감치 달아나고 말았다.

한편 평양의 김일성은 수많은 사람의 반대에도 불구하고 러시아문자를 인민들에게 교육하기 시작했다. 그의 목표는 러시아문자를 조선의 유일무이한 공식 문자로 만들어 굳히는 것이었다.

소련에서 보내준 교사 120명을 전국의 각급 학교로 보내어 교사부터 가르치기 시작했다. 각급 학교에는 단기 속성반을 설치하여 연수를 끝낸 교사들을 교육 현장에 몰아넣었다. 여기서 익힌 인력을 각 지역과 직장, 농장 등으로 풀어놓았다.

― 일 구 백(一九百), 빨리 글자를 배워 까막눈에서 벗어나자! ―

한 명의 소련 교사에게서 조선인 아홉 명이 배워서, 그 아홉 명이 각각 동포 십여 명을 가르치고, 그렇게 배운 백여 명이 또 각자 십 명씩을 가르쳐 천 명으로 불려 무한 증식하자는 뜻의 표어이다.

필기체 대문자, 소문자까지 가르치면 너무 복잡하다 하여 당분간 활자체 대문자와 소문자만 사용하도록 했다. 3개월이 못 가서 전국은 A,a(아) Б,б(베) В,в(붸) Г,г(게) Д,д(데) Е,е(예) Ё,ё(요)라고 시작하는 33개 러시아문자 자모를 외우는 소리로 요란했다. 이것을 누군가 "아바이 베개가 제 베개예요."라 하여 한참 유행어가 되었다.

몇 안 되는 신문, 잡지는 모두 러시아문자를 사용했는데, 초기에는 нам南 пук北 тхонг統 иль一 хва和 хэ解 같이 일일이 한자로 음을 달아주었다. 이러한 사정은 로마자를 사용하겠다는 남한의 교과서와 신문 잡지의 모습과 다르지 않았다.

문자가 눈에 설기 때문에 갖가지 해프닝이 벌어졌다. 웬만한 사람이면 아라비아 숫자를 아는지라 З,з(제)를 숫자 3으로 착각하고, 학교에 다닌 사람은 영어 알파벳이 눈에 익어서 Н,н(엔) Р,р(에르) С,с(에스)를 영어식으로 에이치, 피, 시, 라고 읽기도 했다. 한번은 평양 주재 소련 군사고문단과 인민군이 친선 축구경기를 하는데, 그들에게 호의를 보인답시고 인민군 측에서 관중을 동원하여 소련군을 응원하게 했다. 동원된 관중들은 소련의 정식 국호인 '소비에트 사회주의공화국 연방'을 약자로 표기한 'CCCP'를 보면서 영어식으로 읽어 '시시시피'라 연신 고래고래 고함을 지르며 박수를 쳐댔다. 이상하게 생각한 소련 장교가 와서 물었다.

"당신들은 지금 응원을 하고 있소?"

"그렇소."

"어느 쪽을? 당신들 인민군이 시시시피요?"

북조선 관중 하나가 소리를 꽥 질렀다.

"당신들 소련군을 응원하고 있는데, 그것도 모르오? 에이, 로스케들은!"

그제야 눈치를 챈 장교가 '에스 에스 에스 에르'라고 정정해 주었다.

또 문자보급위원회에서는 И,и(이) 음을 짧게 발음 해야 한다는 Й,й표기, 이른바 이끄랏꼬예를 그대로 사용할 것인지 격론을 벌였다. Ъ,ъ(뜨뵤르드이 즈낙)과 Ь,ь(마흐끼이 즈낙)처럼 실제 발음이 나지 않는 경음 부호와 연음 부호를 어떻게 처리할 것인지를 두고도 머리를 싸맸다. Ш,ш(샤)와 꼬리가 하나 달린 Щ,щ(스챠)와는 어떻게 구별해서 써야 할지 결정이 쉽지 않았던 것이다.

이런 북새통에서 김일성은 그의 종주국 소련이 쓰는 러시아문자를 북조선의 공용문자로 채택한다고 공식적으로 선언했다. 카나는 즉시 완전히 폐기하여 일절 사용하지 못하게 했다. 기존의 한자는 2년 동안

246

존속하되 새로 작성하는 문서부터 한자를 사용할 수 없도록 하였다. 카나와 한자로 된 문서는 필요에 따라 러시아문자로 취음해서 써야 했다. 그렇지 않을 경우 문서로 인정하지 않을 것이며, 유예기간 2년이 지난 뒤에 쓰는 사람은 지위 신분 고하를 막론하고 엄중 처벌한다고 엄포를 놓았다. 사실 북조선에서는 그것이 엄포가 아닌 현실이 될 수밖에 없었으니 삼수갑산이나 아오지 같은 곳이 도처에 널려 있기 때문이다.

이에 대한 저항이 없을 리 없었다. 신의주와 해주, 함흥 등지에서 중등학교를 중심으로 대규모 반대 시위가 시작되었다. 해방 초기 소련군이 자행한 갖가지 행패와 맞물려 러시아문자에 대한 거부반응이 대단했다. 동맹휴학에 들어가거나 도심으로 나서는 시위가 줄을 이었고, 평양과 사리원 일대에는 일반인들의 시위도 벌어졌다. 그들은 러시아문자를 보급하기 위해 만든 지침서와 알파벳 일람표 등을 모아 불 질러버렸다.

김일성은 시위를 자제하며 인민위원회의 시책을 따르라는 성명을 냈다. 겉으로는 타이르는 척하면서 내부적으로는 강경책을 준비하고 있었다. 질서 유지에 협력하지 않으면 불행한 사태가 있을 것이라고 두어 번 강조하다가 곧 내무서와 군대를 동원하여 진압 작전에 들어갔다. 거리에서 구타를 자행하고 줄줄이 엮어 투옥하였다. 신의주와 함흥에서는 무차별 발포하여 사상자를 각각 수백 명씩이나 냈다.

평양과 사리원 일대에서는 가만히 있는 지식분자들을 대거 검거하여 반혁명, 반정부 운동 혐의로 투옥하였고, 인민재판에 붙여 함경도 일대의 탄광과 농장으로 내몰았다. 신속히 그리고 과감하게 진행되었는데, 이것은 김일성이 가진 장기의 하나이기 때문이다.

시군 명칭, 동네 이름, 행정기관, 건물 이름 등 모든 것을 바꾸어나갔다. 거리의 이정표에는 금강산을 Кумгансан으로, 평양을 Пионгяньг으로 표기하여 걸어 두었다.

수천 년 동안 독자적인 문화를 지키고 가꾸어온 단일민족의 언어를 전혀 다른 어족(語族)이 천년 이상 단련한 문자로 두드려 맞추겠다는 것은 7척 신장의 성인을 석 자 관 속에다 구겨 넣는 것과 다름없는 짓이었다. 표기할 수 없는 말, 억지스럽게 표기하여 어딘지 모르게 이상한 말로 변한 것이 여간 많지 않았다. 러시아문자를 차용해 쓰는 다른 종족들도 자기들의 음운에 맞게 문자를 빼거나 변형 추가하는 게 보통인데 북조선은 그런 것 저런 것 아예 무시하고 밀어붙였다. 소련에서 초빙되어 온 러시아어 학자들은 연일 눈을 동그랗게 뜨며 입을 다물 줄 몰라 했다.

김일성은 러시아문자의 이식을 통해 자신의 통치

기반을 더욱 깊고 넓게 다지기로 마음먹었던 것이다. 이것은 그에게 여러 모로 득이 되었다.

첫째, 스탈린으로부터 두텁고 열렬한 지원을 받을 수 있었다. 스탈린의 신임을 얻기 위해서는 이보다 나은 방법이 없다고 확신했다.

둘째, 일어와 카나는 어차피 사라질 것이므로 남은 것은 한자뿐인데, 이를 사용하는 기존의 지식층을 무력화시킬 무기가 되었다. 언론과 출판, 집회 등을 철저히 통제하지만 혹시 있을지도 모를 한자 사용자들의 입과 그 입에서 나오는 불평불만을 원천적으로 봉쇄할 수 있기 때문이다.

셋째, 새로운 시대가 목전에 찾아왔음을 확실하게 보여주는 계기를 마련한 것이다. 그 동안 일본의 패망과 소련군의 점령, 토지의 무상 몰수와 무상 분배와 같은 것이 있기는 했으나 거리에 나붙은 현수막이나 인쇄물처럼 감각적으로 확연히 들어나는 것은 아니었다.

넷째, 이 역시 중요한데, 98%의 문맹들에게 한자보다는 비교적 단순한 글자를 가르침으로서 문맹 상태에서 비교적 쉽게 벗어날 수 있다는 자신감을 심어주게 되었다. 그로서는 다수 인민들이 문맹에서 벗어나든 말든 크게 중요한 일이 아니었다. 인민 대중 전체를 위해 무엇인가 힘쓰는 선의의 통치자라는 인상을 심어주고 싶은 것이 핵심이었던 것이다. 글이라고는 범접도 못하던 가난한 까막눈들에게 글자를 가르쳐준다고 하자, 살기도 어려운데 골치 아프게, 하면서도 매를 든 교사를 보는 학생처럼 큰 거부반응을 보이지 않았던 것이다.

시행 6개월 뒤, 평양의 노동당 당사와 보통문 문루에 걸렸던 한문 현수막을 내리고 러시아문자로 작성한 새로운 구호가 내걸렸다.

— рекзонг рексуны Маркс(莫愁) - Ленин(來仁隣) жуыймансе!! —

(백전백승의 막스-렌닌 주의 만세!!)

막스-레닌을 중국에서는 '馬克思-列寧(마극사-열녕)'으로 쓰지만 북조선은 조선의 한자음대로 취음하여 쓰던 것을 그대로 존속시킨 것이니, 그것이 의미하는,

"근심하지 마라(莫愁/막수), 어진 이웃이 오도다(來仁隣/래인린)."

라는 메시지를 계속 전하려는 의도도 깔려있었다.

김일성의 북조선 당국은 마침내 모든 사문서까지 통제하고 나섰다. 각종 신청서, 청원서, 신고서 등 공용 서식은 말할 것도 없고 개인의 계약서, 각서 따위는 물론 편지까지 규제하기에 이르렀다. 러시아문자가 아니면 아예 발송이 불가능했다. 우체국에서는 '검열필'이라는 뜻의 러시아문자로 새긴 도장을 찍어야

봉투를 붙일 수 있었고, 우체통에서 수집된 것은 봉투를 뜯어 검열관의 눈을 거친 뒤 발송되었다.

문자에 서툴다 보니 자모와 발음표를 옆에 두고 한 자 한 자 적어 내려가도 의도와는 다르게 작성된 글자와 오자, 탈자가 속출하였다. 멀쩡하게 산 사람이 죽고, 가는 사람이 오고, 없던 빚이 생겨나고, 쌩쌩한 사람이 죽을병으로 앓아누웠다는 사연이 아무렇지 않게 가을 타작마당의 겨처럼 날아다녔다. 이러한 부작용이 너무 심각해지자 누군가 김일성에게 조금 속도를 늦출 것을 건의했으나 아첨하기 좋아하는 노동당원 하나가 나섰다.

"터키를 보시오. 케말 파샤가 문자 개혁을 과감하게 해치우지 않았소? 그들이 아랍문자에서 로마문자로 단기간에 변경하는 것은 되고, 우리는 왜 안 된단 말이오?"

그 당원이 이렇게 덧붙였다.

"케말 파샤의 제일 공로는 천년 이상 쓰던 아랍문자를 폐기한 과단성과 추진력이라고 합니다. 그 공로로 터키 국회에서 아타튀르크, 터키의 아버지라는 칭호를 헌정했다고 합니다."

"기래? 그거이 참 좋은 이야기로구만."

사람들은 그가 자신을 케말 파샤와 같은 반열에 올려놓고, 장차 '조선의 아버지'가 되려 하는 것이라고 수군거렸다.

　이북에서 송출되던 전기가 끊긴 것은 전설처럼 오래되었다. 편지는 우편 기관을 거쳐 가정과 공공기관으로 발송되고 배달되는 것이 아니라 양쪽 체신 기관에서 수집하여 개성에서 대량으로 교환하다가 뒤에는 마현이라는 곳에서 교환되었다. 우편물이 한 주에 한 번씩 그런대로 교환은 되지만 언제 끊길지 알 수 없을 정도로 위태로웠다.

　편지 교환의 끈이 끊어지기 몇 주 전, 북조선에서 온 편지 모두가 러시아문자로 쓰여 있다는 기사가 신문에 대문짝만큼 크게 실렸다. 신문, 잡지가 러시아문자로 찍혀 나오고, 그 곁에 한자로 음이 간간히 달려 나온다는 보도가 있은 지 한참 뒤의 일이다. 성준의 신문에서도 그 사실을 크게 다루었다. 동족이 이제 정말 문자부터 갈라지고, 문자까지 따로 쓰게 되는가 하는 우려와 개탄의 목소리가 쏟아져 나왔다.

　그동안 성준에게 박영자 선생의 편지가 두 번 왔다. 한 번은 채옥을 수신인으로, 한 번은 성준을 수신인으로 하는 것이었다. 발신인 주소는 분명치 않았으므로 답장을 할 수가 없었고, 또 그렇게 부친 편지가 그녀에게 확실히 전달된다는 보장도 없을 만큼 남북의 우편 왕래가 어려워져만 갔다.

그녀의 편지 사연은, 지금이라도 가고 싶지만 사정이 여의치 않으니 조금만 기다려달라는 것이 주조를 이루었다. 성준에게 바로 보낸 편지에서는 간간히 그리움과 사랑의 고백 같은 사연이 풍겼다.

재산을 처분하는 것이 손쉽지 않거니와 상당수가 몰수되어 얼마를 건질지 알 수 없다는 비감한 내용도 있었다. 이제 빨리 결단하여 서울로 가는 것이 좋을 것 같지만 집안어른들이 움직이는 것을 두려워하고 미련을 버리지 못하니 안타깝다는 푸념도 곁들였다.

편지에서는 몇 차례나 거듭 가겠다는 말을 되풀이했다. 그러나 시간이 지날수록 왕래는 고사하고 우편 교환도 점점 어려워져갔다. 몰래 다니는 것도 완전히 막히고 말았다. 이제는 목숨을 걸 정도로 삼엄해졌다는 것을 성준은 여러 곳에서 들었다. 그런데도 움직이지는 않으면서 가고 싶다는 말만 하는 박영자의 태도가 몹시 답답하고 불만스러웠다.

가장 몸이 단 것은 채옥이었다.

"오빠, 영자 언니가 저 놈들에게 구금되어 아예 못 오는 게 아닐까요?"

"그것도 알 수 없는 노릇이다. 내가 그렇게 가지 말라고 했는데."

"저쪽 좌익이 좋아서 일부러 간 게 아닐까? 혹시 주의자 냄새가 나지 않습디까? 무어 짚이는 게 없어요?"

"모르겠다. 설마 그럴 리야."

대답은 그렇게 하면서도 사람을 믿을 수 없게 만드는 것이 사상이요 이념이라는 것을 성준은 잘 알고 있었다. 성준 어머니에게 채옥이 하소연했다.

"고모, 오빠가 큰일 났수. 옆집 처녀 믿다가 장가 못 간다더니, 꼭 그 꼴이네. 아이고 내가 어쩌다 그런 사람을..."

"이젠 단념해야지 뭐."

그러던 어느 날, 박영자 선생으로부터 편지가 왔다. 봉투를 받아든 성준은 놀라 편지를 떨어뜨릴 뻔했다. 말로만 듣던 러시아문자 편지를 받아보게 되다니. 키릴이니 러시아어 자모니 하는 말은 들었지만 그것이 자신의 면전에 들이닥칠 줄은 상상도 못한 일이었다.

봉투의 수신인 주소와 이름은 한자로 되어 있었지만 발신인 자리는 모두 러시아문자였다. 편지지를 뽑아든 성준은 앞이 캄캄해졌다.

― гриуин Чо Сонсен Ним. етаге вого сипго гриуин Сеул ... ―

"그리운 조 선생님. 애타게 보고 싶고 그리운 서울...."

이라고 시작되는, 이 첫줄의 내용도 뒤에 안 것이지만, 이 편지가 성준의 눈에는 그저 영어의 알파벳 같은 글자와 괴상한 도형들이 어지럽게 뒤섞여 있는 종이일 뿐이었다. 편지는 펜으로 꼭꼭 눌러 써서 두 장이나 되었다. 아무 것도 읽을 수 없는 편지를 위에서부터 찬찬이 훑어 내려가다가 첫 장 중간 부분에 희미한 연필글씨가 있음을 발견했다. 괴상한 도형 사이에 끼워져 구겨진 듯 조그맣게 박혀있었다.

'須讀此翰(수독차한).' "이 편지를 꼭 읽어주세요."

박영자 선생이 성준을 향해 숨을 죽이며 소리치고 있었다. 조금 더 내려가니 조그마한 글씨가 한 군데 더 숨어있었다.

'須讀' "꼭 읽어주세요."

뒷장 중간쯤, 러시아문자 밑에 희미하게 'Please read my letter sincerely.'이라는 영문이 몸을 잔뜩 움츠리며 숨죽여 속삭였다. 그녀답지 않게 애걸하는 눈빛으로 애소하는 애처로운 모습이 눈앞에 어른거렸다.

무슨 기나긴 사연을 이토록 길게 절절히 쓰면서 꼭 읽어달라고 소리치고 애원하는 것일까. 그러나 이 간절한 사연을 어떻게 읽는단 말인가.

눈을 감은 성준의 머릿속으로 러시아문자가 벌떼처럼, 흰 개미떼 같이 뒤엉켜 파고들더니 한순간 머릿속이 백지처럼 새하얗게 되었다. 그것은 공백이었으며 혼돈이었고 공황상태였다. 성준은 머리를 절레절레 흔들었다. 순간 절규하는 그녀의 목소리와 애원하는 그녀의 얼굴이 수없이 엇갈려 반복되면서 스치고 지나갔다.

  얼마의 시간이 흘렀을까. 성준은 그녀의 목소리와 얼굴이 서울과 평양의 거리 이상으로 점점 더 멀어져 가고 있음을 느꼈다. 이제는 그녀가 북조선에서 완전히 억류되었다는 사실을 믿어야 했고, 서로 의사조차 통할 수 없는 상태가 되었다는 현실을 통감해야 했다. 해방된 지 불과 3년이 못 가서 벌어진 일이다. 성준은 편지지로 깊이 얼굴을 가리고 가슴 깊은 곳에서 쏟아져 나오는 슬픔을, 어깨를 세차게 들썩이며 끝없이 토해냈다.

  한편 새 학기를 앞두고 교과서를 출판하기 위해 미군정청의 로카르 학무국장과 교섭하던 중 유조겸을 만나 한바탕 싸움을 벌인 최현근은 마침내 교과서를 인쇄에 붙일 수 있었다. 유조겸, 정호보 등이 주축이 된 한자 전용파와 오천성, 문수익 등이 주장하는 한자 이두 겸용파, 구한국 교과서를 일부 수정하여 가르치자는 구교과서파, 그리고 최현근, 서만호 등의 로마자-한자 혼용파 등 모두 네 종류의 교과서가 뒤엉켜 진흙탕 싸움을 벌이다가 어정쩡하게 타협을 보게 되었던 것이다. 최현근을 중심으로 로마자 전용 내지 상용을 주장하던 이들로서는 만족스럽지 못한 결과였지만 그것 못지않게 중요한 것이 시간이었다. 로마자를 일반인이 알기 쉽게 영문자라 하고, 이를 주장하는 이들을 영한파, 혹은 영한 혼용파라 부르기로 하였다.

앞의 한자 계열 세 파에서 각각 1백만 부씩, 영한 혼용파에서 2백만 부, 도합 5백만 부를 찍도록 하였다. 한자 쪽에서는 불만이 많았으나 학교의 반응을 보아 뒤에 발행 부수를 조정하기로 합의하였다. 곧 터질 것만 같은 고름 덩어리를 가까스로 봉합한 셈이다. 그러나 이것은 사태의 해결이나 근본 치유가 아니라 뒷날 더 큰 분쟁의 씨앗을 뿌리고 거름을 주어 화근을 키우는 계기가 된 셈이다. 왜냐하면 이전까지는 단순한 주의 주장에 그칠 수 있지만 교과서가 발행된 이상 각자의 주장은 더욱 든든한 논거와 입지라는 성곽을 쌓아올리게 되었던 것이다. 임시휴전이요 새로운 파쟁의 미봉이었다.

학무국장 로카르 대위가 고개를 설레설레 흔들었다.

"나 같은 외국인이 도저히 손댈 수 없는 문제요. 이것을 해결하기 위해서라도 빨리 정부가 수립되어야겠소."

교과서에 관계하는 사람들의 생각도 다르지 않았다. 정부의 통합된 의지와 강한 손이 필요하다는 것을 절실히 깨달았다. 그러면서 각자 속으로는 정부가 들어서면 자기들의 의사를 더 많이, 더 강하게 반영할 수 있으리라 자신했다.

지역과 학년에 따라 조금씩 달랐지만 교과서 발행 후 영한 혼용이 단연 인기였다. 영문자로서 카나를 대체하며, 이것이 세계적 대세라는 것을 은연중 깨닫게 된 것이다. 그런 면에서 지방보다는 도시의 감수성이 더 예민했고, 한자나 일어를 배운 사람보다는 새로 배우게 되는 학생들의 적응이 더 빨랐다.

학원가는 순식간에 영문자 열풍에 휩싸였다. 언제 보아도 복잡하고 칙칙하기만 한 한자의 울타리에서 벗어날 수 있다는 기대도 흘려버릴 수 없는 이유였다. 어린아이들에게는 말로만 듣던 꼬부랑글자를 써 본다는 것이 여간 재미있지 않았다. 이 땅에 해방을 가져다 준 힘센 미군이 쓰는 글자를 함께 쓴다는 자부심과 만족감도 있었다.

카나가 들어가는 교과서는 한 권도 발행되지 않았다. 고학년 가운데는 카나에 대한 욕구도 상당히 높은 것은 사실이지만 탈일본이라는 대의 앞에서는 누구도 발언을 할 수 없었다. 이제까지 배운 것을 헛수고로 만드는 어리석음은 범하지 말아야 한다는 일각의 반대도 없지 않았고, 당장 읽고 쓰는 데는 카나만한 것이 없다는 주장도 강했다. 그러나 이제는 과감히 절연해야 한다는 주장에는 맥을 추지 못한 채 더 이상 미련을 가지기가 힘들었다.

교과서가 나온 뒤, 한양신문은 또다시 혼란에 휩싸였다. 일어 사용을 그만두면서 카나를 보조수단으로 하는 표기 방식, 예컨대 한자 사이에 카나를 빌려 우리말을 넣어 '獨立乙(을) 爭取はざ(하자)'라 쓰는 식으로 신문을 발간하게 된 것은 이미 이야기한 사실이다. 그런데 그것조차 문제가 되었다.

"학교에서도 가르치지 않는 문자를 사용하는 신문이 존재할 수 있는가?"

이제는 카나 사용의 타당성이나 민족 감정과 같은 문제는 오히려 뒷전이었다. 당초 카나 사용은 임시방편이요 과도기적인 조치라 여긴 것은 사실이지만 그것이 이토록 빨리 허물어질 줄은 아무도 예상하지 못했던 것이다.

발상 자체가 너무 근시안적이었다는 사실도 곧 드러났다. 하루는 초기 유학생으로서 언론계의 대선배인 이추원이 지나가는 길에 신문사에 들렀다. 그가 신 국장에게 들려준 이야기가 이러했다.

"데라우치 총독의 무단정치가 극성을 부릴 때, 총독부에서 일어와 카나를 사용하라고 별의 별 방법을 다 동원하여 강요하자 일본 유학생 일부에서 지금의 한양과 같은 방식을 고안해 낸 적이 있었다네. 한문과 이두식의 어렵고 복잡함을 피하고, 우리말의 음을 어느 정도 표기할 수 있는 카나를 끌어 쓴다면 문자생활을 좀 더 편리하게 할 수 있다는 주장이었지."

"총독부의 강압적인 예봉도 누그러뜨릴 무기가 되기도 했겠군요."

"그 점도 고려했을 거야. 그래서 한때 유학생 사이에서는 그런 글이 유행하여 연애편지도 쓰고 했던 모양일세."

"그런 게 왜 지금은 자취도 없이 사라졌죠?"

"이건 뒷날 알려진 비화인데, 유학생의 동태를 감시하던 경찰에서 상부에 보고했더니 이게 어문정책을 담당하는 문부성에까지 전해졌고, 삼일운동 이후 조선인에게 신문을 허가할 즈음에는 문부대신이 비밀히 타당성 조사까지 했다고 하네. 오꾸라 신페이(小倉進平), 아유가이(鮎貝房之進) 같은 학자가 참여했다는 말도 있지."

"역시 주도면밀한 놈들이군요."

"연구 조사 끝에 내린 결론은 허용 불가."

그는 조사 결과를 발표하는 사람처럼 음성을 가다듬었다.

"조선인들이 사적으로 카나를 어떻게 사용하든 그것까지 막을 수는 없고, 그럴 필요도 없지만 공식적으로는 그렇게 사용하는 것을 허용해서는 안 된다. 허용하면 조선인의 일어 보급이 지체되거나 저해할 요소가 크고, 일어의 순수성도 훼손된다. 어순이나 문법이 비슷한 두 개의 언어가 하나의 글자로 뒤엉키다보면 나중에는 무엇이 일어인지 조선어인지 뒤범벅 잡탕이 되기 십상이다. 이런 결론이었다네."

"그래서 조선말 카나 신문이 없군요."

그것을 허용했더라면 청구와 삼천리 외에 제3의 신문이 나오거나, 아니면 삼천리가 그렇게 변신했을 가능성도 없지 않다는 것이 이추원의 의견이었다.

이 이야기를 진작 알았더라면 신문사는 좀 더 신중했을 것이라고 모두들 생각했다. 그 문제로 문부성에서 조사 연구까지 했다는 것은 충분히 경청할만한 것이었다. 사내에서는 모멸감을 이기지 못한 조소와 비아냥거림만 난무했다.

"독자 없이 무슨 신문인가? 아동 판수 빈방에서 혼자 육갑 외는 짓이지."

"거지가 동냥자루 들고 심심산골 바위틈으로 혼자 들어가는 꼴이 아닌가."

"밤새껏 한 궁리가 제 죽을 궁리라더니 금방 없어지고 말 카나로 신문을 내자는 궁리도 분명히 밤새껏 한 것이겠지."

카나로 전환할 때 대다수의 기자들이 찬성 동조했음에도 불구하고 결국 형편없는 몰골이 되자 모두 남을 탓하기에 바빴다. 그 화살은 당연히 조성준에게로 돌아왔다. 대놓고 말은 하지 않지만 쏟아지는 따가운

눈길을 피할 수 없었다.

조성준은 깊은 회한과 모멸감에 빠져들었다. 숨을 죽이고 있어도 연명하기 어려운 형편에 공공연히 일어로 쓴 독자의 투고를 받고, 일어와 카나 폐기라는 대세에 밀리면서도 조금이라도 연명해 보겠다고 우리말을 카나로 쓰는 편법을 주장하였으니 얼마나 어리석고 한심한 짓이었던가. 이제 신문은 그야말로 바람 앞의 등불과 같고, 아침에 저녁의 일도 걱정할 수 없을 지경이 되었다. 이런 사태는 모두 자신이 앞장서서 물길을 터놓은 것이 아닌가.

그는 자신의 일생을 곰곰 돌이켜보았다. 세상에 태어나 사물을 분간할 때쯤인 예닐곱 살 무렵에 3.1운동이 터졌는데, 그때서야 비로소 나라가 없다는 것과 우리글이 없다는 것을 알게 되었다. 그는 정규 학교를 다니며 줄곧 일어와 한자만을 배우며 자랐다. 어렵다는 동경의 대학에 들어가 여전히 카나와 한자로 공부했다. 그것은 그가 마땅히 해야 할 것이었지 자신이 선택할 문제가 아니었다. 일어 실력 하나로 직장을 잡고 사회의 한 성원이 되었다. 그에게는 일어와 카나, 그리고 한자만이 지식의 전부였으며 삶의 도구이자 생존의 무기였다. 한때는 수재라는 소리를 듣던 자신의 반생이 너무 허무하고 비참했다. 그는 두 손을 펴 보았다.

"나는 이제 빈손이다. 내가 가진 것은 아무것도 없다. 옛날에는 영예롭던 그 말, 우리말보다 일어가 더 능하다는 그 말이 이제는 얼마나 더럽고 부끄러운 사실이 되었는가?"

"나는 삼십년 세월을 헛되고 실속 없이 살아왔다. 일제 때는 총독부 정치에 부역했다는 꼬리표를 달고 다니고, 해방 후에는 일어와 카나를 지키기 위해 몸부림쳤다는 오명을 씌운다 해도 내가 벗어날 길이 있는가?"

"나는 이제 무엇을 해야 하나? 무슨 글자로 글을 쓰면서 내 생각 내 주장을 알려야 하나? 내가 반생을 두고 배우며 익힌 것이 모조리 헛수고가 되고 오유(烏有)로 돌아갔으니 무엇을 할 수 있는가? 붓을 꺾고 직업을 바꾸어야 한다. 문필과는 거리가 먼 장사를 해야 하나, 농사를 지어야 하나? 모든 것을 접고 고향으로 돌아가야 하지 않을까?"

엎친 데 덮친 격으로 박영자 선생의 러시아문자 편지가 뇌리에 깊숙이 박혀 두고두고 그를 괴롭혔다. 그곳에 묶이어 그런 편지를 쓸 수밖에 없는 그녀의 처지가 통곡하고 싶도록 억울하고 가여웠다. 서툰 알파벳 철자를 조합하여 그 장문의 편지를 쓰자면 얼마나 힘들고 고통스러웠을까. 그렇게 오욕의 편지를 써야 하는 것은 결국 그녀가 문자 없는 백성의 일원이기 때문이 아닌가. 운명적으로 겪어야 하는 천형인가, 아니면 오로지 자신이 지은 죄의 대가인가. 온갖 생각들이 그를 억누르고 옥죄어 왔던 것이다.

발광할 것만 같은 심정을 가까스로 누르며 성준은 사표를 던졌다. 신 국장과 곽 차장 등 몇 사람이 만류했으나 굳이 뿌리치고 책상을 정리했다.

남북은 신탁통치 문제에 의견 일치를 보지 못함으로써 각각 자신의 길을 가게 되었다. 정부 수립 문제도 마찬가지였다.

북조선은 남한이 제의하는 총선거에 계속 응하지 않으면서 좌우 합작만을 외쳤다. 남북 어느 쪽이든 단독정부를 세워서는 안 된다는 입장만 되풀이했다.

남한만이라도 빨리 합법 정부를 세워야하고, 그러기 위해서는 총선거를 실시하여 국민의 대표를 뽑아 제헌의회를 구성하자는 주장에 이어 헌법을 마련해야 한다는 데로 의견이 모아졌다. 그러나 남한만의 단독정부 수립을 반대하는 주장도 만만치 않았다. 총선거를 실시하여 대의기관을 뽑고 나면 이미 하나의 국가 권력이 탄생하게 되므로 남북 합작을 위한 협상이 어려워진다는 것이다.

남한 단독 정부안과 좌우 합작안에서 합의를 이루지 못하다가 우선 헌법 초안부터 만들어보기로 했다.

헌법이란 국체와 정체가 구체적으로 담겨야 하는 국가 최고의 장정임에도 불구하고 일치된 합의 없이 문서부터 작성하고자 뛰어든 것이다. 이 작업이 쉽게 진척되리라 믿는 사람은 드물었다. 국론이 사분오열된 상태에서 혼돈이 계속되었다. 이를 두고 볼 수 없었던 미 군정청에서 각 정당 사회단체를 모아 연석회의를 갖게 한 다음 절충안을 만들어냈다. 즉 건국촉성위원회를 두고, 그 산하에 헌법연구소위를 두어 헌법을 기초 심의하는 한편 총선거 준비도 동시에 진행하여 1년 이내에 마치되 시간이 부족하면 1차 6개월 연장할 수 있다는 어정쩡한 타협이었다.

의회와 헌법 이야기가 나오자 각 정파는 아연 긴장했다. 순수 한문파는 청구일보를 중심으로, 이두식 한문파는 삼천리신문 주위에서 더욱 결속을 다졌고, 영한 혼용파는 막 창간된 '日刊 Seoul' 근처에서, 로마자 전용파 역시 창간을 준비하는 'Maeil Shinmoon'을 중심으로 세력을 형성해 나가기 시작했다.

건국촉성위원회 아래에 총선거준비단과 헌법연구소위가 설치되었다.

헌법에 담을 내용을 각 장과 조문에 나누어 구체화해 나갔는데, 헌법학자 유현민이 실무 책임을 맡았다. 예컨대 주권 재민, 법치주의, 삼권분립의 정신이 헌법 곳곳에 스며들도록 하였다. 이것은 상해임시정부

때부터 갈고 다듬은 당시 지도층의 국가 경영에 대한 청사진이요, 독립 국가 건설을 꿈꾸던 오랜 염원이 담긴 헌장이었다.

소위가 구성되어 10명의 위원이 열석하고, 유현민을 포함한 전문위원 10명도 합석하였다. 위원은 각 정파에서 파견한 대표와 민간인으로 구성되었고, 전문위원은 학계와 법조계의 전문가들이 나왔다.

서상천 위원장이 개회 선언 뒤 개회사를 하였다. 이승만 박사는 고문 자격으로 참석하여 축사를 했는데, 헌법의 중대함과 역사성을 강조한 다음 정부 수립의 시급성을 언급하면서 신속히 심의 의결하자고 거듭 당부하였다. 이승만 특유의 느릿느릿한 어조의 연설이었다.

등사기로 긁은 프린트물이 두 부씩 위원들에게 배포되었다. 이두식 한문 초안과 로마자로 표기한 초안이었다. 상당수 위원들, 곧 한문파와 영한 혼용파는 즉각 불만을 나타내었다. 이에 준비하는 시간이 촉박하고 인원이 부족하여 두 가지 초안밖에 만들 수 없었는데, 누락된 두 가지 초안은 다음 2차 회의 때 제출하도록 하고, 심의하면서 보완하자는 위원장의 답변으로 넘어갈 수 있었다.

제2차 회의.

서상천 위원장이 유현민에게 헌법 제1조부터 심의

토의하라고 지시했다.

유현민으로부터 국체와 정체에 대한 설명을 듣고 그 타당성 여부를 지루하게 토의하였는데, 국호를 대한민국으로 하자는 데는 별다른 의견이 있을 수 없었다. 상해임시정부부터 써오던 것이니까. 그러나 공화국이라는 대목에서는 꽤 많은 시간을 허비했다. 영어 republic과 손문의 중화민국, 더 거슬러 올라가 중국 춘추시대의 제후국 공(共)과 백작 화(和)의 역사까지 이 사람 저 사람 늘어놓았기 때문인데, 어찌 보면 지식 자랑을 하려고 발언하는 것 같아 보였다.

유현민이 헌법 제1조를 읽었다.

"제1조, 대한민국은 민주공화국이다."

이에 대해 아래와 같은 네 종류의 조문이 제시되었다.

— 大韓民國eun 民主共和國ida. —

— 大韓民國則是民主共和國也. —

— DAEHANMINKOOKeun MinjooGongwhakook
   ida. —

— 大韓民國矣段(의딴/은) 民主共和國是如(이다/이다).
혹은 大韓民國隱(은) 民主共和國是尼羅(이니라) —

유현민 위원이 발언했다.

"맨 아래의 이두문 중, 隱은 阝, 是尼羅는 乀ㄴ罖 라는 구결(口訣)을 쓸 수 있습니다. 자, 그럼 이제부터 토의에 들어갑니다."

아무도 입을 열지 않았다. 네 종류의 조문을 한 자
리에 나란히 늘어놓고 보니 모두가 기가 질리는 것
같았다. 발언을 하지 않는 것이 아니라 감히 발언할
엄두가 나지 않는 듯했다.

한참 뒤 누군가, 이두문 중 '是尼羅(이니라)'라 어미는
수신 교과서 같다는 말을 했으나 아무도 대꾸하지 않
았다. 그런 것은 자질구레한 지엽말단이라고 모두 인
식했기 때문이다.

기초위원장과 유현민이 이러저러한 말로 발언을 유
도했으나 조금도 진척이 없으므로 일단 산회하자는
말이 나오는 차에 누군가 입을 열었다.

"무엇이든 하나를 선택해야지 네 가지로 헌법을 만
들 수야 없지 않겠소?"

"어느 것 하나를 대표로 하는 것이 있어야지요."

"그렇습니다. 대표 조문은 주문(主文)이 되고, 세 종
류를 다 사용한다면 나머지는 작은 글자를 두 줄로
협서(夾書)해야 할 것입니다."

이것 역시 어떤 문안이 주도하느냐는, 본래의 쟁점
으로 돌아가게 되는 것이다. 아무런 결론도 진전도 없
이 산회하고 말았다.

위원장이 막후에서 조정하며 타협점을 찾으려 해
보았지만 어느 한쪽도 주장을 굽히지 않았다.

제3차 회의.

주문을 무엇으로 하느냐를 두고 난상토론을 벌렸으나 아무런 소득이 없었다. 위원장이 하는 수 없이 회의를 신속히 진행하기 위하여 중요한 조항만이라도 네 종류의 문안을 만들어 달라고 지시했다. 말이 지시이지 작업량이 방대했으므로 거의 사정하다시피 했다. 유현민은 자신을 포함한 법학도, 문필가 등 5,6명을 동원하여 초안을 작성했는데, 밤을 낮 삼아 작업을 했지만 열흘을 꼬박 채우고 말았다.

제4차 회의.

전문위원회에서 마련한 네 벌의 초안이 심의에 올려졌다.

"제2조, 대한민국의 주권은 국민에게 있고, 모든 권력은 국민으로부터 나온다."

"대한민국 이유이(eui) 죽원(jukwon)은 국민 아이게(aege) 이트고(itgo)..."

로마자로 작성된 조문을 한 위원이 일부러 어설프게 읽다가 한숨을 푹 내쉬었다.

"대한민국의 주권은 국민에게 있고, 이 말 아닌가. 나야 무슨 소리인지 알지만 일반인들이야 이걸 읽고 어떻게 뜻을 안단 말인가? 헌법이 이래서야 원."

이 방식에 대한 명백한 공격성 행동이었다. 전문위원으로 참가한 영문학자 박수성이 나서서 로마자로도 완전히 표기할 수 없는 음이 있는데, 이것은 어깨점이니 반달표, 붙임표 같은 부호를 사용하여 해결할 수 있다고 설명하였다. 그러나 위원들은 더욱 헷갈린다는 표정이었다.

"대한민국의 주권은 '국민에게 있고'라는 부분이 이두식 문장에서는 '在於國民爲遣(흐고/하고)'라 되어 있었는데, 爲遣은 이해하기 어려우니 차라리 '爲古'라 쓰고 '하고'라 읽으면 어떻소?"

이두쪽에서 대꾸했다.

"그런 이두는 없소. 당신 말대로 '爲古'를 쓰게 되면 결국에는 'ㆍ ㅁ'라는 구결을 쓰게 될 것이니 이는 한문 전용이 되는 것이요."

"한문 전용이 어때서 그러오?"

"이두는 이두 고유의 표기 방식이 있소이다. 이를 무시하고 한문식으로만 쓰려고 하지 마시오."

"이처럼 일반이 잘 모르는 글자들을 동원하는 것이 합당한 방법이요? 헌법이란 만민이 간단명료하게 보면서 읽고 이해하도록 해야 하지 않소?"

"이두란 한문의 불분명한 부분을 명확하게 표현하기 위해 만들어진 것이오. 한문이란 것이 얼마나 어처구니없이 애매모호한 것인지 '정공천정(丁公穿井)'이라는 말을 들어보지 못했소?"

그러면서 중국의 어떤 고전에 있는 이야기를 장황

270

하게 늘어놓았다.

전국시대 송나라에 정공이라는 사람이 있었는데, 집에 우물이 없어서 매일 인부 한 사람이 물을 길어 오는 일에 매달려야 했다. 이를 불편하게 여긴 정공이 집에 우물을 팠더니 한 사람의 인력을 절약할 수 있었다. 이를 두고 정공이 '오천정, 득일인(吾穿井, 得一人; 나는 우물을 파서 사람 하나를 얻었다)'라고 하였다. 이게 소문이 나 '정공이 우물을 파다가 사람 하나를 얻었다'는 이야기로 퍼져나갔다. 땅속에서 사람이 나왔다는 뜻으로도 들리는지라 왕에게까지 알려지는 대소동이 일어났다. 대신 한 사람이 듣고 이렇게 말했다.

"정공이 '나는 우물을 파서 하루에 한 사람 분의 인력을 덕 보았다'(吾穿井, 一日得一人力)하여야 할 것을. 말이나 글을 잘못 쓰면 그렇다니까 쯧쯧"

다시 본론이라며 발언을 계속했다.

"모든 권력은 '국민으로부터 나온다(出自國民)'는 대목에서 出 자를 쓰면 권력이 안에서 바깥으로 나오고, 내부에서 외부로 나오는 이동의 개념이 되지 않소? 권력이 나온다는 것은 권력이 생산된다는 것으로 보아 날 生자를 써서 '生於國民'이라 쓰는 것이 옳지 않겠소? 권력이 국민에게서 생겨서 국가의 권력으로써 작동하게 되는 것이지요."

"날 生자를 쓰게 되면 '나온다'는 것과는 너무 거리

가 먼 것 같은데?"

　이런 토의가 전혀 의미가 없지는 않지만 글자 하나를 두고 따지기 시작하니 엄청난 시간이 소비되었다. 기초위원 사이에서도 빨리 심의를 하자고 재촉하고, 명망 있고 연로한 의원들이 번갈아 가면서 독려했다. 이런 말이 오갈 때는 모두 그래야 한다고 수긍했으나 막상 헌법 조문만 들고 앉으면 끝없는 논쟁이 이어졌다.

　보다 못한 이승만 박사가 고문 자격으로 위원회에 두 번이나 출석하여 독려하고, 기초위원과 심의위원들을 이화장으로 초대하여 밥을 먹이며 호소했다. 이처럼 분란이 심한 상태에서는 차라리 미국으로 돌아가거나 재야에 남아 국민운동을 하고 싶다고도 했다.

　대통령의 취임 선서문에서 또 걸렸다. 유현민이 로마자로 작성한 것을 읽어 내려갔다.

　"나는 국헌을 준수하며 국민의 복리를 증진하며 국가를 보위하여..."

　영한 혼용측에서는 한자 부분만 로마자 원문에다 추가하여 간단히 끝났지만 한문과 이두쪽은 달랐다.

　― 我遵守國憲(아준수국헌), 增進國民之福利(증진국민지복리), 保衛國家(보위국가) ... ―

　"옛날 나라 상감도 나 '子'자를 썼다고 하니 나 '我'보다는...."

272

"상감님이야 '짐'이나 '과인'을 썼겠지요. 그런데 그것과 我, 予가 무슨 상관이오?"

"대통령이 자신을 지칭하는 글자이니 조금 격을 높인다는 뜻으로."

"그런다고 더 고상해질까?"

"자, 본안으로 들어갑시다. 이 한문 원문에 이의 없습니까?"

"이의 있소. 다른 법조문이야 문어체로 쓰는 것이 당연하지만 이것은 대통령이 국민 앞에서 하는 선서이니 구어체로 써야 하지 않겠소?"

"그럼 원문에 일일이 현토(懸吐)하는 것이 옳겠소. 토를 한번 달아봅시다. '予阝(는) 遵守國憲丷口(하고) 增進國民之福利丷㫆(하며) 保衛國家丷ㄱ(하야)...."

"그것보다는 역시 이두가 낫지요."

— 矣身段(의신단/나는) 遵守國憲爲白遣(하삽고/하옵고)... 大統領乙用良(을써아/으로서).... 嚴肅宣誓爲白齊(하삽제/합니다). —

취임선서문에 많은 시간을 보내자 이 박사가 중얼거렸다.

"미국은 서른여섯 자로 된 선서로도 대통령 노릇을 잘만 하는데."

또 다시 위원회에 출석하여 발언했다.

"지금 동구라파를 보시오. 소련의 마수가 폴란드,

체코, 유고 등 각국으로 뻗치어 민주정부를 뒤엎거나 공산주의 정부를 세워 저들의 위성국가로 만들고 있으니 우리 삼팔선 이북도 다를 바가 없습네다. 그런데 어떤 사람은 말하기를, 북조선은 아직 정부조차 세우지 못하였으니 걱정 없다고 하는데, 이는 저들이 일부러 정부 수립을 선포하지 않았을 뿐입네다. 저들이 왜 그러 한고 하니 남북 합작이 아닌 단독정부를 남쪽이 먼저 세워 통일의 염원을 깼다는 혐의를 우리에게 씌우기 위한 것입네다."

세계의 흐름에 대한 폭넓은 인식과 높은 안목을 가진 그로서는 참으로 답답한 노릇이었다. 그는 이렇게도 경고했다.

"막중한 국사와 천하사에는 다 때가 있는 법. 때를 놓치고 일을 한없이 천연시킨다면 무슨 변고가 일어날지 알 수 없을 것입네다. 국가의 안위, 침략의 위험을 심각히 생각해 주시기 바랍네다."

모두 위원들은 숙제를 해 가지 못한 학생이 교사의 꾸중을 듣는 것처럼 묵묵히 듣고만 있었는데 그것도 잠시뿐, 여전히 거북이 걸음이었다. 작업은 어디로 흘러가는지 모르게 표류에 표류를 거듭하고 있었다.

뚜렷하고 열성껏 일하던 사람도 지쳐서 될 대로 되라는 표정을 감추려 하지 않았다. 모든 사람이 정부수립이라는 크나큰 목표도, 헌법 제정이라는 당면한 과제도 잊은 채 시간의 물결에 마냥 떠밀려갔다.

헌법이나 교과서, 신문 등 언론기관이 고민에 고민을 거듭하고 있을 때 아무런 고민 없이, 적어도 고민스러운 표정을 드러내지 않는 부류는 일반 서민이었다. 그들은 일제 때 쓰던 그대로 계약서를 쓰고, 장부를 정리하고, 사적 편지를 주고받았다. 일어 사용에 대해서는 약간 자제하거나 우리말을 쓰는 노력이 엿보이기는 했으나 한자와 카나를 섞어 쓰는 것은 멈추지 않았다. 관청에 제출하는 신청서나 진정서 같은 것도 마찬가지였다. 문서 양식이 정비되지 않았으므로 과거부터 사용하던 서식을 그대로 쓰거나 각자 편한 대로 꾸며 제출하였으므로 문서철에 함께 철할 수 없을 정도로 구구각색이었다. 법원에 들어가는 소장과 판결문이 달랐고, 검사의 공소장과 원피고간의 심문과 답변서가 달랐으며, 변호사의 변론서와 판결문이 달랐다. 헌법과 교과서, 신문에서 하는 고민은 모두 부질없는 짓이라고 여길 정도로 일어와 카나의 사용은 줄기차게 이어졌다.

나라의 구석구석 어느 곳을 살펴보아도, 누가 살펴보아도 침몰 직전에 놓인 난파선이었다.

한 신문에 시사만화가 실렸다. 붓을 든 갓 쓴 노인, 펜대를 든 양복 신사, 만년필을 든 중절모의 두루마기 중년, 연필을 든 학생이 커다란 백지를 한 장 두고 둘러서서 서로 무언가 쓰려고 다투고 있는 모습이었다. 백지에는 헌법이라는 글씨가 한자로 쓰여 있고, 그림 한쪽 곁에는 "구슬이 서 말이라도 꿰어야...."라는 문구가 덧붙여 있었다.

시중에는 이런 이야기가 흘러 다녔다.

미 군정청 경무부장 조병금이 수도경찰청장 장택재를 찾아갔다고 한다. 두 사람은 남한 치안의 핵심인물이다. 조병금이 우렁우렁한 목소리로 말했다.

"여보게, 우리가 명색이 경찰권을 쥐고 있으면서 이렇게 팔짱만 끼고 있어야 되겠는가?"

"또 무슨 소리를 하려고 그래? 뭔가 안 풀린단 말이로군."

"우리 쿠데타라도 하세. 준비단인지 연구위원인가 하는 저 답답한 인물들을 싹 쓸어버리잔 말일세."

"이 사람이. 죽으려면 무슨 짓을 못하겠는가? 하하하."

"웃을 일이 아닐세. 자네도 보고를 받아 알다시피 지금 북에서는 모든 준비를 갖춘 채 기회만 노리고 있는데, 우리는 밤낮 회의만 하고 있으니 이래서야 나라꼴이 되겠는가? 싹 쓸어버려야지."

장택재도 조병금이 진심에서 하는 말이 아니라는 것을 잘 알기 때문에 웃음을 거두지 않으면서 대꾸했다.

"그럼 자네 의견을 한 번 들어보세. 당연히 로마자에 영한 혼용이겠지."

"아닐세. 지금부터라도 아예 로마자만 써야 한다고 생각하네."

"이렇다니까. 우리부터 이렇게 생각이 다른데 어떻게 하나가 되나? 우리도 싸움박질 하게 생겼군. 어서 가게, 어서 가. 싸움 나기 전에."

장택재가 팔을 휘저으며 쫓는 시늉을 하자, 손님을 쫓는 인심이 어디 있느냐고 험한 얼굴을 한 조병금이 껄껄 웃으며 청장실을 나섰다는 것이다.

10

슬픈 스크립투스(Scriptus)

신비한 기술이여!
천사 같은 사람이 가르치는 신비한 기술이여!
사람의 눈에 말을 걸고 형체 없는 생각을 채색하는 기술
이여!
비록 그대는 귀가 먹고 말이 없지만 우리에게 구원을 주
네.

- 중략 -

인간의 한정된 목숨에 죽음 없는 증인이 되어 주고
모든 사건과 신분을 뛰어넘어 영원히 존재하네.
우리 유한한 인간은 글자에서 영원을 맛보네.
역사의 시작을 보고서 인류의 마지막 순간을 알려주네.
그리고 역사와 예술과 법률을 가르쳐주네.
운명처럼 모든 자연을 한 권의 책에 보존하는 기술이여!
〈조지프 샹피옹〉

해방이 된 지 5년 세월이 흘렀다.

정부 수립을 위한 준비도, 헌법 제정을 맡은 소위의
작업도, 국가 백년대계의 기초를 다지는 교육도, 사회
통합을 위한 문자의 통일도, 무엇 하나 시원하게 해결
되는 것이 없었다. 각기 자신이 쓰기 좋은 글을 써서
주장을 펴고, 타인이 사용하는 문자에 대해서는 글의
내용이 어떻든 아예 관심을 가지려하지 않았다. 사회

구성원 내부에서는 반목과 질시, 적대감과 조소, 아집과 편 가르기만 판을 쳤다. 이 모든 것이 수습하기 어려운 파열음으로 나타났는데, 그보다 더 큰 손실은 시간이었고, 시간의 손실과 함께 크게 잃은 것은 정치 지도자, 전문가 집단, 국가를 이끌어갈 중추세력들이 모두 이 다툼의 수레바퀴 속으로 휘말려 들어가 상호 존중과 믿음을 잃어버린 것이었다.

사용 문자를 하나 내지 둘로 통일해야 한다는 여론은 여전히 풀리지 않는 숙제였다. 이 박사와 신익희 등 건국촉성위원회에서 문자 문제를 심각하게 심의 토의하였으나 쉽게 결론을 낼 수 없었다. '문자 정비에 관한 건'이라는 일건 서류를 만드는 것으로 만족해야 했다. 그리고 언제 치를지 기약도 없는 총선거를 거쳐 구성될 제헌국회에서 그 난제를 결정하기로 미루어 놓을 수밖에 없었다.

"우리도 러시아문자를 씁시다. 북조선에서 기왕에 시행하고 있으며, 또 상당한 성과를 거두었다 하니 써보는 것도 좋을 것 같소. 좌우 합작과 남북통일을 위해서도 큰 도움이 될 것이오."

위원 중에 이런 주장을 펴는 사람도 있었는데, 이들이 북조선과 어떤 연계를 가지고 있지 않나 하고 의심하는 사람도 있었다.

이 무렵, 재미있는 이야기가 흘러나왔다.

계룡산 신도안에는 구한말부터 정감록을 믿는 사람들이 많이 들어가서 살았다. '한양 말년에 계룡산에서 정 도령이 도읍한다.'는 도참을 철석같이 믿는 사람들이다. 조선 왕조가 망한 뒤, 자신이 바로 그 정 도령이라는 정 아무개도 섞여있었다. 그가 해방 직후 중국에서 귀국하여 이런 성명을 냈다.

— 짐은 일제의 탄압을 피해 중국의 척가장으로 가서 개국 즉위하여 연호를 신천(新天)이라 하였노라. 이제 광복이 되었으므로 그간의 몽진을 털고 환국하여 옛터전인 계룡산 아래서 왕업을 중흥하고자 하여 연호를 중광(重光)이라 고치노라. —

중광이란 광복과 같은 뜻. 한 해 뒤, 문건 하나가 또 나왔다.

— 짐이 항상 한스럽게 여기는 바는 우리 백성들이 일상으로 쓰는 말을 제 뜻에 맞게 글로 쓸 수가 없음이더라. 이제 중광의 시대를 맞이하여 짐이 우리 백성에게 알맞은 글자를 친히 창제하여 천하에 반포하노니, 위로는 국가의 헌장 율령으로부터 아래로는 여항 민서의 사문서에 이르기까지 사람마다 고을마다 더불어 써서 일용의 편리함과 기록의 소중함을 두루 누리기를 바라노라. 이는 오직 억조 검수(黔首)와 만세 청사씨(靑史氏)를 위한 짐의 간절한 사랑을 담은 것이

니 속히 깨우쳐 공교히 씀으로써 이 은혜에 보답할진 저. ─

그가 열거한 글자라는 것이 한자의 어떤 획을 잘라 놓거나 두 개를 붙여 놓은 것도 같고, 어떤 것은 여진 문자를 옮겨놓은 것 같았으며, 또 어떤 것은 로마자 두 개를 합쳐 놓은 것 같은 것을 쉰 개 정도 늘어놓은 것이었다. 이것을 건국촉성위원회와 헌법소위는 물론 미 군사고문단, 각 신문사와 방송국 등으로 보냈다.

한 신문의 가십난에 이 내용이 실렸는데, 그 지역 경찰서의 과장 한 사람이 관내 순찰도 돌고 바람도 쇠일 겸 신도안으로 어슬렁거리며 걸어 들어갔다. 자신을 이부(吏部) 대신이라고 소개하는 늙수레한 사내를 만났단다.

"폐일언하고, 우리 황상께서 친제하신 문자를 사용하여 헌법을 작성하고."

장황하게 서두를 뗀 뒤 그 문자를 설명하려 하자 과장이 가로막았다.

"지금 헌법기초위원회에서 새로 만들고 있는 헌법에는 국가를 참칭하는 것을 반역죄로 다스려 사형에까지 처하도록 하였소."

황제라는 자도 지지 않았다.

"짐이 칭제 개국한 것은 상해의 소위 임시정부보다 오래 되었고, 그 가정부(假政府)와는 비교가 되지 않을 만큼 문물 장정이 정비되어 있으므로 짐의 나라야 말로 국통을 이은 것이오. 따라서 지금 새로 나라를 세운다고 하지만, 남북을 막론하고 그런 짓은 국가를 참칭하는 것이니 모두 위조(僞朝)가 될 뿐이오. 그 가정부에 부화뇌동하는 자들은 상하를 가릴 것 없이 반역의 중죄로 다스릴 것이오."

"국가란 군대와 경찰이 있어야 하는데, 당신 같은 사람을 잡아가려고 나 같은 경찰이 있지 않겠소."

과장이 빙글거리며 으름장을 놓자 갑자기 얼굴빛이 변하더니 헌법 따위는 필요가 없고 약법삼장이면 충분하다는 말을 중언부언 늘어놓았다. 옆에 있던 대신이라는 자도 거들었다.

"그 옛날 분서갱유하던 진시황은 손자 대까지 도합 40년간 학정을 저질렀는데, 우리 또한 을사년 보호조약부터 을유년 중광에 이르기까지 40년 동안 압제를 당하였으니 두 시대가 부절을 맞댄 것처럼 똑 같소. 진나라를 무너뜨린 한고조의 약법삼장처럼, 우리 황상께서도 일찍이 우리 조선 실정에 맞는 법 삼장을 공포하셨으니 이는 고금의 역사를 비교하여 내린 원모심려의 결과지요. 법이란 딱 석 줄이면 충분하지, 그까짓 장문의 헌법이란 것은 말세에나 쓰는 번문욕례에 불과하오."

이 무렵, 그냥 웃고 넘길 수만은 없다는 정보 보고

도 경찰에 들어왔다. 삼남의 서원과 향교를 중심으로 불온한 통문이 돈다는 것이다.

— 꼬부랑 영어 글자는 붉은 머리 푸른 눈을 한 서양 오랑캐들이 쓰는 야만인의 문자올시다. 그들은 무군무부(無君無父)한 자들인지라 임금을 제 손으로 뽑았다가 제 손으로 마구 갈아치우고, 윤리 도덕심이라고는 짐승만큼도 없어서 중인이 환시하는 노상에서도 남녀가 붙들고 입을 맞추는 따위의 행위를 서슴없이 하는 자들이오. 그런 자들이 쓰는 글자를 어찌 받아쓴단 말이오? —

이어서 이르기를, 그 문자가 전국적으로 쓰일 조짐을 보이는데, 이는 고래의 미풍양속을 파괴하고 인간을 타락시켜 마침내는 망국에 이를 것이라고 진단하였다. 경향 각지의 유림들이 기회 있을 때마다 개탄하고 경고하였으나 전혀 개선될 기미를 보이지 않음은 물론 날이 갈수록 기세가 더해 가고 있으므로 실력 행사에 들어가지 않을 수 없는 절박한 형세가 되었음을 피력하였다.

— 이제 우리의 결의를 보이기 위해 라마자(羅馬字)를 사용하는 신문과 교과서 인쇄소와 정파들을 성토 징치하기 위해 한 곳에 모여야 할 것이오이다. 이제는 말로써 할 수 없는 지경에 이른지라 첨존께서는 가까이에 총포가 있다면 서슴없이 손에 들 것이요, 도검이

있다면 숫돌에 갈아서 날을 세워야 할 것이며, 그도 저도 없다면 곡괭이나 몽둥이라도 들고 나설 것을 호소하오니... 아무쪼록 추후 고지하는 시일과 장소에서 회동하기를 앙망하는 바.... -

놀란 경찰이 탐문에 들어가 보니 이와 논조가 비슷한 사발통문이 몇 군데에서 나온 것은 사실이었다. 그러나 통문이 돌려진 장소만 다를 뿐 몇몇 사람들에 의해 작성되었고, 전국적인 규모로 집회를 갖자는 것은 허장성세에 불과하며, 호응하는 사람도 그리 많지 않다는 결론을 내렸다. 유림에 대한 감시는 계속하되 주동자들을 굳이 법으로 걸 정도는 아니라고 하여 유야무야 넘어갔다.

한양신문이 결국 문을 닫았다.

조성준은 잠시 칩거하며 머리를 식히기로 했다. 땔감과 식품을 계옥(桂玉)에 비유할 만큼 물가가 비싼 서울생활을 계속해야 하는가 하는 고민이 없지 않았다. 그렇다고 식솔을 이끌고 고향으로 가자니 한 번도 지어본 적이 없는 농사일이 무서웠다. 우선 혼자 내려가 농막을 맡은 소작인의 집에서 밥을 부쳐 먹기로 했다. 한 달포 있으려니까 신 국장으로부터 편지가 왔다.

— 신문을 이리저리 바꾼 것은 당신의 죄도 나의 죄도 아니오. 우리는 조상 대대로 남의 글자를 빌려 쓰

면서 살아오지 않았소? 이는 마치 우리가 겉옷이 없어 입지 못하고 속옷차림으로 다니는 것과 같고, 밥과 반찬은 지었으되 담을 그릇이 없어 맨손에 들고 먹고 마시는 야만과 다르지 않은 족속이기 때문이오. 짧은 기간에 변신이 잦은 것은 시대 상황이 그러하였을 뿐이지 우리만의 죄라고 할 수 있겠소? 우리가 절대 그만두지 말아야 하는 것은 배운 자의 도리이며 책임이요. 어떤 방법으로든 우리가 가진 지식과 정보를 다른 사람과 우리 사회에 전달하는 것이오. 우리는 본래부터 글을 쓰기 위해 태어난 사람들이며, 더 나아가서 우리 인간은 어떤 글자 어떤 문체든 글을 짓고 기록하며 사는 동물이오. 당신이나 나나 글쓰기를 멈추지 맙시다. ─

한양신문이 폐간되었으나 실상은 그렇지 않다는 것이다. 물자와 시설이 궁핍한 시대에 오랜 역사와 기반 시설을 착실히 갖춘 언론기관을 그냥 두어서는 안 된다는 것이 중론이었다. 두 달간 내부를 정리한 다음 다시 문을 열기로 했다고 한다.

'日刊 Seoul'. 새 신문의 제호였다. 한자-로마자 혼용 체제를 선택한 것이다. 일어와 카나를 쓰다가, 우리말 카나와 한자를 쓰다가, 이제 세 번째 변신을 한 셈이다.

폐간에 책임이 있다며 신문사를 떠났던 신 국장이

돌아와 새 신문의 창간을 주도하고, 사장도 직간접으로 창간에 관여했다. 지금 창간 준비에 눈코 뜰 새 없이 바쁘니 어서 와서 함께 일을 하자는 것이다.

아무런 대꾸를 하지 않았더니 보름 뒤에 또 편지가 왔다. 어서 상경할 것이며, 자세한 것은 만나서 이야기하자고 했다. 잠자코 있기도 거북하여 자기는 돌아갈 생각이 없다는 말을 엽서로 써서 보냈다. 그랬더니 열흘 뒤 어떻게 수소문했던지 성표를 찾아서 내려 보냈다.

"형님, 이런 중대한 전환기에, 시대가 변하고 나라가 옮겨지는 세상에 형님 같이 배운 분이 팔짱만 끼고 앉아있어서야 되겠습니까? 신 국장이 꼭 형님과 같이 일을 하시겠답니다."

"나를 알아주니 여간 고맙지 않구나. 그런데 곰곰 생각해 보면, 나는 요즈음 내 신세가 여간 처량하지 않다는 생각이 든다. 어쩌면 이런 나라, 제 글자도 없는 이런 나라의 백성으로 태어나 무엇으로 글을 써야 할지 몰라 갈팡질팡하며 평생을 보내야 하느냐 말이다. 이런 참담한 노릇이 어디 있느냐?"

성준은 일본인 식자층에서 흔히 하던 말을 떠올렸다.

"반만년 역사? 반만년이라면 장장 오천 년이 아닌가? 과장도 정도 문제지, 우리 진무(神武)덴노와 어깨를 겨눌 정도로 역사가 길더란 말인가? 그 진위야 모른다 치자. 그 세월동안 조선인들은 뭘 했는가? 제가 쓰는 말을 기록할 수단 하나 갖지 못하여 수천 년 동안 남의 문자를 빌려 쓰는 데만 골몰하지 않았는가 말이야."

혀를 차면서 한 술 더 뜬다.

"기껏 생각해 낸 것이 향찰과 이두인데, 긴 문장 가운데 어느 것이 한문 본문인지, 향찰 이두인지 분간하기 어려운 그런 조잡한 방법이 전부란 말인가?"

그러면서 이렇게 결론을 이끌어간다.

"쿠보 교수가 참 잘 보았어."

경성의전에 쿠보 타케시(久保武)라는 교수가 있었다. 전공인 의학을 겸하여 체질인류학을 한다고 떠들며 다녔는데, 조선인의 두개골을 살펴 무게를 잰 결과라면서 '인종 해부학상으로 본 조선인의 두골과 뇌수의 연구'라는 논문이 있었다. 조선인은 다른 종족에 비해 뇌가 왜소하고 뇌수의 용량이 크지 않은데, 이는 조선인이 미개한 종족이기 때문이라는 것이다. 미개한 동물일수록 뇌가 작기 마련이므로 이는 지능이나 사고 능력이 동물과 매우 가까울 만큼 저열하다는 뜻이었다.

뒷날 조선인 학생들이 이것을 문제 삼아 들고일어나 규탄했는데, 알고 보니 그는 조선인의 뇌를 겨우

세 개밖에 조사하지 않았으면서 그런 소리를 했던 것이다. 세 개가 아니라 3만 개를 조사했더라도 어처구니없는 소리였으니 인간과 동물을 하나의 울타리에 몰아넣고 하는 망발이었던 것이다. 이것은 19세기 서양 인류학자가 왜소한 일본인의 체격을 두고 일본인이 미개하다고 비웃던 말버릇을 그대로 흉내 낸 것에 지나지 않았다. 씨알이 먹히는 말이건 아니건, 조선 지배의 정당성이라는 면에서 쿠보의 주장보다 더 구미에 당기는 말이 없었다. 일본인들이 저희들끼리 모여 앉기만 하면 쿠보의 설을 끄집어내어 킥킥거리는 것이 당시의 풍조였다.

"이제 일인들의 그런 되잖은 말을 곱씹을 필요가 있습니까?"

잠시 뜸을 들인 성준이 성표를 향해 대답했다.

"50년 전 조선 왕조시대나 일제 식민통치 기간에는 한자 하나, 카나 하나로 국가를 운영할 수 있었다. 그 나라가 지극히 낙후되고 비효율적인 전제국가라 하더라도 근근이 통치는 할 수는 있었다는 말이다. 그렇게 어거지로 유지하다가 망하게 된 것이 바로 조선인데, 20세기라는 지금은 모든 국민이 읽고 쓸 수 있는 문자가 없으면 도저히 나라를 유지할 수 없는 시대가 되었다. 통치자와 백성이 서로 말로써 자기의 주장을 주고받으며, 글로써 생각을 표현할 수 없으면 나라다운 나라가 되지 않는다는 뜻이지. 일제와 같이 낯선 카나를 들이대어 통치할 수는 있을지라도 문명국이 되고, 개명한 국민이 되기는 절대 불가능한 일이야."

"우리 문자가 있다면 현재와 같은 혼란이나 지체현상도 없었겠지요. 저나 형님도 그처럼 고통스럽게 공부를 하지 않았을 것이고, 더 많은 지식도 쌓을 수 있었겠지요."

성준은 문득 해방이 된 해 겨울 어느 날, 유리창 밖을 내다보던 정순이의 모습이 떠올랐다. 바깥에서는 흰 눈이 펄펄 내리고 있었다.

겨울 하늘에서 하얀 눈이 내립니다.
흰 눈이 장독대 위에
소록소록 내려서 쌓입니다.
항아리 속으로 기쁜 소식이
차곡차곡 담깁니다.

혼자 중얼거리다가 인기척을 느낀 정순이가 돌아보았다.

"아빠, 학교에서 동시를 써 오라는데 어떻게 쓰지?"

"이제 지금 네가 외우는 그 거, 네가 지은 것이냐?"

정순이 고개를 끄덕였다.

"잘 지었네. 그걸 쓰면 되지."

"그런데 글로 쓰자니 영 못 쓰겠어. 안 돼."

정순이가 난감한 표정을 지어 보였다.

"어떻게 써야 할지.... 한자로? 카나로?"

성준이도 입이 딱 벌어졌다. 저렇게 흘러나오는 순백의 소리를 어떻게 받아내야 하나. 그 자신 숨이 콱 막히는 것을 느낀 적이 있었다.

성준에게 빨리 서울로 올라갈 것을 채근하다가 성표가 이렇게 말했다.

"저도 인쇄 기름밥을 먹으며 살까 합니다."

"신문쟁이 할 작정이냐?"

"아이구, 기사 마감시간에 눈 뒤집힐 듯 난리치는 그런 짓은 못해요. 출판을 하렵니다. 제가 직접 영어 서적도 번역하고. 얼마나 할 일이 많습니까?"

"무슨 문자든 하나로 정해져야 하는데 여전히 갈팡질팡하고 있으니 앞이 암담하다."

"쓰다가 보면 한두 군데로 쏠려서 대세를 이루게 되겠지요."

"어서 그래야 하는데.... 우리 고유문자가 없고, 전용문자조차 정해지지 않으니 인쇄술인들 발전할 수가 있는가 말이다."

"늘 그 문제로 고민하게 되는군요."

"그렇지 않고? 우리 문자는 아니지만 우리 것인 양

사용했으니까."

"인쇄에도 관심을 가지고 기술적으로도 발전시켜 볼 생각입니다. 앞으로 인쇄도 일거리가 많아질 것이고, 이윤도 높다고 합니다."

"좋은 생각이지."

"어쨌거나 많은 책을 출판하여 널리 보급하다 보면 좋은 기술도 얻을 수 있겠지요. 요즘에는 골목길 코흘리개들이 모두 제 출판사의 독자로 보입니다."

"그 전처럼 영화니 연극이니 하고 일을 황당하게 벌이지는 말아라."

"에이 형님두. 제가 여전히 옛날 같은지 아십니까?"

성표가 가고 난 사흘 뒤 성준도 집을 나섰다. 뒤따라오라고 신신당부하는 성표도 성표지만 두 번이나 편지를 보낸 신 국장의 청을 끝내 모른다 할 수 없었던 것이다.

밤 열차를 타고 가는데, 밤이 깊어 대부분의 승객들이 잠에 취해 있었다. 성준은 아까부터 눈을 감고 흔들리는 열차에서 비몽사몽간에 수군거리는 소리를 들었다. 얼핏 보기로 중학교 고학년인 듯한 학생 둘이서 신문을 펴놓고 보는 것 같았다. 한참 뒤, 신문을 든 학생들이 몇 좌석 떨어진 뒤로 갔다.

"어르신께 이 신문의 글자를 여쭈려고 합니다."

신문을 받아든 노인이 잠시 뒤 으흠 하고 헛기침을 하더니 가래 끓는 소리를 냈다.

"이건 서양 글자와 같이 쓰는 신문이 아니냐? 무엇이 문제인고?"

"이 한자들이 무슨 글자인지 좀 가르쳐주십사고."

"꼬부랑글자면 됐지 또 뭣 때문에 한자를 쓰던고?"

아까부터 영 심사가 뒤틀린다는 투로 대꾸하는 노인의 음성을 어디서 많이 들어본 듯하여 성준이가 가만히 몸을 일으켜 뒤를 돌아보았다. 갓을 쓰고 돋보기를 한 손에 든 사람은 분명히 초은(樵隱)노인이었다. 왼쪽 볼 위에 검은 점이 있고 풍성한 흰 수염에 몸피가 부대한 것으로 보아 틀림없었다.

"이 한자가 무엇이냐고? 終宵(종소), 驟雨(취우), 虹霓(홍예)가 아니냐?"

"이건 우포라 읽겠군요."

"아니지. 우박(雨雹)이라 읽어야지. 학생이 이런 한자도 모르다니, 쯧쯧쯧. 그런데 이게 무슨 소리냐? 서양 꼬부랑글자를 섞어 놓으니 알 수가 있어야지."

"예, '종소로 내린 취우로 각처의 홍예가 무너져서 천지가 우박을 맞은 것 같다.' 이렇게 읽으면 됩니다. 삼남에는 그저께 밤새도록 폭우가 쏟아져 다리가 많이 무너진 모양입니다."

"으흠. 괴상한 글자와 뒤섞어 놓아서...."

탄식하듯 내뱉는 노인의 목소리 끝자락은 힘없이 갈라졌다. 그리고 그는 신문을 던지듯 건네준 뒤 맥없이 등받이에 몸을 기댔다. 한자 한문으로 이제까지 행세하고 존경을 받아오면서 글을 모르는 사람을 무식꾼, 몰자한(沒字漢)이라 업신여겼지만 이제 자신도 서양 글자 앞에서는 영락없이 무식자가 된다는 사실이 실감나게 다가오고 있음을 그의 얼굴에서 또렷이 읽을 수 있었다.

제자리에 돌아온 학생들이 숨을 죽이며 이야기를 주고받았다.

"글자 못 읽기는 피장파장이지 뭐."

"한자를 섞어 쓰는 이런 신문이 아니라 전체를 로마자로 쓴 신문이면? 정말 볼만 할걸. 킥킥킥."

신명섭 국장은 부사장 대우 편집국장의 직함을 가지고 있었다. 가톨릭계에서 상당수의 자본이 들어왔다는 말이 들리더니 그 때문인지 편집국에 중년 수녀 두 사람이 잡무를 도와주고 있었다. 신 국장이 교인이라는 것도 이번에 만나서야 알게 되었다. 성준은 부국장 대우 취재부장으로 발령이 났다.

이틀 뒤, 그는 젊은 기자 한 사람을 데리고 '정부수립 촉성 궐기대회'에 취재를 나갔다. 지지부진한 정부수립 작업에 박차를 가해 보자는 취지에서 정부수립

주비(籌備)위원회, 사회 지도층 인사가 한 자리에 모여 중의도 모으고 결의도 다지자는 취지였다.

옛 경성시 부민관을 향해 각계 인사들이 꾸역꾸역 모여들었다. 그러나 별 소득이 없으리라는 것을 이미 예견한 모임이기 때문인지 이 박사는 대회의 전망이 불투명하다는 이유로, 백범은 통일정부 수립에 역행하는 단독정부 수립은 반대한다고 하여 참석하지 않았다. 상해임정 부주석 김규식과 성재, 인촌 등 사회 지도자가 여럿 참석했으나 이 사람 저 사람이 마이크를 쥐고 중구난방으로 떠들어대는 데는 바람에 회의만 길게 이어졌지 손에 잡히는 결론이 날 것 같지 않았다.

이 박사는 목표를 향한 강한 추진력과 불굴의 투지, 정치 환경에 대한 높은 안목과 대중을 휘어잡는 카리스마로 정국을 끌고 나갔으나 헌법 제정과 정부 수립에 이르자 총체적인 난맥상에 빠진 현실을 수습하고 통할하기가 어려워진다는 것을 절감하고 있는 것 같았다. 연로한 그의 정신은 고인 물이 땅속으로 스며들 듯 갈수록 잦아들었고, 육신은 시간이 지날수록 지쳐 갔다. 그리하여 그는 선배 서재필처럼 차라리 미국으로 되돌아갈까 망설이게 되었다.

며칠 전 초은 노인이 상경 열차에 몸을 실은 것은 이 대회에 참석하기 위함이라는 것을 그 자리에서 알

앗다. 그는 주변 몇 사람과 더불어 로마자 사용을 거칠게 비난했다. 로마자 사용은 오랑캐의 길로 가는 지름길이니, 그것을 쓰는 어떤 정부 어떤 단체도 상종하지 않을 것임을 선언했다. 단상에 올라 연설을 하는 초은은 분노와 울결로 목소리가 엉키고 갈라졌으며, 수염은 연신 부들부들 떨렸다.

휴회 시간에 홀 안에서 초은 노인과 딱 마주쳤다. 성준으로서는 정말 대면하고 싶지 않은 얼굴이었다. 그러나 분위기가 여의치 않다고 여겼던 초은으로서는 지푸라기라도 잡은 듯 반가워했다.

"지금도 신문사에 다니시겠지? 무슨 신문이더라?"

성준이 건넨 명함을 받아들고 돋보기안경을 추스르더니 가래 끓는 소리를 냈다.

"꼬부랑글씨 신문이로구만. 꼬부랑...."

"......"

"어찌 자네가 이럴 수가 있는지? 지지당의 자제요 기야일로의 서랑 되는 사람이. 나는 이제 자네와는 끊네."

그러면서 성준의 명함을 구겨서 바닥에 내던져버렸다. 옛날 선비 사이에서 '끊는다'는 절교 선언이 있다는 말은 들었어도 막상 당하고 보니 앞이 아득했다. 글자가 이렇게 사람과 사람 사이를 끊어놓다니 하는 생각이 들자 눈물까지 핑 돌았다. 적의를 가득 담은 시선으로 돌아서는 초은 노인을 잡을 용기가 나지 않았고, 잡는다고 돌아설 초은도 아니라는 것을 이내 깨달았다.

대회는 이렇다 할 결론 없이, 유일한 결론이라면 정부 수립에 가일층 박차를 가하자는 하나마나한 결론을 남기고 끝났다. 대회장을 나서는 계단에는 일찌감치 홀을 빠져나온 촌로 서너 사람이 둘러앉아 있었다.

"싹이 아주 노랗구만 그려. 요로커럼 쌈박질 해쌈시 정부는 세워서 뭣 한당가?"

"그걸 몰라서 하는 소리가? 엽전들 하는 짓이 다 그렇다 아이가."

"몰러. 유식한 사람이 갈쳐줘 보랑께."

"글 하는 유식헌 사람들 새 베슬하고, 고관대작 질 하제."

"그래서 뭣 한단 말씨?"

"돈 많이 벌지."

"돈 많이 벌어서는?"

"이밥에 고기반찬 해 묵어야지."

"그라고 이뿐 첩도 하나 얻고. 흐흐흐."

그들은 이런 잡담을 자주 지껄이는 것 같았다.

그 한 달 뒤.

서울 태평로 네거리와 종로의 새벽은 각 신문의 호

외로 뒤덮였다.

정부가 수립되지 않아서 미 군정청이 남기고 간 행정을 정부수립주비위원회가 근근이 수행하고 있었으나 사실 행정이랄 것도 없었다. 치안만 겨우 유지하는 경찰만 조금 움직이고 있는 상황이었다. 지방에서는 좌익과 빨치산의 준동으로 시끄럽지 않은 곳이 없었다.

군대는 일제 때 군 복무를 하던 사람 약 2만 명이 민간인과 합세하여 자발적으로 방위대를 조직하였다. 그들은 일본군이 버리고 간 소총과 미군이 남겨준 약간의 장비로 무장했는데, 누가 보아도 골목대장 놀이 수준이었다. 탱크는 구경도 해 본 적이 없었고, 전투기와 함정은 그림의 떡이었다. 야포 수십 문, 박격포 수백 문, 정찰기 세 대, 경비정 다섯 척이 전부였다.

북조선에는 해방 뒤부터 소련의 무기와 탄약이 비밀리에 끊임없이 쏟아져 들어왔다. 중국 팔로군에 있던 병사들도 합류하여 인민군 군대로 무장했다. 빈 외양간에 소 들어가듯 한다는 말이 어울리는 상황이었다.

남한에서 정부수립이 기약할 수 없을 정도로 지연되자 소련의 스탈린으로부터 승낙을 얻어낸 김일성은 남침을 결행했다. 당초에는 남한의 정부 수립을 기다린 다음 남한에 대해 통일 정부를 세우자고 여러 번 제의하는 척하다가 대화가 도저히 되지 않고, 따라서 통일도 어렵다는 결론을 얻은 뒤 대거 남침할 예정이었으나 그럴 필요가 없다는 판단이 섰던 것이다. 정부가 수립되기 전에 치는 것은 마치 강을 건너려는 적의 군대가 절반쯤 건널 때 치는 것이 가장 유리하다는 병법의 원칙과도 일치하는 것이기 때문이다.

방위대는 북조선 인민군이 쳐들어왔다는 소문만 듣고 달아나기에 바빴으니 마치 바람소리만 듣고 쓰러지는 초목과도 같았다. 특히 서울 북방이 너무 허망하고 신속하게 뚫렸다. 병사들에게는 바람소리와 새 울음소리가 모두 인민군의 추격 소리로 들렸던 것이다.

북의 남침에 대해 항상 자신만만한 말만 되풀이하던 정치 지도자들은 넋을 잃고 서울을 떠나기에 바빴다. 우선 전쟁 상황을 지휘할 정부가 없었고, 국민의 힘을 모을 정치지도자가 존재하지 않았다. 어느 누구도 국가를 대표할 수 없었는데, 이는 건국할 기회를 무한정 미루었기 때문이다.

전투다운 전투 한 번 치러보지 못하고 이틀 만에 구파발과 창동이 뚫리자 모든 언론기관이 심야 탈출을 시도했다.

— 북조선 남침 계속, 서울 함락 임박 —

새벽녘에 빈 지게를 지고 서울역 쪽으로 가던 지게꾼이 호외를 주워들었다.

"꼬부랑글씨나 한자나, 읽을 수 있어야 뭔 소린지 알지."

연기와 흙먼지가 자욱이 덮인 사진을 들여다보던 지게꾼이 중얼거렸다.

"간밤에 또 밤새 춤추다가 불이 나서 사람이 많이 죽었나? 죽어도 싸지, 쯧쯧쯧. 지금이 어떤 세상이라구."

며칠 전, 심야까지 춤을 추고 놀던 클럽에서 불이 나 서로 빠져나오려다가 밟히고 다쳐서 많은 사상자를 낸 사건이 있었던 것이다.

신문사는 낡은 트럭 세 대를 급히 구해 운전기와 활자, 조판 시설을 실을 준비로 북새통을 이루고 있었다.

호외를 내면서 편집국을 둘러보니 신문사로 미처 집결하지 못한 기자들의 자리가 듬성듬성 비어 있었다. 이빨이 빠진 듯한 모습이 희미한 전등불 아래에 펼쳐지자 조성준은 갑자기 눈물이 핑 돌았다. 기사 마감 시간에 임박하여 앉고 선 기자들이 책상에 머리를 박고 열심히 글을 쓰는 어제의 모습이 휙 스치고 지나갔다. 이제 이런 자리도 없어지고 만다!

보름 전, 한국의 교회와 그들이 후원하는 자선단체 및 언론사의 상황을 둘러보기 위해 방한했다는 로마 교황청의 사제단 몇 사람이 명동성당 신부의 안내로 신문사를 방문하였다. 편집국 기자들이 정신없이 기사를 쓰는 모습을 보고, 한 사제가 소리쳤다.

"오우, 스크립투스(Scriptus)!"

성당 신부를 통해 뒤에 들은 이야기인데, '스크립투스'란 라틴어로서 선이나 어떤 도형, 그것이 발전한 문자 자체, 나아가 문자를 이용하여 글이나 문서 원고 등을 작성하거나 그렇게 쓴 그 글 또는 문서 자체를 뜻한다. 그 파생어로서 '스크립투라'가 있는데, 문자로 이룩된 가장 원초적이자 근본적인 문건이 성서이므로 교회에서는 성경을 '스크립투라(Scriptura)'라고 한다는 것이다. 교황청에서 온 사제가 글쓰기에 몰두하는 기자들의 모습에 감동한 나머지 그렇게 외쳤으니, '아, 글 쓰는 사람들!'이라는 뜻이 될 것이다.

조성준은 텅 비다시피 한 편집국의 천장을 향해 소리쳤다.

"스크립투스!"

이 편집국에 그처럼 우글거리던 기자, 그처럼 글쓰기에 몰두하던 사람들은 다 어디 갔는가. 그들의 본업, 그들의 천부적인 능력은 글쓰기에 있지 않았던가.

그렇다. 인간은 생각과 감정을 넣어 선이나 도형을 만들고 형상을 그릴 줄 아는, 문자를 만들어 사상과 감정을 기록할 수 있는, 그리하여 기록물과 저작물을 쌓고 보태어 문명사회를 만들어 계승해나가는 동물

이다. 선과 도형을 고안하여 그림을 그리고, 공간 지
각을 발전시켜 조각을 빚고, 음향을 체계적으로 정리
하고 기록하여 작곡을 하고, 입속에서 맴도는 언어를
갈고 닦아 시를 읊으며, 시공을 넘나드는 상상력을 통
하여 소설을 쓴다. 이 모든 것은 다른 어떤 동물과 달
리 우리 인간만이 도형과 문자를 만들고, 그것을 사용
할 수 있기 때문에 가능한 일이다. 도형을 그리고 글
을 쓰는 사람.

조성준이 문득 외쳤다.

"호모(Homo) 스크립투스(Scriptus)!"

성준은 자신이 지혜를 가진 '호모 사피엔스'이자 도
구를 사용하여 공작을 하고 노동을 하는 '호모 파베
르'이며, 유희를 할 줄 아는 '호모 루덴스'이고, 언어를
사용하는 '호모 로퀜스'이며, 선과 도형과 문자를 만
들어 쓰고 기록하는 '호모 스크립투스'임을 깨달았다.
인간만이 그런 능력을 가지고 창조하며 누리는 동물
이 아닌가. 그는 다시 한 번 외쳤다.

"호모 스크립투스!"

그리고 그는 속으로 또 외쳤다.

"그러나 아, 나는 비운의 스크립투스가 아닌가!"

밤을 꼬박 새우면서 호외를 발행하고 나니까, 가게
긴상이 허둥대며 편집국으로 들어섰다. 옷가지 몇 벌

과 주먹밥 몇 개가 들려있었는데, 그 주먹밥이 하얀 은쟁반에 담겨있었다.

은쟁반은 성준의 집 조상 적부터 전해 내려오던 것으로서 가정 대소사라도 여간한 경사가 아니면 내놓지 않고 아끼는 그릇이었다. 피난통에 성준의 어머니가 은수저 몇 벌과 함께 챙겼던 것이다. 성준이 신문사 기자가 된 뒤 축하 겸 맛있는 음식을 해먹는 자리에 그의 어머니가 장롱 깊이 간직한 것을 꺼내놓은 적이 있다. 그날 하얀 은쟁반에는 좀처럼 해먹을 수 없는 갈비찜과 잡채, 생선저냐를 푸짐하게 담아놓았더랬다.

"직장 충실히 다니면서 좋은 글을 쓰는 기자가 되어야겠지. 네 생각이나 주의 주장이 이 은쟁반의 음식처럼 담기어 만인이 귀히 여기며 달게 먹는다면 더 바랄 게 없지 않나."

그때 성준은 문득 깨달았다. 문자란 음식이라는 생각을 담는 수저, 쟁반 같은 그릇이자 도구라 할 수 있지 않는가. 그릇이 좋아야 음식도 좋은 음식이 되고, 값지고 맛있는 음식이 되듯 문자가 있어야 좋은 글을 받아낼 수 있지 않는가. 그는 한탄했다. 우리는 그릇이 없어서 매 끼니마다 남의 그릇을 빌려 음식을 먹고 마시는 신세라는 것을. 어릴 적 집안 잔치마당에서 천역을 하던 하인 머슴들이 밥상도 없이 밥과 국, 반찬 따위를 아무렇게나 얹은 허름한 사기사발 하나를 들고 마당 어귀에 쭈그리고 앉아 허겁지겁 음식을 퍼 먹던 광경이 떠올랐다.

집에서 온 그릇들을 보자 그는 문득 박영자 선생이 떠올랐다. 남과 북이 막히지 않고, 세상일이 꼬이지 않았다면 그녀가 이 그릇을 챙겨 보내지 않았을까 하는 생각에까지 미쳤다. 그 사람은 지금 어디 있는가. 살아있기라도 한가. 이렇게 폭풍처럼 몰려오는 틈에 섞이어 혹시 오고 있는 것은 아닌가. 천정의 희미한 전깃불 언저리로 그녀의 모습이 나타났다. 그리고 그 얼굴이 희미하게 보이는 것 같았다. 성준은 고개를 숙이고 얼굴을 감싸 쥐었다.

"제가 새벽녘에 댁으로 찾아갔더니."

긴상의 말에 흠칫 얼굴을 들었다.

"자당께서 손녀를 데리고 집을 나서기 전에 이 옷과 밥을 전해 주지 못해서 안절부절 하시기에 제가 받아서 가지고 왔지요."

"아직 집에 계시오?"

"윤 선생이라는 친정 조카 분이 차를 가지고 와서 모시고 갔습니다."

그제야 성준은 안도의 한숨을 쉬었다.

삼베 보자기에 덮여 김이 채 가시지 않은 주먹밥을 가지고 온 긴상이 성준으로서는 목이 메도록 고마웠다. 추측컨대 밤새 동네가 시끄러웠을 것이고, 자기도 피난을 가든가 가게를 건사해야 할 처지인데도 불구하고 심부름을 나섰을 것이라 짐작했다.

"자당께서 이 은쟁반을 주시면서, 피난길에도 부디 때를 거르지 말고 이 그릇에 음식을 받아 꼭꼭 제 때 챙겨 드시라 신신당부하셨습니다. 특히 은그릇은 독도 알아보고 검게 색이 변하므로 몸에 아주 좋답니다."

두 사람은 어떻게 작별인사를 해야 할지 몰라서 그랬던지 한 마디 말도 나누지 못한 채 서로 어깨를 붙들고 뜨거운 손만 마주잡아 굳세게 흔들었다.

서울을 황급히 탈출한 정부수립준비위원회와 정치 지도자들은 미국에 파견한 임시대표부를 통해 북조선군의 남침 사실을 알렸다. 투르먼 대통령의 지시로 유엔 주재 미국 대사가 안보리 소집을 요구했으나 쉽지 않았다. 친소 진영에서 회의의 정당성부터 따지고 들었다.

"안보리는 국가 간의 분쟁을 다루는 곳인데, 코리아의 사태를 국가 간의 전쟁으로 볼 수 있는가?"

"남쪽은 정부가 수립되지 않았다. 그리고 어느 일방도 국제 승인을 받은 적이 없으니 지역적 분쟁에 불과한 사태가 아닌가? 국가도 아닌 지역에 대해 우리 유엔이 간섭하는 것은 민족자결의 원칙에 명백히 위배되는 것이다."

"한반도는 지금 북부 정규군의 시책에 비협조적인 남부의 일부 세력을 진압하고 있는 중이다. 국내 치안 유지의 일환으로 보아야 한다."

유엔이 설립된 지 몇 해 되지 않았으므로 이런 주장이 먹혀들었다. 가까스로 회의가 열렸으나 이런 투의 논란만 무성하다가 의안으로 채택되지도 못한 채 흐지부지 산회하고 말았다. 워싱턴에서 급히 뉴욕으로 달려간 주미 임시대표부의 장면 대사는 회의장 밖에서 발만 동동 굴러야했다.

북조선군의 기세는 폭풍과도 밀물과도 같이 거침이 없었다. 전선은 아무런 대책도 없이 남으로 남으로 계속 밀리고 있었다.

11

그 후, 어느 광복절에

광복의 그날로부터 쉬지 않고 시간은 흘러간다.

해마다 광복절을 전후하여 수많은 사람들이 각자의 목소리로 그날을 회고한다. 많은 이야기와 숨은 사연들이 쏟아져 나온다. 우리에게는 하나같이 소중한 역사들이다.

도서관에 한번 가서 볼지니 그 살아온 모습과 밟아온 행적과 드러낸 말씀들이 얼마나 많은 기록으로 남아 후세의 우리를 기다리고 있는가. 이는 다행스럽게도, 그리고 너무나 당연하고 자랑스럽게도 한글이 있기 때문이리라. 그 동안 우리 모두가 글자를 어렵지 않게 익혀서 손쉽게 읽고 쓸 수 있는 특별한 권리와 은총을 누린 결과들이다.

1945년 해방 당시, 우리 한민족에게 '훈민정음'에서 시작하여 '언문' '가갸글', 그리고 '한글'이라는 이름으로 이어지는 문자가 전혀 존재하지 않았다면 우리의 모습이 어떠하였을까를 상상해 보았다.

이제 그 이후의 시간으로 옮겨가게 되는데, 인간에게 물과 공기가 당연히 있듯이 우리 한민족에게는 한글도 당연히 존재하는 세상이다. 그 한글이 어떤 모습을 하고 있는지 이제 살펴볼 차례이다. 한글 없는 과거의 가상 세계를 살펴보았으니 이제는 한글이 엄연히 존재하는 현실의 세계로 가보아야 마땅하지 않겠는가.

8월 15일.

한 TV 채널에서 광복절 특집으로 명사 대담을 내보내고 있다. 초대 손님은 탈북자 현기식 씨인데, 그는 북한의 한 명문 대학 어문학부에서 공부하다가 남쪽으로 건너온 사람으로서 언론정보 분야의 학업을 계속한 뒤 지금은 국책연구소에서 남북한 어문문제를 조사 연구하고 있다는 소개가 자막으로 흘러나왔다.

사회자가 말문을 열었다.

"북한은 1955년부터 한자를 일절 사용하지 않고 한글만 사용한다든지, 외래어를 순수 우리말로 바꾸는 노력을 꾸준히 계속하여 우리말을 사랑하고 가꾸는 측면에서는 한국을 앞섰다는 평가를 받은 적이 있습니다. 특히 외래어의 경우, 아이스크림을 얼음보송이, 키워드를 열쇠어 혹은 실마리어라 하고, 네티즌을 망시민이라고 부르는 따위입니다. 물론 네티즌의 경우 우리는 누리꾼이라는 우리말을 가지고 있습니다만. 이처럼 말을 새롭게 만들거나 우리말로 육화하여 사용하는 것이 두드러져 보이는데, 지금은 어떤 상태입니까? 요컨대 우리말과 한글을 대하는 북한의 태도, 특히 북한 주민들의 태도는 어떠한지요?"

대담자 현기식 씨가 잠시 미간을 찌푸렸다.

"외래어 가운데 우리말로 바뀌어 보급되는 경우가 한국보다 많은 것은 사실입니다. 이것이 장점이기도 하고 장려해야 할 점도 있습니다. 그러나 거기에는 북한만의 치명적인 약점이 있기 때문에 가능한 것입니다. 북한은 폐쇄되고 고립된 절해고도와 같은 사회, 혹은 사방이 천길 벼랑으로 에워싸인 사회이기 때문에 한정된 사람만 외래의 언어를 접합니다. 민간인이 외국인이나 세계 첨단의 지식 정보를 직접 접촉할 수 있는 길이 차단된 사회이기 때문입니다. 따라서 외래 문물을 받아들이는 속도가 매우 느리고, 제한적입니다. 그게 북한으로서는 느리고 제한적으로나마 우리말을 가꿀 기회가 된 셈이지요."

"외래어, 외국의 문자를 대하기가 어렵기 때문에 그 반작용으로 한글에 대한 사랑이나 자부심은 남한보다 더 높을 수 있겠군요."

"겉으로 보면 그렇게도 보입니다만, 사실 한글에 대해 남몰래 이를 가는 사람이 많습니다."

"이를 갈다니요? 한글과 무슨 원수를 졌다고?"

"한 예를 들자면, 해마다 신년이 되면 저 제일 높은 사람의 신년사가 내려오고, 아니면 노동신문 같은 곳에서 공동사설을 발표하여 전국에 뿌리는데, 중요한 내용에 대해서는 상부의 지침에 따라 직장 단위, 지역 단위로 모여서 학습을 해야 합니다. 글자 한 자, 토씨 하나 틀리지 않게 깡그리 외워야 하니까 그때는 아주 죽살이칩니다. 그 길고 긴 문장을 어떻게 다 외운단 말입니까? 더듬거리거나 틀리게 외우게 되면 학습총화, 그러니까 혹독한 자아비판을 하며 괴로움을 당합니다. 그게 다 한글로 작성된 문건들인데, 이것이 인민들을 괴롭히는 도구가 된다는 말씀입니다."

"자아비판이 엄하다는 것은 알고 있습니다만 한글 때문이라는 것은?"

"만약 한글이 없다면 그런 암기는 하지 않아도 되겠지요."

"암기를 하지 않아도 된다?"

사회자가 고개를 갸웃했다.

"글자가 없어서 인쇄물로 내보낼 수 없다면 방송으로 똑같은 내용을 반복해서 읽어대든지, 아니면 입에서 입으로 그 내용을 전할 수밖에 없겠지요. 그렇게 되면 긴 문장을 외우라고 강요할 수는 없을 게 아닙니까? 방송이나 녹음테이프를 돌리기로 한다면 몇 날 며칠, 몇 달을 두고 계속 그것만 틀어야 할 겁니다."

"그렇겠군요. 집집마다 라디오를 보급해야 하고, 전기를 보내줘야 하고, 청취하는 시간을 별도로 줘야 하고.... 생각보다 간단한 문제가 아니군요."

"또 옳게 외우는지 확인하기 위해서는, 논리적으로 이야기하자면, 조사관이라는 사람은 녹음기에 이어폰을 꼽고 그 대본대로 외우는지 한 사람씩 불러 확인해야 합니다. 그게 얼마나 웃기는 이야기며, 가능하기나 한 이야기입니까?"

두 사람은 잠시 낮은 웃음을 흘렸다.

"한글이 그런 무지막지한 생활총화, 교시문의 암기 대본을 만드는 도구가 되기 때문에 한글이 원수다, 이런 말씀이군요."

대담에 나온 탈북자가 과거를 회상했음인지 긴 한숨을 쉬었다. 사회자가 화제를 돌렸다.

"그렇더라도 한글은 배우기 쉽고 쓰기 쉬우니 주민들의 생활에 큰 도움이 된다고 느낄 게 아닙니까?"

"문자란 지식과 정보를 전달하는 도구가 되고, 사회 상호간의 소통을 강화하여 함께 잘 사는 세상을 만드는 촉매제가 되며, 또 인간의 삶의 모습을 기록으로 남겨 발전의 밑거름으로 삼는 소중한 그릇, 예컨대 아름답고 맛있는 과일을 담는 쟁반과도 같은 것이 아니겠습니까?"

"그렇지요. 쟁반이나 그릇으로 치면 우리 한글은 은쟁반, 은그릇이지요."

"북한이란 곳은 한글이니 뭐니 하는 문자가, 지금

비유하는 그런 쟁반이니 그릇이니 하는 것이 아예 필요 없는 곳입니다."

"그건 또 무슨 말씀인지?"

"지식이란 올바른 지식, 과학적이고 합리적인 사고에서 나온 지식이여야 하고, 정보란 거짓 없는 정확한 정보, 새로운 정보여야 존재 가치가 있는 게 아닙니까? 어린아이들에게 '김일성 대원수님은 일제 침략자를 물리치실 때 솔방울로 수류탄을 만들고, 솔잎으로 배를 띄우셨다'고 교과서에서 가르치고, 3.1운동은 김일성이 주도하고 조선 해방은 소위 수령님 혼자의 힘으로 이루었다고 가르치고 있습니다. 또 조선 인민이 세계에서 가장 행복한 백성이라고 가르치면서 우깁니다. 이게 무슨 지식이고 정보입니까?"

"거짓과 날조?"

"그런 얼토당토않은 사실이 글자로 박혀 나와 세상에 버젓이 돌아다니고 있으니 그게 더 큰 문제라는 겁니다."

"한글이 있으니 더 큰 문제다?"

"차라리 글자가 없다면, 그래서 누가 어찌어찌 했다더라 하는 소리만 떠돌아다닌다면, 이른바 '카더라 방송'이 되면 유언비어라 치부할 수도 있게 됩니다. 진실이 아닌 거짓말이니까 안개처럼 드리웠다가 언젠가는 사라져 없어지게 되지요. 그렇지 않고 활자로 딱 찍혀서 온 세상에 돌려지고 흩뿌려져 오래 남으니까 사실이 아닌 것이 사실로, 허위가 진실로 둔갑하고 만다는 것입니다.”

“문자의 공시 효과랄까, 전파력을 무시할 수 없지요.”

현기식 씨는 또 목소리를 높였다.

“이 경우 문자란 한마디로 그릇된 지식과 정보를 전파하는 흉기일 뿐입니다.”

“소통의 도구라는 측면에서 보자면 어떨까요?”

“일방적, 획일적인 선전 선동의 도구일 뿐이지요. 언론, 집회, 결사의 자유가 전혀 없는 북한에서, 이 가운데 무엇 하나 중요하지 않는 게 없습니다만 특히 언론의 자유가 전혀 없는 세상에 문자가 있은들 무엇에 쓰며, 없다고 불편한 게 있습니까?”

잠시 숨을 고른 현기식가 목소리를 높였다.

“북한은 문자가 전혀 필요 없는 사회입니다. 북한 주민치고 자기 의사를 단 한 마디, 단 한 문장으로라도 자유롭게 제대로 표현해 본 사람이 있습니까? 조지 오웰의 소설 ‘1984년’에서처럼 빅 브라더의 마이크 하나만 있으면 되는 세상입니다.”

“세종대왕께서 무어라 말씀하실지.... ‘어린 백성이 니르고져 홀배 이셔도’ 마음대로 뜻을 펼 수 없는 북한 주민에 대해 무척 안타깝게 여기시겠네요. 현 선생님 말씀대로라면."

"북한에서는 세종대왕의 훈민정음 창제조차 잘 모릅니다. 한민족의 역사를 가르치지 않고, 김일성의 날조된 역사만 있어요. 역사를 발전의 밑거름으로 삼아야 하는 것이 역사인데, 엉터리 거짓으로 날조한 역사가 판을 치는 것이 북한의 현실입니다. 한글이 있기 때문에 역설적으로 역사의 위변조, 날조가 더 쉬워졌단 말입니다."

"우리 한글이 그런 위상, 그런 역할밖에 할 수 없다는 사실이 슬프군요."

사회자가 숙연한 표정을 짓자 현기식 씨는 목소리를 가다듬었다.

"한글이라는 문자가 문명의 이기, 문화의 꽃으로 쓰이지 않고 거짓과 날조, 사회 갈등의 흉기로 쓰이는 현상은, 여기 이 한국도 성격은 조금 다르지만, 북한과 크게 다르지 않다는 생각이 듭니다."

"우리 한국 사회도 올바른 문자생활, 곱고 아름답게 갈고 닦는 언어생활을 하도록 노력해야겠지요."

"글을 쓰기 쉽다고 아무 말, 어떠한 주장이라도 함부로 내질러대는 세태는 분명히 고쳐져야 합니다. 소중한 우리 한글을 무기 삼아 가짜 뉴스, 거짓 선동, 왜곡 보도, 그리고 억지 주장, 궤변, 실질에서 벗어난 형식논리나 말장난 등이 이 세상을 휘젓고 있습니다. 비과학적, 불합리한 주의 주장을 밥 먹듯 하는 이런 짓은 엄하게 책임을 물어야 합니다. 한글에 대한 모독이요, 문자라는 문명의 이기를 가진 우리 문명에 대한 테러 행위이자 자해행위입니다."

잠시 말을 끊었던 현기식 씨가 한층 목소리를 높였다.

"우리 한글은 그릇으로 치면 은그릇, 은쟁반과 같이 참으로 고귀한 도구라 할 수 있지 않겠습니까? 그 귀한 그릇 속에다 쓰레기 같은 말, 오물이나 다름없는 헛소리와 욕설을 마구 쏟아낸다? 참으로 개탄할 노릇입니다."

대담을 끝맺기 위한 사회자의 마무리 발언은 이러했다.

"우리 조상이 남겨주신 귀중한 한글, 문화 발전의 귀중한 도구요 그릇이라도 거기에 담는 내용물의 성질, 그것을 사용하는 사람의 태도에 따라서는 흉기가 되거나 쓰레기 제조기가 될 수 있다는, 좀 색다르지만 가슴 아픈 이야기를 들어보았습니다. 현기식 씨가 한 주장의 핵심은 그 문자가 속박과 억압에서 벗어나고, 비과학과 불합리의 미몽에서 깨어나야 한다는 것입니다. 그것이야말로 진정한 한글 사랑의 길이요, 더 나아가 나라 발전의 기틀이 될 것입니다. 해마다 맞이하는 광복절에 생각해보는 우리의 한결같은 감회요 소망입니다." **

문자 부재의 소설적 디스토피아의 소설적 형상

— 서지원 장편소설 『슬픈 호모 스크립투스(Homo Scriptus)』

김종회(문학평론가, 전 경희대 교수)

1. 서지원 소설의 뜻깊고 새로운 길

서지원은 1949년생이고 1997년 《월간문학》을 통해 문단에 나왔다. 그의 세월이 고희를 넘긴 지 몇 해 되었다는 말이고, 문단 연륜은 26년에 이른다는 것이다. 삶의 경과나 문학 창작의 과정이 만만치 않은 축적을 보이고 있는 셈인데, 여전히 새로운 작품을 내놓고 있는 현역 작가다. 그의 이력 가운데는 특히 한자와 한문에 관한 대목을 볼 수 있다. 『조선왕조실록』 경종과 영조조의 국역에 참여했고, Unicode 한자SET 선정 한국위원을 지내기도 했다. 1994년 편역집 『단공 삼십육계』, 2003년 장편역사소설 『은허』 두 권, 2005년 중단편 소설집 『오손공주』를 출간한 바 있다. 이러한 그의 행적이 있고서야, 기실 이번의 새 장편소설이 왜 어떻게 가능했는지 이해할 수 있을 듯하다.

이번의 소설은 대체역사(Alternative history) 이야기 방식을 도

입하여, 세종대왕이 15세기 중엽에 나라말로서 훈민정음을 창제한 바가 없다는 전제에서 출발한다. 그리고 그 사태의 여파가 미치는 소설적 영역을 해방공간, 곧 1945년부터 1950년까지 5년간의 시기로 설정하고 있다. 사정이 그러한 만큼 이 작가의 소설을 살펴보기에 앞서서 이른바 대체역사소설에 관한 검토, 그 의의와 방법에 대해 먼저 검토하는 것이 바람직할 것이다.

이 독특한 글쓰기 방식은 대체로 유토피아(Utopia)나 반(反)유토피아(Negative Utopia), 또는 디스토피아(dystopia)라는 사회적 상황을 그리는 방향으로 작동한다. 대체역사라는 세상에 없는, 아니면 기상천외한 소설적 환경을 구성하기 위하여 작가는 특정한 시대라는 무대를 새롭게 축조해야 하기 때문이다.

부정적 유토피아, 반 유토피아의 소설은 재앙과 불행의 미래를 예견하는 데 그치는 것이 아니라 우리가 그 경고에 따라 깨우치기를 원한다. 그것이야말로 이 소설형식의 존재 이유다. 토머스 모어의 『유토피아』에서 오웰의 『1984년』에 이르기까지 서구 유토피아 형상의 전도(轉倒)에 4세기가 소요되었는데, 『홍길동전』과 『허생전』 이후 같은 기한이 지난 우리 문학사에는 어떠한 형태의 유토피아 소설이 준비될 수 있을 것인가? 이러한 바람에 부응하듯 하나의 역설적인 세계를 축조함으로써 동시대의 사회현실을 전혀 새로운 시각으로 조명할 수 있도록 해 준 복거일의 1987년 작 『비명(碑銘)을 찾아서』는 우리에게 전례 없는 충격이자 반가움으로 다가왔다.

일제강점기의 식민통치가 현재까지 계속되고 있다고 가정하고, 소설의 주인공이 잃어버린 조국의 정체성을 찾아가는 기발한 이야기였다. 참으로 재미있는 것은, 그 소설 속에 또 하나의 가상세계를 설정하고 이 가상은 실제 역사의 현실과 일치하도록 꾸민 서사전략이었다. 이로써 작가는 가상과 현실의 여러 그림을 마음껏 그릴 수 있었다. '아틀란티스 대륙이 물속으로 가라앉지 않았더라면'이나 '미국의 남북전쟁에서 남군이 이겼더라면'과 같은 가정은 이미 서구에서 소설로 시도되었고, 한국에서도 '대한제국 일본침략사'와 같은 소설의 시도가 있었다. 대체역사의 이야기화는 타산지석 또는 반면교사의 역사적 교훈을 염두에 둔다. 소설을 쓰거나 읽는 우리에게도 그러하다. 이 방식을 곱씹어 보면 세상살이에 역지사지(易地思之)의 미덕을 발양할 수 있다.

이 반 유토피아 소설의 상황을 현실이나 미래에 비추어 보고 판단의 자료로 삼는 것은 독자의 몫이다. 그런 점에서 이 소설은 한국현대사를 관류하고 있는 갈등과 불합리성의 본질이 무엇인가를 상대적으로 드러내 주고 있으며, 진부한 표현으로 들리는 민족정신의 함양이 얼마나 소중한 과제인가를 되새기게 해준다. 그것은 가상의 역사를 통해 비극적인 사회현실을 읽고 있는 우리의 공감대가 주어진 세계를 허구의 환상으로 도외시해 버리지 않는 것, 즉 소설의 반어적 진실과의 만남이다.

2. 다양한 유형의 대체역사소설들

『비명(碑銘)을 찾아서』가 유토피아 계보의 문학에 하나의
획을 긋고 있는 데에는, 가상의 역사를 그리면서도 환상의
토대 위에 서 있지 않고 튼튼한 현실 인식을 바탕으로 한
다는 사실이 그 바닥에 깔려 있다. "대체역사를 바탕으로
틀을 짜고 묘사는 사실주의에 입각해서 충실하게 한다면
뜻밖의 효과가 나올 수도 있겠다"는 작가의 진술에 비추어
볼 때, 그리고 비록 대체역사에 의거하고 있다 할지라도 그
내부적으로는 완결된 전체성과 사실성을 확보하고 있어야
한다는 점에서, 이 소설은 몇 가지 숙제를 남기고 있다. 그
가운데서 가장 중요하게 여겨지는 것은 조선의 역사 및 언
어에 대한 완벽한 소멸과 망각의 문제다. 비록 대체역사의
기반 위에 서 있다고 할지라도, 그것의 전도된 모형에서는
현실적 사실성에 근접해야 하기 때문이다.

이러한 단처(短處)를 현저히 개선한 작품은 복거일의 『역
사 속의 나그네』라는 소설이다. 이 소설은 21세기 2070년
대의 인물 이언오가 26세기에서 날아온 시낭(時囊) '가마우
지'를 타고 백악기 탐험을 떠났다가 16세기 조선 사회에 좌
초해 살아가는 이야기다. 시낭은 '시간 주머니'라는 뜻으로
일종의 타임머신이다. 주인공은 현대의 다양한 지식을 이
용해 '노예들까지 포함한 모든 사람이 사람답게 사는 세상'
을 만들기 위해 애쓴다. 이 작품에는 관노들, 수청을 강요

당하는 기생 등이 등장하고 이 노예들의 해방을 주요 사건으로 다룬다.

주인공 이언오가 21세기의 기술적인 혜택으로 지식을 구하는 일마저 편의적인 방식이 일반화된 시대에도 내면적 성품과 지적 욕망으로 책 읽기를 즐겨온 독서광이었던 덕분에, 낯선 세계의 사람들에게 고전 소설을 옛날이야기로 번안해 전함으로써 16세기 조선 사람들과 친근하게 사귀며 그들을 즐겁게 한다. 또한 자신의 지식으로 어려운 사람을 살리고 새로운 세상을 함께 만들어나가게 된다. 그런가 하면 소설은 아니지만 꽤 재미있는 대체역사의 이야기를 한 권의 책으로 내놓은 사례가 있다. 2012년 드라마작가 신봉승이 쓴 『세종, 대한민국 대통령이 되다』라는 책이다.

조선 왕조 5백 년 동안 모두 27명의 임금과 그 임금을 보좌한 6백 내지 7백여 명의 고위공직자가 있었는데, 이들을 현대 한국의 현실정치 한가운데로 불러낸 상황 설정이다. 그리하여 세종에게 대통령직을 주고, 명현으로 이름 높은 선비들을 각기 행정부의 수장으로 임명한 것이다. 세종에게 대통령을 맡긴 것은 어느 모로나 수긍이 간다. 하지만 각 부의 장관이나 권력 기관장은 일반적으로 그 행적이 익숙하지 않은 이들도 보인다. 책에서는 왜 그가 거기에 적합한 인재인가에 대한 역사적 고증과 객관적 평가가 수반되어 있다. 국무총리는 세종 치세의 황희가 아니라, 선조·광해군·인조의 3대에 이르는 임금 밑에서 영의정을 지낸 오리 이원익이다. 기획재정부에 퇴계 이황, 행정안전부에 율곡 이이, 문화체육관광부에 연암 박지원, 지식경제부에 다산 정약용이 뽑혔다.

외교통상부에는 개화 승려 이동인, 통일부에는 병자호란의 화친파 지천 최명길이 이름을 올렸다. 특임장관 백사 이항복, 검찰총장 정암 조광조, 감사원장 남명 조식 등의 면면을 보면 이 책의 저자가 그냥 알고 있는 대로 불러올 수 있는 인물의 등용이 아님을 짐작할 수 있다. 미상불 그러하다. 30여 년의 세월을 두고 조선 왕조의 역사를 연구하고 10년이 가깝도록 '조선왕조실록'을 통독했으며 그 5백 년 전체를 조명하는 대하장편 방송드라마 〈조선왕조 5백년〉의 집필자이기에 가능한 인사 실험이다. 저자는 이 가상 정부 인물들의 공통점을 두고, 모두 임금의 잘못에 대해 목숨을 걸고 직언을 했던 올곧은 선비정신의 소유자라고 덧붙였다.

이와 같은 대체역사 창작품들의 전례에 비추어 볼 때, 서지원의 『슬픈 호모 스크립투스』는 전혀 새로운 소설적 시도라고 할 수는 없다. 그러나 이 소설이 말은 있는데 그것을 기록할 문자가 없는 절체절명의 국면, 5백 년 전에 창제되고 발표된 훈민정음의 역사적 실체를 소거하고 여전히 문자가 없이 살아온 암담한 현실로 소설을 이끌고 가는 국면에는 확고하게 숨겨둔 의도가 있다. 지금 우리가 누리고 있는 이 쉽고 과학적인 문자가 얼마나 큰 혜택이며 또 축복인가를 각성해야 한다는 창작 의도가 그것이다. 이 확고한 도식이 제시되지 않는다면, 대체역사소설로서의 이 작품이 갖는 존재 의의가 무색해질 것이다. 그러한 작가의 세계관은 사뭇 존중받을 만하다.

3. 고유문자 없는 언어의 한계와 혼란상

만약에 세종대왕이 훈민정음을 창제하지 않았더라면, 지금 우리는 무슨 말을 쓰고 있을까. 이 범박해 보이는 질문에는 명백한 허점이 있다. 그것은 음성언어와 문자언어의 차이를 명백하게 전제하지 않았다는 사실이다. 말을 음성언어라 한다면 글은 문자언어다. 우리가 쓰고 있는 말은 15세기 중엽과 별반 차이가 없어서, 훈민정음이 없더라도 말은 거의 그대로일 가능성이 높다. 그러나 글은 다르다. 문자가 없이 그 말을 기록하거나 그로써 전승의 기능을 다할 수가 없는 것이다. 입에서 입으로 전하는 문학을 구비문학(口碑文學) 또는 구전문학(口傳文學)이라 하는데, 이는 정확성이나 지속성을 기할 수가 없다. 그래서 판소리 열두마당은 판본이 여럿일 수밖에 없는 터이다.

이 소설은 바로 이러한 상황, 곧 말은 그대로이나 문자가 없는 상황을 전제하고 쓴 작품이다. 실제에 있어서 세종대왕이 1443년에 한글을 창제하고 1946년에 반포했으니, 자연히 대체역사를 다룬 소설이 되는 셈이다. 소설은 그 서사적 사건들의 무대를 5년간의 해방공간을 배경으로 하여 이야기를 전개한다.

1부 '해방, 그 환희의 그림자'에서는 일본 '천황'의 항복 선언과 더불어 나라가 해방의 감격을 맞이하는 순간으로 서두를 연다. 역사의 실상으로는 이날 전국의 조선인들이 태극기를 들고 환호작약하였으나, 소설은 조선 유일의 종합일간지 《일일신보》 편집국을 중심으로 이를 어떤 문자로 어떻게 기록할 것인가라는 난제에 더 무게를 둔다. 그토록 문자의 중요성을 깊이 받아들인 형국이다.

　15일 일황의 종전 선언이 방송을 타고 나갔으나 그 의미를 안 조선인은 극히 소수에 불과했다. 라디오를 지닌 가정이 드물어 전파력에 문제가 있었고, 방송 내용도 일본 황실의 어휘가 섞인 문장이었으므로 일반인으로서 내용을 파악하기 어려웠다. 조선인 대부분은 하루가 지난 뒤였다.
　"그럴 수도 있겠지. 내각이나 총독부에서는 종전 사실을 빨리 전파하라고 하지만 우리도 한계가 있지 않은가."
　국장의 대꾸에 카토 학예부장이 거들었다.
　"쉽게 알릴 방법도 마땅치 않아요. 우리 국어(일어)를 쓰지 않으면 한문으로 써야 하는데, 배운 조선인들이야 한문을 중국인 못지않게 구사하지만 그걸 읽는 사람이 몇이나 되며, 저들이 만들었다는 이두를 이해하는 사람이 얼마나 됩니까?"
　"그렇지? 이런 높은 문맹 사회에, 그것도 고유문자가 없는 백성들의 귀에 어떻게 쏙 들어가게 글을 써서 알리는가 말이야."

일본인 기자들은 조선인이 일본어 '카나'로 읽고 쓰는 것이 얼마나 쉬웠으며, 그 덕분에 지식이 얼마나 늘어났는지 모른다고 말한다. 만약 한글이 없고 일제강점기에 일본어의 언어적 영향력이 얼마나 막강했는가를 생각해 보면, 당연히 이런 대화가 가능하다. 문자가 있었기에 3·1운동을 비롯한 항일 저항의 투쟁들이 제 몫을 할 수 있었던 것이다.

2부 '청구와 삼천리'에서는 맥아더 연합군사령관의 등장과 아베 총독의 항복 문서 서명 등 역사적 사건들을 보도를 통해 알리는 일의 어려움을 보여준다. 우리 문자가 없는 까닭에서이며, 그 결과로 문맹률이 높을 뿐만 아니라 어느 언어로 표현해야 할지도 난감한 사정이다. 소제목 '청구와 삼천리'는 그동안 조선인의 자본과 인력으로 운영되던 두 종합일간지의 이름이다.

"저 이대로 살더라도 얼마든지 잘 살 수 있어요."

그 눈빛 그 호소를 애써 외면했던 성준은 아내의 주검을 앞에 두고서야 깊은 회한과 슬픔의 늪에 빠져들었다. 그리고 깨달았다. 그녀는 여자로서 흔히 할 수 있는 말, 예컨대 "그러면 당신 어머니, 할머니는 글을 아시느냐?"고 역공을 펴거나, "글 아는 게 뭐가 그리 대단하다고 사람을 이렇게 못살게 구느냐?"고 대거리 한번 하지 않았다. 그것이 그녀가 천성으로 타고난 양순함이라는 것도, 놀라운 자기절제라는 것도, 보이지 않는 지성이라는 것도 미처 알지 못하였다. 단순히 글을 모른다는 이유만으로 사람을 백안시하고 차갑게 대한 자신이 부끄러웠고, 그런 사람을 영영 놓친 것이 안타깝고 슬펐던 것이다.

3부 '저 가랑잎 손에'는 동일한 문자 부재의 문제를 기자인 조성준의 눈으로, 특히 그의 개인사와 더불어 조명하는 단락이다. 조성준은 우선 전국의 초등학교 개학과 더불어, 이 문제를 교육 현장에서 살펴보고 구조적인 문제에 접근하기 위해 미 군정청 학무국을 취재한다. 그런가 하면 이 문제는 그 개인의 가정에서도 심각한 사태를 배태하고 있다. 예문은 조성준의 아내가 문맹으로 살아야 했던 그 고통스러운 삶을 남편에게 호소했으나, 그것을 받아주지 못한 자신의 가책을 표현한 대목이다. 이렇게 공적인 또는 사적인 차원을 막론하고, 이 소설이 문전(門前)에 내건 문자 부재의 상황은 심각한 사회현상을 초래하고 있었다.

4. 실제적 삶의 현장에 적용된 범례

글을 모르는, 쉽게 상용(常用)할 문자가 없는 갑남을녀들의 어려움은, 소설의 서술이 아니더라도 필설로 다 형용하기 어려울 것이다. 이 소설의 4부 '엄대 긋기'에서는 기상천외한 외상장부 기재법이 나온다. 외형은 그림책과 유사하다. 기록으로 남길 문자가 없으니 궁여지책으로 개발한, 이를테면 민중적 창의력의 한 모형이다. 편지를 통해 소식을 주고받을 수 있는 우편체계가 있으나, 이 또한 글을 모르면 아무 소용이 없다. 그 편지가 어떤 문자로 기록되었건 간에, 써줄 수 있는 사람 또는 읽어줄 수 있는 사람을 찾아가 머리를 조아려야 하는 형편이다. 작가가 문자 부재의 현실 속에서 있을 법한 여러 대응의 국면을 창안한 것은 놀라운 일이기도 하다.

조선에서 혼서지나 계약서 같은 것은 말할 것도 없고 대수롭지 않은 적바림 하나를 부탁하더라도 빈손으로 올 수 없는 것이 글 동냥이다. 남의 눈을 빌려 글을 읽고, 손을 빌어 글을 쓴다는 것이 긴상 같은 사람의 입장에서는 돈을 빌리자는 것보다 더 어려울 것이다. 돈이야 신용이 있으면 빌려서 변리를 쳐서 갚으면 되지만 글만은 달리 거래하기가 어려운 노릇이다.

위의 인용문은 대필을 요청할 때의 난감함을 말하는 대목이다. 대필이란 대개 하급자가 상급자에게, 무식한 이가 유식한 이에게 부탁하는 것이 상례다. '일상생활에 편히 쓸 수 있는 문자'가 없다는 사실이, 얼마나 큰 불편이요 타격인가를 명료하게 보여주는 셈이다. 항차 평범한 사람들의 삶에서만 그러할까.

5부 '견고한 성채'에서는 확고하게 식자층에 속하는《일일신보》기자 조성준의 신문 제작 현장, 민족의 지도자로서 이승만 박사와 김구 주석의 귀국에 따른 언론보도 등의

325

혼란이 문자 부재를 매개로 하여 가일층 확장된다. 다음의 예문은 실제 역사와는 전도(顚倒)된 것이지만, 그 혼란이 어떤 결과를 초래하는지 잘 보여준다.

실무자 사이의 반목은 자연히 지도자에게로 전달되었다. 이 박사와 백범 사이가 좋지 않아졌고, 몽양, 설산, 고하 등 자신이 어떤 글을 선호하는가에 따라 정견과는 상관없이 틈이 벌어져갔다. 특히 한자 한문은 유교적인 이념과 성리학적인 세계관에서 불가분의 관계에 있고, 이것은 조선 후기 고질병처럼 번지던 사색당파와도 무관하지 않았다. 한문이냐 이두냐 하는 것만으로도 은연중 당론을 드러내지 않을 수 없었는데, 정치지도자들도 그 그늘에서 벗어나지 못하였다. 각자의 언행에는 알게 모르게 사색당파의 특징이 깔려 있었으니 견고하기가 성채와 같았다.

소설의 6부 '수난 속에서'에서는 다시 조성준 기자의 개인 이야기로 돌아가, 외사촌 누이 윤채옥이 소개한 진영여중 박영자 선생과의 관계가 소설적 담화를 구성한다. 이들의 관계는 서로 결혼을 전제할 만큼 점진적으로 발전해 가지만, 남북 분단 등 시대적 정황으로 인하여 결미에 이르도록 결실을 보지 못한다. 교사가 등장한 만큼 학교 현장 교육의 언어 문제가 함께 논거 되지만 여전히 해결책은 없다. 이러한 언어적 난맥상은 종교 영역까지 그 어려움을 파생

시킨다. 그 암담한 현실의 바탕에 조선의 문맹률이 **98%**를 넘는다는 회생 불능의 선제적 조건이 가로놓여 있다. 이 일은 교과서 인쇄라는 지점에까지 갈등 요인으로 진척되어 간다.

5. 일상생활과 역사적 범주의 파장

이 소설의 7부 '평양 소문, 서울 뉴스'는 서울과 평양을 중심으로 한 한반도의 정세가 급박하게 돌아가고, 또 조성준과 박영자의 혼담도 진행되는 등 여러 사건이 아연 활기를 띤다. 그러나 그 상황의 기저에는 확고하게 '문자 부재'라는 핵심적인 문제가 자리하고 있다. 박영자는 집안의 사정으로 평양을 다녀와야 하고, 조성준은 그 길이 다시 돌아올 수 없는 여행이 될 것임을 걱정한다. 그 박영자가 찾아간 북조선의 정황은 그야말로 간단하지 않다. 북조선에 진주한 소련군의 수뇌 스탈린이 김일성과 박헌영을 저울질하면서, 장차의 통치 방식에 대해 여러 모양으로 구상을 다듬고 있다. 당연히 여기에도 문자 부재의 상황이 개재된다.

"그렇습니다. 저는 오늘 각하의 말씀에 깊은 감명을 받았습니다. 옛말에도 천하가 활발히 왕래하자면 수레바퀴의 크기가 같아야 하고, 의사 전달에 막힘이 없으려면 같은 글을 써야 한다고 했습니다."
"좋소. 김 동지만 믿소."

이로써 스탈린이 구상한 북조선의 간택 문제는 어느 정
도 가닥이 잡힌 셈이다.

　김일성은 러시아 문자가 자기의 운명에 어떤 관련이 있
는가를 충분히 감지하게 되었다. 러시아문자를 자유자재
로 쓰는 박헌영에게는 많이 밀리는 입장이지만 다행스럽
게도 박의 유보적인 태도 때문에 승산이 있다고 보았다.

　김일성은 스탈린과의 대화에서 문자 문제를 매개로 기민
하고 영악하게 그의 마음을 얻는다. 마침내 북조선은 러시
아 문자를 일상어로 사용하기에 이른다.

　8부 '사는 게 죽느니만 못한'에서는 다시 신문 기사, 신
문 간행에 있어서의 문자 문제와 더불어 언어가 갖는 지속
성이나 지구력 등의 과제가 소설의 문면(文面) 위로 떠오른
다. 오랫동안 숨죽이고 있던 유림(儒林)이 등장하여 목소리
를 내는가 하면, 한글의 자리에 서 있을 것으로 유추되는
한문이나 이두 등에 대한 서술이 상당 부분 지면을 채우기
도 한다. 말도 그렇지만 글 또한 정말 무겁고 무서운 도구
다. 조성준은 박영자 선생이 들려준 다음과 같은 정보를 상
기한다.

　"해방이 되어 일본인 교장이 떠나면서 이런 말을 하더
래. '우리 일본이 다른 것은 모르겠지만 가타카나 히라가
나 하나는 조선 땅에 확실히 남기고 가게 되었소. 나는
이것을 가장 큰 보람이라 생각하오'라고 말이야. 그 말을

들었을 때, 그 자식이 달아나는 주제에 별소리 다 한다고 생각했는데, 이제 생각하니 참으로 무서운 말이야. 말과 글이란 일단 한번 심어놓으면 좀처럼 뿌리를 뽑아내기 어렵거든. 우리가 아직도 대화 가운데 우리말 반, 일본어 반을 섞어 쓰지 않나? 일본말을 쓰지 말아야겠다면서 나도 모르게 튀어나오게 되니…"

소설의 9부 '난파선들'에서는 시조 읽기 등 여러 글쓰기 장르의 문자 문제가 나온다. 그런가 하면 북조선 김일성의 러시아 문자 사용, 미 군정청의 교과서 인쇄, 그리고 남과 북이 각자의 길을 가게 된 신탁통치 찬반 등 시대적 격변의 사태들이 문자 부재를 중심축으로 하여 소용돌이처럼 동시다발로 일어난다. 그 와중에서 북으로 간 박영자에게서 조성준에게로 두 번의 편지가 온다. 말로만 듣던 러시아 문자 편지를 받아보게 된 것이다. 인상 깊은 대목은, 그 혼란기에도 일반 서민들은 "일제 때 쓰던 그대로 계약서를 쓰고, 장부를 정리하고, 사적 편지를 주고받았다"는 기술이다. 이 당위적이며 절체절명의 수요를 '헌법이나 교과서, 신문 등 언론 기관'이 해결할 수 없었다는 것이다.

6. 전쟁의 시발, 또는 역발상의 주변

이 소설의 대단원에 해당하는 10부 '슬픈 스크립투스'는, 해방공간 5년의 세월을 지나 마침내 전쟁이 발발하고 그와 더불어 문자 부재를 운위(云謂)하던 소설이 에필로그를 남기며 종막(終幕)을 고하는 이야기다. 재미있는 것은 10부의 서두에 〈정감록〉의 정도령을 소환하고 그가 발표한 성명이 훈민정음의 서문과 사뭇 유사하다는 사실이다. 이 부분은 하나의 에피소드처럼 제시되어 있는데, 이 소설이 이야기 구조를 가진 대체역사소설이기 위해서는 이를 보다 전략적으로 활용해야 하지 않았을까 하는 후감이 없지 않다. 훈민정음 서문과 소설의 정도령 성명 사이에는, 어쨌거나 5백 년의 시간적 상거(相距)가 있다. 정도령 측 인물들은 진시황 시대의 학정과 일제의 압제가 40년의 동일한 기간 동안 지속되었음을 환기하기도 한다.

소설은 계속해서 《한양신문》의 폐간으로 인한 조성준의 낙향과 재 상경, 이승만의 추진력과 정치적 카리스마, 김일성의 남침 결행 등을 연속적으로 펼쳐 보인다. 이 전격적인 상황 전개에 따라 신문사도 급박해진다. 로마 교황청에서 방문한 사제단 등은 편집국 기자들이 정신없이 기사를 쓰는 모습을 보고, '오우, 스크립투스(Scriptus)'라 소리쳤는데, 이는 '아, 글 쓰는 사람들'이란 뜻이다. 조성준은 자신을 비운의 스크립투스, '호모 스크립투스(Homo Scriptus)'라 호명한다. 이러한 여러 생각 끝에 조성준이 깨달은 것은, "문자란 음식이라는 생각을 담는 수저, 쟁반 같은 그릇이자 도구라 할 수 있지 않은가"라는 인식이다. 그릇이 좋아야 좋은 음식이 되듯이, 문자가 있어야 좋은 글을 받아낼 수 있지 않는가라는 각성에 이른 것이다.

    1945년 해방 당시, 우리 한민족에게 '훈민정음'에서 시작하여 '언문' '가갸글', 그리고 '한글'이라는 이름으로 이어지는 문자가 전혀 존재하지 않았다면 우리의 모습이 어떠하였을까를 상상해 보았다.
    이제 그 이후의 시간으로 옮겨가게 되는데, 인간에게 물과 공기가 당연히 있듯이 우리 한민족에게는 한글도 당연히 존재하는 세상이다. 그 한글이 어떤 모습을 하고 있는지 이제 살펴볼 차례이다. 한글 없는 과거의 가상 세계를 보았으니 이제는 한글이 엄연히 존재하는 현실의 세계로 가보아야 마땅하지 않겠는가.

  이 인용문은 왜 작가 서지원이 이 소설을 썼는가를 요약한 주제문과도 같다.
    소설적 무대의 마지막은 전쟁 상황이 아무런 대책도 없이 남으로 남으로 계속 밀리는 것으로 끝나지만, 그와 같은 외형적 장치는 이 작가가 원래 중점을 둔 자리가 아니다. 그는 문자 부재의 현실이 어떤 모습으로 우리 역사 또는 일상생활을 압박할 것인가를 궁구(窮究)했던 터이다.
    에필로그에 해당하는 '그 후 어느 광복절에'서는 TV의 광복절 특집을 통해 작가의 사유(思惟)를 대신하고 있는 이야기 구도는 하나의 출구 전략이다. 대체역사의 막막한 공간에서 오늘의 현실 공간으로 돌아오는, 그 공간 이동의 길을 찾는 소설적 방정식이라 할 수 있다. 때로 이 소설이 이야기 구조를 넘어서 논설이나 연구 논문 같은 느낌을 줄 때도 있다. 그러나 궁극적으로 이 소설은 가열찬 한글 사랑의 역설적 표현을 동원하여, 고강도 처방으로 우리 말과 글의 실질적 가치를 증언했다. **

작가 후기

　사람에게는 어떤 의미에서든 태어날 때부터 정해진 길이 있다는 사실을 이제야 어렴풋이 믿게 된 것 같다. 운명이라든가 팔자라 할 수도 있겠다. 나도 일생을 통해 몇 가지 공통분모가 있는데, 그 하나는 내가 평생토록 문자에 천착하며 살아야 하는 환경에 놓이고, 그것이 지속되었다는 사실이다. 단국대학교 동양학연구소에서 『漢韓大辭典』을 편찬하며 평생을 보낸 사실, 늦게나마 文苑 말석에 이름을 올린 것, 한문 전적의 국역에 참가하거나 家藏 문헌을 돌보는 따위가 그렇다. 이 일들은 내가 좋아하고, 흥미가 있다고 되는 것이 아니라는 생각이 든다.

　나의 소설도 다르지 않다. 몇 안 되는 나의 작품 중에 가장 호흡이 길고, 공을 들인 것은 장편소설 두 편이다. 두 작품 공히 문자에 관한 이야기다.

　20대 초반에 소재를 발견하여 40대에 집필한 『殷墟』는 갑골문과 한자에 관한 이야기가 주조를 이룬다. 한자의 원형이라는 갑골문이 3,4천 년의 지하 매몰에서 깨어나 19세기 말에서야 나왔다는 사실과 그 시기가 나와는 호흡을 함께 하는 같은 세기로서 백년도 되지 않은 지근거리에 놓여 있다는 사실이 너무 신기하였고, 그 고고학적 실체가 북경의 약재상에서 우연히 발견되었다는 것이 흥미로웠다. 이를 발견한 주인공이 淸末의 소설가 철운(鐵雲) 유악(劉鶚)이라는 풍운아와 국자감 좨주 왕의영(王懿榮)이라는 조정 대신이라는 사실, 그리고 그들이 새금화라는 여성과 함께 격동의 의화단 사건을 겪으며 갑골문을 찾아가고 지키는 모습이 참으로 인상적이었던 것이다.

지금 이 『슬픈 호모 스크립투스』 역시 우연인지, 사실 필연이라면 필연인데, 문자에 관한 이야기다. 내가 평생토록 한자와 한문의 더미 속에서 산 것은 나로서는 벗어날 수 없는 운명이었던 것이다. 동양학이라는 거대한 퇴적물 곁에서 살다보니 한글이라는 문자에 의미를 갖게 되고, 이를 다른 각도에서 보려했던 것인지 모른다.

만약 한글이 없다면 나는 분명히 이 소설 속의 인물들처럼 생각하고 행동했을 것이다. 혼돈 속에서 우왕좌왕해야 하는, 그러면서 지금의 월남 비슷한 환경에서 끔찍한 일들을 감내하며 살고 있을 것이다. 나만이 아니라 우리 한민족 모두가 어쩔 수 없이 겪어야 하는 숙명적인 고통이었을 것이다. 그런 까닭에 나는 이 소설을 통해 우리가 받아들여야 하는 고통의 양상이 어떠한 것인가를 낱낱이, 구석구석 상상해 보았던 것이다.

그 연장선상에서, 지금의 강남 8학군을 비롯한 모든 학생들이 그 옛날 과거를 준비하던 유생의 모습과 고통을 답습하며 공령문(功令文)의 바다에 빠져 허우적거리고 있지 않을까 상상해 보게 되는 것이다. 아니 그들만이 아니라 한민족 모든 구성원들이 천년 역사의 향찰(鄕札)을 알고 익혀야 하고, 이두(吏讀) 역시 외면할 수 없는 문자생활이 되었을 것이다. 현토(懸吐)를 올바르게 붙일 수 있어야 한문에 문리(文理)가 나서 공부하는 사람 축에 들 수 있었을 것이고, 구결(口訣)과 군두목 또한 갖추어야 할 필수 교양일 것이다. 그뿐인가, 일제가 남기고 간 카나 문자도 어떤 방식으로든 소화하고 극복해야 할 숙제였을 것이다.

이 소설에서 그 질곡을 좀 더 실감나게 보여주기 위해 한문은 물론 향찰, 이두, 구결 등 한자 한문에 부수되는 모든 것을 빠짐없이 실례를 들어 이야기로 만들어 보았다.

흔하지 않은 가상의 역사를 통해 우리 현실의 문자생활, 언어생활의 일단을 살펴보고, 한글의 고마움을 실감하는 또 다른 기회가 된다면 이 소설도 작은 의미가 있으리라 믿는다.

2024년 2월 일
서지원